名校名师导读书系

徐井才◎主编

海狼

（美）杰克·伦敦　著

THE SEA-WOLF

新华出版社

图书在版编目（CIP）数据

海狼/徐井才主编 .
—北京：新华出版社，2013.1（2023.3重印）
（名校名师导读书系）
ISBN 978 - 7 - 5166 - 0303 - 1 - 01

Ⅰ.①海… Ⅱ.徐… Ⅲ.①长篇小说—美国—近代—缩写
Ⅳ.①I712.44

中国版本图书馆 CIP 数据核字（2013）第 008731 号

海狼

主 　编：徐井才

封面设计：睿莎浩影文化传媒 　　　责任编辑：江文军

出版发行：新华出版社
地　　址：北京石景山区京原路 8 号　　　邮　　编：100040
网　　址：http：//www.xinhuapub.com
经　　销：新华书店
购书热线：010 - 63077122　　中国新闻书店购书热线：010 - 63072012

照　　排：北京东方视点数据技术有限公司
印　　刷：永清县晔盛亚胶印有限公司

成品尺寸：165mm×230mm
印　　张：12　　　　　　　　字　　数：160 千字
版　　次：2013 年 3 月第一版　　印　　次：2023年3月第三次印刷
书　　号：ISBN 978 - 7 - 5166 - 0303 - 1 - 01
定　　价：36.00 元

目　录

名师1+1导读方案

作家编委会 + 优秀教师编委会 = 名师1+1

为广大学生制定行之有效的名著阅读方案

名著阅读6大要点

一、理解**关键词句**的含义和作用

二、积累**好词好句好段**

三、了解作品的主要**内容和主题**

四、把握**人物形象**的特点

五、感受**语言的优美**

六、有自己的**体会和看法**

一 理解关键词句的含义和作用

我们在阅读文学名著时，往往会遇到一些难以理解的词句，这样就会阻碍我们读懂某一句话或某一段话的意思。所以，我们必须正确理解词句的含义，而理解词句不能仅仅局限在表面含义，还要认真体会它们所表达的作用。

1. 联系上下文理解关键词句的含义

我们在阅读时经常会遇到一些生词，这时我们可以结合词语所在语句的意思来理解它的含义。仅理解词语的本义是不够的，有时作者会为了表达某一种意思，而采用一些词的特殊含义，这时我们可以通过联系上下文的具体内容来理解这些关键词句的含义。

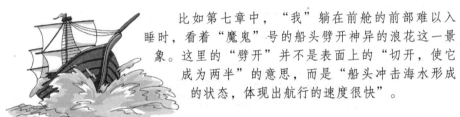

比如第七章中，"我"躺在前舱的前部难以入睡时，看着"魔鬼"号的船头劈开神异的浪花这一景象。这里的"劈开"并不是表面上的"切开，使它成为两半"的意思，而是"船头冲击海水形成的状态，体现出航行的速度很快"。

2. 联系上下文体会关键词句的作用

了解了词句的含义，我们还要联系文章的具体内容，仔细体会词句所表达的含义和作用。一些关键词句既可以表达人物的心情、感情，又可以展示人物的性格特点。

比如：当厨师汤玛斯·马格立治和"我"对抗失败后，听到猎人们说以后厨房由"我"说了算时，他"瞟"了"我"一眼。这里用"瞟"表现出他对"我"产生了畏惧心理，刻画出他胆小懦弱的性格，同时也含蓄地表达出他的内心并不是真正的服气。

二 积累好词好句好段

我们在阅读文学名著时会读到很多优美的词句、精彩的语段，这时就需要我

们认真体会，多读、多记、多积累，然后多用、多学习。这样，以后我们就不怕写作文啦。

1. 好词

文学作品就像词语的百宝箱，它有生动形象的动词、丰富细腻的形容词、准确传神的拟声词，还有很多精炼简洁的成语等，这些都值得我们好好学习。

比如：虚空　激荡　谦卑　轻佻　孤傲　咆哮　了如指掌　郁郁寡欢　坐山观虎斗

2. 好句

文学作品中还有很多优美的句子，有描写人物外貌的，有描写美丽风光的，还有的是精彩对话。这些句子描写准确，并运用了比喻、拟人、排比等修辞手法，这些都是值得我们积累的好句子。

比如：只见一排滔天巨浪卷着泡沫，呼啸着冲向我们的船头。

3. 好段

精彩的段落在文学作品中也很常见，有的巧用修辞展现妙趣横生的情节，有的用优美的语言描写景物，等等。我们平时应该注意积累和学习，这样对我们写作文会有很大的帮助。

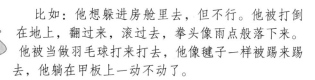

比如：他想躲进房舱里去，但不行。他被打倒在地上，翻过来，滚过去，拳头像雨点般落下来。他被当做羽毛球打来打去，他像毽子一样被踢来踢去，他躺在甲板上一动不动了。

三 了解作品的主要内容和主题

文学作品反映了特定时代的历史和社会内容，展现了丰富多彩的社会生活。阅读文学作品时，要注意把握作品的主要内容和主题。

1. 了解文学作品展现的主要内容

阅读文章时，扫清了字词的障碍后，我们就可以整体把握文章的主要内容，只有抓住了文章的主要内容，才能更准确地了解作者的思路，提高我们分析、概括和认识的能力。

小说《海狼》描写了在一艘名为"魔鬼"号的、以捕猎海豹为生的帆船上发生的一场动人心弦的搏斗和刻骨铭心的爱情故事。小说中的"海狼"不仅是船长拉森的名字，对作者而言，也是超人的代名词。其中对"海狼"的刻画鲜活立体，栩栩如生。

2. 了解作品所表达的主题

作者写一篇文章总有他的目的性，当我们能够把握住文章的主要内容，体会文章的故事情节时，我们就可以深入地去感受作者的思想情感了。阅读文章时，我们把作者在文章中阐明的道理、主张、流露的思想感情概括起来，我们就能准确地把握住文章的中心思想，也就能更深刻地理解文章的主题了。

作者通过作品带领读者进入豪放粗犷的荒野，体验蛮荒生活的冷酷无情，感受人性凶残的黑暗面和生命原始的光辉。

四 把握人物形象的特点

在文学作品中，我们会发现有许多各式各样的人物形象，他们有的可爱，有的勇敢，有的懦弱，等等。在阅读文学作品时，我们要注意了解人物形象最突出的特点，抓住人物性格中与其他人不同的地方，这样才能更好地理解文学作品。

比如："海狼"和我辩论时他的那一套大酵母吃小酵母的理论体现出他喜爱读书，但又信奉超人哲学，认为弱肉强食是天经地义的事，这写出了他固执、蛮横又有点儿可爱的性格特征。

五 感受语言的优美

　　好的文学作品经常运用优美的语言讲述生动的故事，表达强烈的情感。我们在欣赏文章的语言时要注重文章所采用的各种修辞手法，通过对这些修辞手法的鉴赏来提高我们的语言能力，将我们能借鉴的语言更好地运用在我们的写作中。

　　比如："他被当做羽毛球打来打去，他像毽子一样被踢来踢去，他躺在甲板上一动不动了。"这句话运用比喻修辞，形象地写出了厨师汤玛斯·马格立治遭受里奇痛打时的状态。

六 有自己的体会和看法

　　文学作品问世之后会遇到各种各样的读者。由于读者的经历、知识和看待问题的角度不同，所以，每个读者对作品的体会也是不一样的。我们在阅读文学作品时要有自己的体会，这样才能有收获。

　　比如第十二章中，里奇为了约翰森挨打的事痛打了汤玛斯·马格立治一顿。虽有让人拍手称快的快感，但毕竟汤玛斯·马格立治和其他人一样都可以算得上是他的同事，里奇的做法也不得不让人感到恐惧，让人觉得他也和"海狼"一样冷酷、残忍、凶狠，他的做法一点也不让人赞赏。

旧金山海湾遇险

我的朋友福卢塞斯，是个爱劳动又爱读书的人。夏天，他去都市里做工，整天挥汗如雨；冬天，他就到塔马尔佩斯山脚下的米尔山谷中度假屋里读书。每周六下午，我都会去看他，一直逗留到下周一早晨。这次与往常一样，我搭上渡船，去朋友福卢塞斯那儿。

那是正月的一个早上，旧金山海湾寒冷的海风一直吹着。我站在渡船的甲板上，看天空，柳絮一样的流云，缓缓飘动；看大海，有一层朦朦胧胧的薄雾，慢慢扩散。【📖景物描写：通过对天空和大海的描写，真实生动地再现了"我"在渡船甲板上所看到的美丽景象。】

我乘坐的"马丁内兹"号蒸汽渡船，在索萨利托与旧金山之间航行还不过四五次。搭乘这样一艘崭新的蒸汽渡轮，我心里觉得很踏实，又看看周围的乘客，大家都显得轻轻松松，无忧无虑，谈笑声回荡在甲板与碧海蓝天间。

渡轮乘风破浪，那溅起的浪花，像是一个个跳动的音符。【🔍比喻：把"溅起的浪花"比做"跳动的音符"，形象生动，富有动感，再现了大海的美丽迷人。】大海，美丽而又神秘，让人猜不透它的心思。

天上的白云，似乎在不知不觉间，渐渐变成了浅灰色，慢慢地，由淡变浓。海上的雾气越来越大。

我快乐地走上前舱甲板，在操舵室下面，找了个空位坐下，无边的浓雾让我浮想联翩。清冷的风吹在我的脸上，冷丝丝的。我头上不远的地方，有两个人，一个，我觉得是舵手，另一个，应该是船长吧，他们正在玻璃房里忙着呢。

我为社会分工的好处而高兴，人们都在做着自己所能做的事。我不需要驾船，也不需要知道航海知识，同样能渡海访友。大家不必把精力消耗在各种杂事上，可以全神贯注在自己的专业上。我刚才看见一位又矮又胖的先生正津津有味地翻阅着《大西洋》杂志，他读的那一页恰好刊登着我的一篇文章。是啊，每个人都应该做自己感兴趣的事。

"砰"的一声，一个红脸男子带上他身后的舱门，打断了我的思绪。他咚咚咚地走上甲板，向操舵室看了一眼，瞪着四周的浓雾，叉开两腿。不难看出，他装着一双假腿。我敢断定他是一个老水手。

"天气越来越糟糕，真是要急白人的头发了！"他冲着操舵室说道。从表情上看，他对这样的天气似乎挺担心。

"这有什么好着急的！"我回答，"舵手懂得航海知识，有丰富的航海经验，能测算距离和速度，用指南针确定航向。这和数学运算一样精确，不会有事的。"

"像数学运算一样精确？"红脸男子瞪着双眼对我说，"嗨，那是<u>纸上谈兵</u>！【✗成语："纸上谈兵"这个简练的成语生动地体现了红脸男子对"我"的不屑态度。】你瞧瞧这从金门奔流而来的潮水吧！潮水退得太快，流速太大！你听到了吗？那是浮标的铃声！你看，船撞上浮标，已经转向了。"

海上的雾气越来越重，浑浊灰暗，只听见海浪击拍船舷的哗啦哗啦的水响声，偶尔听见海鸥在不远处鸣叫，却看不见它们的踪影。

茫茫浓雾中，不时传来别处轮船的汽笛声。一声刺耳的汽笛声从我们的正前方传来，瞬间就近在咫尺了。"马丁内兹"号锣声大作。轮桨停止转动，有节奏的拍水声也随即消失。接着，船又启动了。汽笛声如同百兽齐吼中蟋蟀的鸣叫，刺耳而微弱，飞快地穿透浓雾，渐行渐远。

"你听，小渡船，"红脸男子有些惊慌地对我说，"在那边，是船老大用嘴吹出的汽笛声！"

"雾太大，视线不好，他们相互叫唤，怕出事。"火烧火燎的汽笛声一停，红脸男子又开口了，"这样的浓雾真让人揪心啊！"

他是个爽快的人，体格健壮，满脸红光，眼睛燃烧着火苗，开始讲解起各种各样的船的叫声，可以猜得出来，他已经在海上摸爬滚打了很多年。

"向左边过去的是汽笛声。你听见了吗？照我推想可能是一艘蒸汽帆船，它正从湾头迎着潮水慢驶过来。"

前面不远，一只小汽笛尖利地狂叫，"马丁内兹"号随即响起了铜锣声。推进器马上停了，起伏的水声静了下来。一会儿，才又重新转动。

小汽笛声从船旁浓雾中蹦跳而过，飞速远去。

"<u>这小船浑身是胆，真是初生牛犊不怕虎啊！"他说，"我真想撞沉它，小混蛋！真是祸根。一路乱叫，要人家统统让路，航船的行规和礼貌，他们就是不懂，它来了，你就得赶快避让。"</u>【📖语言描写：富有特色的语

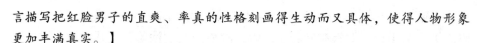

言描写把红脸男子的直爽、率真的性格刻画得生动而又具体，使得人物形象更加丰满真实。】

"喂！有人正朝着我们来了！"红脸男子的话又一次吸引着我的注意力，"你听到没有？那船很快。正冲这儿来。我猜他还没听见我们的鸣笛声，风头对着我们呢。"

"也是渡船吗？"我问。

他点点头："上面的人肯定慌了神儿，要不然不会开得这么快。"

这时，只见我们的船长从操舵室里探出了半个身子，全神贯注地瞪着浓雾里的那只小船，他一脸紧张，和红脸男子一样。

红脸男子已步履沉重地走到栏杆边，以同样专注的眼神盯着前面冲过来的小船，不难看出他的脸上掠过一丝惊恐的神色。【✦动词："掠过"一词把红脸男子脸上那细腻而又富有动感的表情变化生动形象地再现了出来。】

突然，从浓雾中飞速冲出一艘像楔子形状一样的蒸汽船，一个白胡子的人从操舵室探出半个身子，他穿着一身蓝制服，不慌不忙，从容而又沉静，让人迷惑不解。

他靠在那里，那冷漠的目光扫过我们，仿佛要确定撞在哪儿正好，而我们的舵手面色如土，怒吼道："你干的好事，不要命啦！"

小蒸汽船速度太快，像一支离弦之箭向"马丁内兹"号渡轮射来，简直像一枚鱼雷，没有留下任何让"马丁内兹"号渡轮避让的时间和机会。

我还没有反应过来，两只船已经相撞了。巨大的冲击波传遍我的全身，从脚心一直震到脑门儿。

大祸突然降到"马丁内兹"号渡轮上。我惊恐地朝四周张望，渡轮上的乘客马上慌乱起来，女人们吓得尖叫着四处逃窜。

"快抓紧！千万别放手！"红脸男子冷峻而又严厉地向我大叫，显得神色慌张，又有几分无可奈何。【🏠神态描写：作者细腻地描绘了红脸男子复杂的神态变化，生动地体现了他面临危机时慌张又无奈的复杂心理。】

我感到"马丁内兹"号倾斜得很厉害，还能听到木板挤裂破碎的声音，渡轮正在向海水中倾斜。我的身体失去了平衡，支撑不住，一下子扑倒在湿冷的甲板上。

红脸男子忙着往一群发狂似的女人和惊呆的小孩儿身上绑救生衣。他还吃力地快速挪动着假腿，不断地将救生圈扣在跑来跑去的人们身上。

女人的叫喊声，男人的惊呼声，小孩子的哭闹声，船板的爆裂声，大海的涛声，响成一片。大家都不愿就这样死去。船上的座位已是空空荡荡，四处扔弃着包裹、手提包、遮阳伞、披肩。【📖场面描写：通过点面结合的场景描写，把撞船后人们的惊慌反应和船只的变化真实传神地表现了出来。】

我吓得手足无措，好一会儿才回过神来，想去船舱里拿救生圈，刚到舱口，一股人流涌了出来，我被挤到了一边。

"马丁内兹"号渡船在迅速下沉，水涌了上来。我随着人流跳出船，不清楚是如何冲进大海中的。水真冷，像无数寒针直往心里刺，像火烧一般疼痛，痛入骨髓。【🔍比喻：用"寒针直往心里刺"和"火烧"比喻"我"掉进大海时的感受，生动形象地写出了我掉进海水中的极度疼痛的感觉。】

人们都在我的周围拼命挣扎。我的肚子里已灌满了水，嘴里满是咸腥，咽喉里、胸肺里，滚烫热辣，我已经喘不过气来，渐渐失去了知觉。

后来发生了什么，我记不太清了。

不知过了多久，我猛然惊醒，上浮的救生圈开始把我带上水面，我开始意识到自己还活着，我感觉好像已经过了好几个世纪，我想往岸边游，可是辨不清方向。海浪卷着恶毒的泡沫，不断地冲到我的头上，溅进我的眼眶，呛入我的嘴里。

忽然，我看见不远处，从浓雾里钻出一只三角帆船，船的两边飞溅起朵朵浪花。我的眼睛一亮，脑海里马上涌出求生的希望。

我想拼命地叫喊，但发不出一点儿声音，我已经筋疲力尽。我拼命游过去，想抓住船板，但是手臂却一点儿力气也没有。

小船从波涛间一溜而过，我瞥见舵轮旁站着两个人，其中一个人正大口地抽着粗大雪茄。他漫不经心地朝我这边看了一眼，一股蓝烟从他嘴里冒了出来，遮住了他的眼，他没有看见我。

小船快速向前驶去，那抽雪茄的人扔掉了烟蒂，悠闲地欣赏着大海。不一会儿，他再次转过头，缓缓地转过身，向水面望去，不经意间将目光投向了我。当他的视线和我求救的目光相触时，他一愣，接着马上跳到舵轮旁，一把推开另一个人，一圈一圈地转动着航轮，同时又大声命令着什么。那船眨眼间钻入浓雾中，不见了。

我在恍惚间渐渐失去知觉，可求生的欲望又使我打起精神，竭力保持清醒。过了一会儿，我听见了划桨声和人的呼唤声，并且越来越近。

"你不想活啦，为什么不喊？"听见有人粗声粗气地大声嚷着，我想一定是刚才那个抽雪茄的人在和我说话。我大脑一片空白，眼前一黑，失去了知觉。

我被救上"魔鬼"号帆船

我似梦似醒，仿佛躺在海浪上摇来晃去，从这个浪底抛到另一个浪尖。恍恍惚惚间，星光从我的头顶上闪烁而过，似乎感到彗星也摇头摆尾地从我身边一晃而过，耳边响起了急促的锣声，这时，我隐隐约约感到有一种荡秋千似的快乐。

有人将我从滚烫粗糙的沙砾上拖过，我气喘吁吁，我的皮肤像火烧一样难受，剧烈的疼痛刺激着我的中枢神经，使我慢慢地睁开双眼。两个人跪在我身边给我急救，有一个人用粗糙有力的大手反复摩擦我光赤赤的胸口。一阵剧痛传来，我渐渐苏醒过来，看见自己赤裸着胸膛，红肿的伤口正在流血。

"救活了，约森！"其中一个人说，"看你，把这位先生的皮都给擦破了。"

那个叫约森的人身材高大，好像是斯堪的纳维亚人。那个和他说话的显然是伦敦人。长得眉清目秀，说话有点儿像女人。他戴着一顶又脏又潮的棉布小帽，身穿一件脏兮兮、松松垮垮的粗麻布外套，从穿戴看，他像是船上的厨师，而我这时正躺在这艘船上的厨房里。【🏠外貌描写：从戴的帽子、身上的衣着等具体的描写以及给人的感受把厨师的形象细腻地刻画了出来。】

"先生，你终于醒过来啦！"厨师满脸假笑，带着一副讨好人的表情，"你现在感觉怎么样？"

我稍微动了动身子，想坐起来。约森赶忙扶着我慢慢起来。平底锅叮叮当当的声音让我心烦。我伸手越过火热的炉子，拿下那口平底锅，顺手把它放在煤箱里。

厨师朝我咧嘴笑着，把一只冒着热气的杯子塞到我手里。这是一杯滚烫的咖啡，我狼吞虎咽地喝了一口。【✦成语：短小精悍的成语把"我"从海里被救起之后，喝咖啡时又猛又急的神态生动形象地描绘了出来。】唉，船上的咖啡太难喝了。

我一边喝着咖啡，一边看着还在流着血的胸口。抬头时，那个斯堪的纳维亚人还站在一旁看着我。

"谢谢你，约森。"我说，"你是在救我啊！"

他以为我说的不是内心话，说不定还在心里在责怪他呢。于是，他向我伸出了布满老茧的手。

"我叫约翰森，不叫约森。"他说着一口纯正的英语，虽然说得有点儿慢，但很地道。

"谢谢你，约翰森。"我连忙纠正刚才说的话，也向他伸出了手。

他显然有些不好意思，稍微迟疑了一会儿，就用力握住我的手，亲热地拉了拉。

"你有什么干衣服适合我穿吗？"我对那个厨师说。

"有的，先生。"他高兴地接着说，"只要您不介意穿我的衣服，先生。我这就下去翻翻我的箱子。"

"谢谢，我这是在哪儿？"我问约翰森，"这是什么船，它往哪儿开？"

"从法拉隆群岛起航的，向西南方开。"他说得很慢，有条不紊地回答我，"这是艘帆船，叫'魔鬼'号，要到日本去捕海豹。"

"船长是谁？等我穿好衣服就去见他。"

约翰森有些为难，他迟疑了一会儿说："船长是'海狼'拉森，大家都这样叫他，没听说还有别的名字。不过我想告诉你，和他说话要小心点，客气些。他今天上午很高兴。大副……"

他还没有说完。厨师悄悄地走了进来。

"你最好滚出去，约森。"厨师毫不客气地说，"老大要你到甲板上去，记着今天可别惹他啊。"

厨师的手臂上挂着几件皱巴巴的散发着一股股酸臭味的衣服，猜得出来，这应该是给我穿的。

"这几件衣服还没晾干就收起来了，有些霉味儿。"他向我解释说，"你先凑合着穿一下吧，我把你的衣服放在火炉上烘干。"

船摇来晃去，我根本站不稳。我在厨师的帮助下，才费力地穿上了一件羊毛内衣。粗硬的毛绒纤维刺得我浑身<u>又痒又痛</u>。【📌形容词："又痛又痒"真实地形容出了我细嫩的皮肤接触到粗硬的毛绒纤维时的具体感受。】他看到我皱紧了眉头，就假笑着说："你的皮肤像女人那样又嫩又白，看得出来，你是过惯了好日子的人。”

在厨师一连串的道歉和奉承声中，我又穿上了破棉布衬衫，工人干活穿的厚皮靴，裤脚长短不齐的工装裤，我只轻轻一扯，便掉了一只裤脚。

我一开始就挺讨厌他，现在他又这样假惺惺的更加让人不舒服。厨房的气味难闻极了，我感到一阵恶心，我想马上离开这里，到外面呼吸新鲜空气，再去和船长商量一下送我回陆地的事。

“先生，我叫汤玛斯·马格立治。”厨师谄媚地笑着说，“我很高兴能伺候您！”

厨师殷勤地拍着我的马屁，我知道他是在等我付小费呢。

“哦，汤玛斯·马格立治，我不会忘了你。”我说，“等我的衣服烘干了，会付你小费的。”

他听到“小费”，两眼一亮。

“谢谢您，先生。”他感激涕零地说道，更加毕恭毕敬，【✍成语：“毕恭毕敬”，精准的成语贴切地形容出厨师一开始对我十分恭敬的样子。】一边说一边退到刚才溜进来的地方。

我走到甲板上，有点儿头重脚轻，一阵海风吹得我东倒西歪，一直把我吹到船舱的角落里，我赶紧抓住栏杆站稳。我知道自己在海水里泡的时间太长，身体还很虚弱。

船被海风吹得颠颠簸簸，在漫长的太平洋航线上缓缓前进，大雾已经散尽，阳光洒在水面上，波光粼粼。【📖景物描写：通过对雾气散尽时海面上阳光的描写，具体真实地再现了当时美丽平静的景色，和撞船时的景象形成对比，体现了大海的反复无常、变化莫测。】我向东方眺望，知道那里是加利福尼亚，可是看起来很模糊，只能看见雾气朦胧的海岸线，想到那场大雾导致了“马丁内兹”号的海难，我喝了一肚子苦涩的海水，还心有余悸。

我是因撞船而死里逃生的人，起初我以为自己会受到船上人的注意，没想到除了一个站在舵轮旁的水手好奇地看着我外，没人留意我。

这时，人们都朝着船的中央张望。一个大个子男人仰卧在甲板上，穿得整整齐齐，只是衬衫口被扯开了，露出浓黑的胸毛。他的脸和脖子都被乱蓬蓬的络腮胡子遮住了，黑胡子中间还夹杂些白毛。他双眼紧闭，还在昏迷中，嘴张得很大，费力地喘着气，胸口一起一伏。一个水手用帆布桶在海中打水，一桶接一桶地泼在他身上。

一个人叼着雪茄，在舱口走来走去，就是他无意中的一瞥，把我从海水里救了起来，要不我早就喂鲨鱼了。他身高一米八左右，瘦削而强悍，像一只强壮有力的大猩猩。

他在甲板上迈着方步，坚定沉稳，精力旺盛，耸着肩，抽着烟，每一个举动都很有力。他的体内好像蕴藏着更大的力量，这股潜伏的力量似乎会随时爆发出来。

这时，厨师从厨房里探出头，咧嘴对我笑，并冲着在舱口走动的这个人竖起了大拇指。我明白了，他就是船长——"海狼"拉森。我要请求他把我送上岸。

我正想走上前时，那个躺在地上的人突然剧烈地扭动着身体，发出一阵猛烈的喘息声。船长"海狼"拉森停下脚步，盯着那个垂死挣扎的人，那个泼水的水手吓呆了，他手中的水桶斜倒着，海水流到了甲板上。垂死的人痛苦极了，不停地用脚后跟敲打着甲板，竭尽全力挺直身子，两腿也伸得笔直，脑袋左右摇晃。过了一会儿，他发出一声微弱而又可怜的叹息，离开了这个世界。

接下来，更惊人的一幕发生了。船长"海狼"拉森对着刚死的那个人大骂起来，每一句咒骂都极其恶毒，我从来都没有听过，也没有从哪本文学作品中看到过，超出了常人的想象。我猜想，那个死去的人可能是船上的大副。他生活不检点不自重，在离开旧金山前染上了疾病，航程刚刚开始就很不光彩地死去了，使船长"海狼"拉森失去了一个帮手。

"海狼"拉森在行动

"海狼"拉森的咒骂突然停止了。他点上雪茄，向四周扫视了一下，目光正好落在了厨师汤玛斯·马格立治的身上。

"怎么样，厨师？"他语气平和而又冷若冰霜。

"是，船长。"汤玛斯·马格立治点头哈腰，露出一脸奴才的谄媚相。

"你把脖子伸得太长了吧，这对你可没有什么好处。大副已经死了，我不能再让你也送了性命。你好自为之吧，千万别生病。听明白了吗？""海狼"突然提高嗓门，厉声喝道，像是晴天炸雷，把厨师吓得魂飞魄散。【⚡成语："魂飞魄散"这个富有夸张色彩的成语生动地刻画出厨师惊恐万分、极端害怕的样子，也反衬出"海狼"的极端严厉可怕的性格。】

"是，船长。"汤玛斯·马格立治低声说道，伸长的脖子马上缩了回去。

汤玛斯·马格立治受到了责骂，弄得一头雾水，水手们也马上散开各自忙各自的事了。但是，还有一些人，他们站在厨房和舱口之间的平台上交头接耳，低声谈论着什么，看上去他们不像是水手。后来我才知道他们是捕猎海豹的猎手，比一般水手的地位要高得多。

"乔纳森！""海狼"大叫了一声。一个水手乖乖地走了上来。"把掌盘和针拿来，再到帆布库里找些旧帆布，把那个死人给缝起来。凑合着用吧。"

水手乔纳森顺从地连连点头说："是，是，给他脚上绑什么呢？"

"你先别急，等下再说吧。""海狼"回答说，接着他又提高了嗓门叫道，"厨师！"

汤玛斯·马格立治像踩到弹簧一样，从厨房里应声弹跳出来。【⚡动词："弹跳"一词动感十足地把厨师听到"海狼"叫他时反应非常迅速的样子表现了出来，体现了船员对"海狼"的害怕心理。】

"快去下舱装一袋煤来。"

"你们哪个有《圣经》或者《祈祷书》？""海狼"对着在舱口溜达的猎

人大声问道。

他们都摇着头，不知谁说了一句什么打趣的话，逗得大伙儿哈哈大笑。

"海狼"又转身问水手："谁有《圣经》或《祈祷书》？"他们也都摇着头，可是没有一个人敢开玩笑。还有个水手自告奋勇到下面去问值班的人，不一会儿也空手回来了。

"海狼"耸了耸肩。"好了，我们只得省了那一套吧，直接把他扔下水了。让这个长得像牧师的死人在海里为自己祈祷吧。"

他说到这里，转过身来，正对着我。

"你是传教士吗？"他突然问我。

六个猎手也一齐转向我，看到我傻呆呆的像个稻草人，他们哄堂大笑，好像一点儿礼节也不懂。

"海狼"虽然没有大笑，但他灰色的眼睛露出一丝笑意。我走到他身边，对他有了一个最直观的印象。他的脸方方正正，五官粗大，线条刚劲，下巴和额头都很结实，眼睛又大又漂亮，看似冷酷威严，却又洋溢着温暖和柔情，闪耀着爱的光芒，他的浑身充盈着异乎寻常的精神上的活力。【外貌描写：通过对"海狼"的脸型、五官、下巴、眼睛等以及对他给人的感觉的详细刻画，把"海狼"第二次给"我"的直观印象具体细腻地描绘出来，使"海狼"的形象更加丰满立体。】

"我不是传教士，"我不卑不亢地告诉他，"我无法为葬礼效劳。"

这时，他又突然毫不客气地问我："那你是干什么的？"

我愣住了，从来还没有人这样问过我，我也从未考虑过这个问题。我一时没有反应过来，迟疑了一会儿，才吞吞吐吐地说："我——我是绅士。"

"海狼"对我的回答反应冷淡而又轻蔑。

"我曾经工作过。我确实有份工作。"我急忙向他解释。

"海狼"好像是审判我的大法官，我得为自己辩护。其实跟他讨论这个问题真是有点儿犯傻。

"为了能生活？"

"海狼"盛气凌人，我像是小学生，站在严厉的老师面前浑身发抖，显得手足无措。

"谁养活你？"他又问。

"我靠挣工资吃饭。"我断然回答，"请原谅我冒昧说一句，这件事与我来找你无关。"

但是，"海狼"好像没有听到我的话，毫不理会我的抗议。

"谁挣钱？嗯？我想，是你爸爸吧。你知道吗，你是靠死人的遗产养活的。你什么本事都没有，你没有能力养活自己。让我看看你的手。"

"海狼"体内潜伏的巨大能量瞬间爆发出来，我还没有来得及躲闪，他已走上前，抓住了我的手。

我想把手抽回来，可他的手力极大，捏得很紧，像老虎钳一样快要把我的手给捏碎了，我无论怎么用力也挣脱不了，我已难以维持自己的尊严。
【🖊比喻：把"海狼"的手比做钳子，真实贴切地形容出他的强大有力，也反衬出"我"在他面前的渺小软弱。】我不能像小学生那样哭泣、叫喊，更不能攻击这时的"海狼"，要是惹怒了他，他只要一扭，就可以像折甘蔗那样把我的胳膊扭断。

"好汉不吃眼前亏，识时务者为俊杰。"我既然无力反抗，那还是老老实实地忍受一回屈辱。这时，我看见那个死去的大副的衣服口袋里的东西都被倒在甲板上，而他那僵硬的身体和痛苦的冷笑永远被缝在了帆布袋里，再也看不见了。

乔纳森正用两股白色的粗线把折叠的地方缝起来，他的手掌上套着掌盘，把钢针顶过去，又抽回来。

"海狼"放下我的手，轻蔑地说："好！"脸上露出看不起我的表情。

"你的祖宗养了你这双白嫩的手。除了洗碗打杂，就干不了别的事了。"

"我要上岸！"这时，我已镇定下来，语气很坚决地说，"给你造成的延误和麻烦，你折算一下吧，我赔偿你。"

他惊奇地看着我，眼睛里流露出一丝讥笑的神情。

"我有个提议，与你的想法正好相反，这可是为你好啊。我的大副死了，我要提拔一批人。水手升为大副，船舱的杂役升为水手，你去补杂役的缺，你就签合同吧，二十块钱一个月，还包吃包住，这算是你的运气，你还能学点儿本领，学会自立，没准儿还能有点儿长进，慢慢升为大副呢！怎么样？"

我没有理会他。刚才，我看见西南方向那艘船的帆影变得越来越大，越来越清晰。那些风帆的装置和"魔鬼"号的一样，只是船身略小一些，很漂亮，它飞快地掠过水面，朝我们驶来，用不了多长时间，就会从我们身边驶过。

这时，风越刮越大，太阳悄然隐身了。海水变成暗灰色，波涛汹涌，卷起滔天巨浪。【🏹动词："卷起"一词准确贴切地把海风激起波涛的汹涌状态刻画了出来，渲染了一种可怕的气氛。】我们的船速更快了，船身也倾斜得更厉害。突然一阵狂风，一侧船舷浸入水中，海水顿时漫过甲板，几个猎人慌忙将脚抬起来。

"那艘船很快就会开过来。"我停了片刻，开口说道，"它和我们的航向相反，应该是去旧金山的。"

"十有八九是的。""海狼"边回答边侧转过身大声叫道，"厨师！喂，厨师！"

汤玛斯·马格立治三步并作两步，从厨房里飞跑出来。

"那个做杂役的小孩儿在哪儿？快叫他过来。"

"是，船长。"汤玛斯·马格立治快速跑到船尾，一眨眼就从舵轮边的舱口消失了。过了一会儿，他带来了一个十八九岁的壮实小伙子。那个小伙子怒气冲冲地跟在他的身后。

"他来了，船长。"汤玛斯·马格立治说。

"你叫什么名字？""海狼"问。

"乔治·里奇，船长。"那个小伙子板着脸说，他显然已经猜到了为什么会被叫到这儿来。

"这可不是爱尔兰人的名字，""海狼"用嘲讽的语气厉声喝道，"你这个样子，只能叫奥托，或者麦卡西。"（奥托和麦卡西在西方含有贬义。——编者注）

那个小伙子哪受得了这样的侮辱？他气得捏紧了拳头，血直往头上涌，脖子涨得通红。【🏠神态描写："捏紧了拳头"、"涨得通红"等细节细致传神地刻画出乔治·里奇在受到"海狼"的羞辱时极端愤怒的样子。】

"得啦，不说你的名字了！""海狼"换了一种语气说，"只要你听话，我就不会讨厌你。你是在电报山港口上船的吧，看你就像电报山那样固执啊。长得倒是挺壮的，脾气却坏得很，像头倔强的驴子，你最好听话一点儿。明白了吗？谁把你带上船的？"

"麦格里特和斯沃森。"小伙子说。

"叫船长！""海狼"大声怒吼，"一点儿规矩也不懂！"

"麦格里特和斯沃森，船长。"小伙子连忙改口，两眼喷着怒火。【🔍夸张：用眼睛"喷火"极度夸张地体现了乔治·里奇对"海狼"的愤怒之情。】

"谁拿走了你的预付金？"

"是他们，船长。"

"我早就想到啦，活该你的预付金让他们拿走了。你不该一听说有几位先生在找你，就吓得魂飞魄散，慌忙逃命。"

听到这句话，小伙子火冒三丈，气得脸色发青，大声地说道："这是……"

"是什么？""海狼"反问道，语气故意变得柔和起来，似乎对小伙子没有说出来的话感到好奇，却带着一份威胁。

小伙子迟疑了一会儿，勉强压下了怒火。

"没什么，船长，"小伙子的态度也阴转晴，"我是随便说说的。"

"那你就是承认我没有说错了，""海狼"得意地笑了笑，"多大了？"

"刚满十六岁，船长。"

"说谎。你的个头长得这么高，你的肌肉壮得像头牛，看上去不止十八岁呢。到前舱去。你升职了，明白了吗？"

不等那个男孩儿回答，船长就转向那个水手，他刚完成一项可怕的任务，把那具尸体缝进袋子里。

"海狼"问水手："乔纳森，你懂航海技术吗？"

"不懂，船长。"

"没关系。我提拔你做大副了。把你后舱里的行李搬到大副舱里。"

"好的——好的，船长。"乔纳森走上前，喜出望外，快活地连连答应着。

那个男孩儿还一直站在那儿。

"你在等什么？""海狼"问他。

"我签的合同不是做划手，船长。我签的是做杂役。我不想做划手。"

"快收拾好东西，到前面去。"

"海狼"凶狠地发出命令。但男孩儿还是愤怒地瞪着他，站着不动。

这可激怒了"海狼"。他在甲板上突然跳了近两米远，一拳打到那男孩儿的肚子上，男孩儿全身扭曲，软弱无力地挂在"海狼"的拳头上，就像挂在竹竿上的一块破布。【动作描写："跳"、"打"、"扭曲"、"挂"等动词生动传神地刻画了"海狼"对乔治·里奇的残忍，以及乔治·里奇被打后极端痛苦的样子。】男孩儿在空中画出一道短短的抛物线，头和肩膀跌撞在甲板上，从死尸旁滑过，痛苦地躺在那儿打滚。

"怎么样？""海狼"转过头问我，"你决定好了吗？"

我不时地看那艘正向我们驶近的帆船，现在它差不多与我们并排了。我能看清楚那艘船干净整洁，一面帆上画着一个大大的黑色数字，我从前看到过这种领航船的图标。

"那是艘什么船？"我问。

"'太太'号领航船。""海狼"冷冷地说，"领完了航，借着风力回旧金山，五六个小时就能到。"

"您能不能打个旗语，好让我过去？"我对"海狼"恳求说，"我想回旧金山！"

"对不起，旗语手册掉进海里了。"他的话音刚落，站在一旁的那几个猎人哈哈大笑起来。

我亲眼看到"海狼"那样残暴地对待那个做杂役的男孩儿，我知道我很可能会受到同样的对待，甚至更惨。我思考片刻，做出了我生平最勇敢的事情。我奔向船舷，挥动着双手，大声叫喊：

"喂，'太太'号！带我上岸！我出一千块钱！"

我等待着，看见两个人站在那艘船的舵轮边，其中一个在掌舵，另一个把扩音器举到嘴边。我没有回头，可也随时提防着"海狼"的恶拳。等我回过头去的时候，他还站在老地方没动，身子随着船身的摇荡轻轻地摇摆着，又悠闲地点上了一支雪茄。

"怎么了？出什么事了？"

"太太"号传来喊声，我看到了希望，激动起来。

"是的！"我全力地高声叫喊，"生死存亡的事！【成语："生死存亡"这个简单的成语贴切地形容出了"我"想离开的急切心情。】把我带上岸，我给你们一千块钱！"

"嘿，我的水手喝醉了，""海狼"跟在后面喊着，"这家伙，他喝了太多的威士忌！"他指着我说，"正幻想着海蛇和猴子呢！"

扩音器传来"太太"号上人的阵阵笑声，很快领航船驶离了我们的船。

"让他见鬼去吧！"领航船上的两个人挥手向我们告别。

我满脸沮丧，绝望地趴在船舷上，看着那艘帆船渐渐远去，直至消失在茫茫的大海上。它五六个小时就到旧金山了！我的脑袋都要爆炸了。我的心脏好像提到了嗓子眼儿，堵在那儿痛苦极了。海浪拍打着船舷，激起无数的浪花，溅到我的嘴巴里，我又尝到了海水的咸涩味儿。

猛烈的海风把"魔鬼"号帆船吹得更加歪斜了，避风的一面船舷浸在水中，海水冲上了甲板。

过了一会儿，我回过头去，看见那个男孩儿东倒西歪地站起身。他的脸色苍白，面孔因疼痛而扭曲着，鼻子也似乎歪了。

"乔治·里奇，你决定搬到前舱去了吗？""海狼"问道。

"是的，船长。"他被逼答应了船长的要求。

"你呢？"他又问我。

"我给你一千块，如果……"我刚开口就被"海狼"打断了。

"住嘴！你是自己去做杂役，还是让我亲自带你过去？"

我该怎么办？面对这样一个冷酷无情的人，在这无边无际的大海上，我还能怎么样？我偷偷地盯着"海狼"那双残忍的像大灰狼似的灰色眼睛，感到没有可选择的了。【◆比喻：把性格残忍冷酷的"海狼"比做狼，生动地写出了"海狼"的残酷无情。】

"怎么样？"

"好吧。"

"说'是，船长'。"

"是，船长。"

"你姓什么？"

"我姓凡·卫登，船长。"

"名字呢？"

"亨甫莱，船长。亨甫莱·凡·卫登。"

"多大？"

"35岁，船长。"

"好吧，到厨师那儿看看你能干些什么。"

我就这样被"海狼"拉森奴役了。他比我强大，弱肉强食，就是这样的。【↗成语："弱肉强食"，生动的成语表明了"我"和"海狼"之间强弱对比鲜明的状况。】一切如同做噩梦一般。现在回想起来，依然像一场噩梦缠绕着我。

"站住，先别走。"

我乖乖地停了下来。

"乔纳森，把所有的人都喊过来。我们得把葬礼办了，得尽快把这个不中用的家伙从甲板上清理掉。"

乔纳森去喊下舱的值班人员，另外两个水手听从船长的吩咐，把帆布裹着的尸体放在舱口盖板上。有好几条舢板底朝天地绑在甲板两侧的栏杆上。几个人把盖板连同上面可怕的重物搬到下风口，放在舢板上，尸体的双脚伸到了船外，脚上绑着厨师装的一大袋煤。

我一直认为海葬是非常庄重的，令人肃然起敬。但是这次海葬改变了我原有的想法。

这时，有个叫"烟雾"的猎人正在讲故事，他身材矮小、长着黑眼睛，不时地夹些咒骂和粗话。这群猎人几乎每隔一分钟都要爆发出一阵狂笑，就像一群狼在嗥叫，又似地狱里看门狗的狂吠。【比喻：把猎人们比做"狼"或者"看门狗"，生动形象地刻画了他们的性格特征，更真实地表现了"我"对他们的厌恶之情。】

水手们吵吵嚷嚷地走到盖板前，所有的人都脱下了帽子。我扫了一眼，总共二十个人，算上我和舵轮旁边的那一个，就有二十二个人。水手大多是英国人和北欧人，他们没有表情，都显得迟钝麻木。但猎人们性格粗犷，神情轻松，显得无拘无束。让我感到奇怪的是，"海狼"不再那么邪恶，而是显出一副果断与刚毅的表情，看上去还挺坦诚直率的。

船长"海狼"刚要开口讲话，一阵狂风吹得帆船向一侧倾斜，帆船的绳索发出呜咽的声音，倾盆大雨直泻而下，雨点像冰雹一样砸在我们身上。

暴雨过后，"海狼"开始讲话，大家脱下帽子，随着甲板的起伏一起来回摇晃着。

"我只记得仪式的一句话。"他说，"'躯体应该抛入大海'。那就抛吧。"

"海狼"说过就不出声了。抬着盖板的人被这简短的葬礼弄得稀里糊涂，不知道下一步该怎么做。这时，"海狼"突然怒吼起来。

"一群笨家伙，把那一头抬起来。你们怎么搞的？"

他们手忙脚乱地抬起盖板的一端，尸体像一条狗一样落入水中，绑在死者脚上的那袋煤拖着他往下沉，很快就消失了。

"乔纳森，""海狼"语调轻松地对刚上任的大副说，"现在他们都在这

儿，叫他们都到甲板上去。收起中桅帆和船头的三角帆，主帆也卷好，我们要遇到东南大风暴了。"

乔纳森<u>狐假虎威</u>，照着"海狼"的话大声发布命令，水手们拉帆的拉帆，收绳索的收绳索，我这个刚从陆地上来的人自然看不懂这是怎么回事。【成语："狐假虎威"，短小精悍的成语把乔纳森那种倚仗别人的势力欺压人的丑恶嘴脸形象地刻画了出来。】

海葬只是一个小插曲。裹上一张帆布，绑上一袋煤，抛下水，所有的都结束了。"魔鬼"号帆船继续航行，船上的工作仍按部就班地进行。"烟雾"又讲了个新故事，逗得猎人们哈哈大笑；水手们爬上爬下，又拖又拉；"海狼"拉森迎着风观测着乌云翻滚的天空；那个前任大副被草草海葬，慢慢朝海底沉下去，沉下去……

大海残酷无情，海浪泡沫飞溅。生命在它的面前显得那么渺小，甚至一文不值。我向远处眺望，那雾气里隐藏着旧金山和加利福尼亚的海岸线。暴风雨时断时续，"魔鬼"号颠簸前进，驶向西南，驶向浩淼的太平洋。

第四章

我成为一个低贱卑微的杂役

我不再是优雅体面的绅士，而成为一个低贱卑微的杂役，开始过着屈辱而痛苦的日子。在"魔鬼"号海豹捕猎船上，我努力适应着"新"的环境，厨师汤玛斯·马格立治对我的态度不再像以前那样毕恭毕敬，而是傲慢凶横，他的眼光势利而冷漠，说话带着恶意和挑衅。

让我更加气愤的是，他居然要我叫他马格立治先生。他对我指手画脚，支使我做这事做那事。除了在船舱里的四间小寝室里干活外，我还在厨房里给他做杂事，累得我喘不过气来。我不会削土豆，不会洗油腻的锅，他就没完没了地嘲笑我是个笨蛋，他那<u>趾高气扬</u>的样子真让我受不了，不到一天的工夫，我就恨透了他。【✐形容词："趾高气扬"形象地刻画出汤玛斯·马格立治那种小人得志的卑鄙模样，贴切传神。】

天有不测风云，大海喜怒无常。"魔鬼"号收紧风帆，冒着狂吼的东南风暴颠颠簸簸地向前航行。

我在船上做杂役的第一天，就吃尽了苦头，受够了嘲弄。到了5点30分，我按照汤玛斯·马格立治的吩咐，在船舱里摆好餐桌，放好恶劣天气时专用的盘子，又把茶和煮好的饭菜从厨房里端上来。

我一手提着大茶壶，另一只胳膊的臂弯处夹着几块刚烤好的面包。汤玛斯·马格立治扬扬得意地对我说："小心点，要不茶会泼到你身上的。"

"哎呀，来了，快跑！"汤玛斯·马格立治突然大叫了一声。

我还没有明白是怎么回事，厨房门就"砰"的一声关上了。汤玛斯·马格立治像疯了一样跳到主船索上，飞快地爬到比我的头还要高出好几米的地方。【🏠动作描写："跳"、"爬"两个动词准确生动地体现了汤玛斯·马格立治常年在海上练就的准确判断和敏捷反应。】只见一排滔天巨浪卷着泡沫，呼啸着冲向我们的船头，浪头高出船舷，我正好站在浪头的下面，一切来得那么突然，我吓得呆若木鸡，脑子还没转过弯来。"海狼"在船尾甲板上冲我大声喊叫：

"赶紧抓牢，那个……那个亨甫。"

可是已经来不及了。我想去拉住绳索，然而一个海浪打过来，把我淹没了，我喘不过气来。我被海水冲来冲去，两只脚怎么也不听使唤，有几次碰到了硬邦邦的东西，还有一次我的右膝被狠狠地撞了一下。

不知过了多久，海潮突然退了下去，我又呼吸到新鲜的空气。这时我才知道，我被浪冲到厨房，绕过统舱舱口，从上风口直到下风口的排水孔，撞到厨房的墙上。我右膝疼得厉害，我想是我的右腿断了。这时，汤玛斯·马格立治站在下风口的厨房门口，冲着我背后大叫：<u>"喂，你还想在那里游泳啊？别磨磨蹭蹭的！茶壶呢？掉到海里去了？你断了脖子也活该！"</u>【■语言描写：生动的语言把厨师冷酷无情的性格传神地描绘了出来。】

我挣扎着站起来。茶壶还在手里。我一瘸一拐地走到厨房，把它交给汤玛斯·马格立治。他一点儿也不同情我，还装模作样地大发脾气。

"你不是蠢货那才怪呢？我倒想知道你究竟能干什么，嗯？究竟有什么用？送壶茶到船尾也能弄洒了，我还得重烧一壶，唉，真是个窝囊废！"

"你哭什么？"他又朝我发火，"哦，天哪，伤了你可怜的小腿，乖乖，妈妈可怜的小宝贝哟。"

我并没有哭，只是我的脸由于疼痛难忍而抽搐着有些变形。我狠狠心，把牙一咬，一瘸一拐地从厨房走到房舱，又从房舱走回厨房。

这次意外有两件事让我不能忘记，一是膝盖受伤，没有绷带包扎，让我吃了几个月的苦；二是"海狼"在船尾的甲板上给我起的"亨甫"这个名字。后来，整条船上的人都叫我这个名字。

"海狼"、乔纳森和六个猎人坐在船舱里吃饭，伺候他们可不是件容易的事啊，船舱狭小，加上船体剧烈地摇摆，我走动起来都难上加难！

他们对我冷若冰霜，一点儿也不同情我，真让人痛心！我的膝盖处的伤口肿得一天比一天大，有几次疼得我差点儿昏死过去。【✗成语："冷若冰霜"，精准的成语写出了船上的其他成员对"我"毫无感情，简直冷漠到了极点。】

<u>我无意中照了下镜子，看见自己面容憔悴，脸色像死人一样苍白，五官也因疼痛而变形了。</u>【■神态描写：通过对"我"的脸色、五官的描写，细腻生动地刻画了"我"受伤之后的痛苦感受，表明伤势的严重性。】他们肯定都看

到了，但是，从来没有人提起，也没有人理会。

有一次，我在洗碗时，"海狼"对我说："别发愁啦！时间长了，你就会习惯的。走起来会有点儿跛，可你还能学着走路的。"

"你们把这叫做'诡辩'，对不对？"他补充说。

我点了点头，说："是的，船长。"

"海狼"看见我点头称是，好像很开心。

"你懂点儿文学，对吧？嗯？非常好。抽空我俩好好聊聊，交流交流。"

说完，他转身走到甲板上去了。

那天晚上，等我做完所有的事情之后，我被安排到统舱去睡觉，和猎人们住在一起，居住条件改善了不少。在那儿，我清理出一块空床铺。摆脱那个叫恨的厨师，再让脚好好休息一下，这正是我求之不得的。我没想到一直穿在身上的湿衣服这会儿竟然干透了，而且我没有任何感冒的症状，要知道我先后两次在水中浸泡了多时，这要是在平时，我早该卧床不起，要护士照顾了。

我坐在统舱里看腿上的伤情，看到膝盖骨好像在浮肿的中间凸出来，我很害怕，十分担忧。

那六个猎人在抽烟、聊天、讲故事、说笑话，【🏠动作描写：通过对猎人们活动的描写，体现出他们在"我"受伤之后的表现，刻画出他们冷漠、残忍的内心世界。】这时，乔纳森从我身边走过，顺便看了我一眼。

"看上去情况不妙。"他说，"要是找块碎布包扎一下，会好些。"

要是在陆地上，我现在一定舒舒服服地躺着，外科医生会嘱咐我卧床休息，不要乱动。可是在这简陋的船上，在这恶浪翻卷的茫茫大海上，也只能这样了。船上的这些人对这一点儿也不关心，我想即使这事发生在他们自己的身上，他们也一样。

我尽管累得精疲力竭，但膝盖上的疼痛却让我难以入睡。我尽量克制，不让自己大声哼哼。要是在家里，我肯定会大叫起来了。可在这个野蛮的新环境里需要的却是自制力。

那些猎人在大事上不计较苦乐，能够忍耐，而在小事上却像小孩儿一样幼稚，处处要脾气。

这时，乔纳森正在和另一个猎人争论小海豹是否生下来就会游泳的事。两人的看法不同，又各执己见。乔纳森挥动着胳膊，咆哮起来，像恶魔一样骂骂咧咧。他坚持认为小海豹一出生就会游泳。另外一个猎人持反对意见。这人是拉提莫，他长得瘦瘦的，眼睛像两条缝，透着精明，像个美国佬。他认为母海豹必须教小海豹游泳，小海豹才会游泳，正如鸟妈妈教小鸟飞一样。

其余四个猎人，有的靠着桌子，有的躺在床上，听他俩争辩。但他们对这个话题都很感兴趣，过一会儿就会插上一两句。有时抢着说话，声音此起彼伏，像是密闭室里的模拟雷鸣。他们争论的话题幼稚而琐碎，而他们的争论却更显得幼稚。说实话，他们的谈话大都信口开河，毫无推论可言。他们的辩论方式只是肯定、假设和否定。他们总是气势汹汹地提出话题，接着便斥责对方的判断力、常识、民族或是经历。反驳的方式也是一模一样。我说这一切无非就是为了说明，和我相处的这些人的大脑的思维能力。他们身体上是成年人，可智力程度却相当于儿童。

他们不停地抽廉价劣质香烟，船舱里烟雾缭绕，空气污浊不堪，非常呛人。船在暴风雨中颠簸航行，尽管我不晕船，但还是呕吐了，这可能是由腿疼和疲乏造成的吧。

我躺在床上，不由得想到自己的处境。我，亨甫莱·凡·卫登，一个学者，一个艺术和文学的爱好者，竟然躺在到白令海捕猎海豹的"魔鬼"号帆船上，在船舱里做杂役，还受尽歧视，真是凤凰落毛不如鸡、虎到平原被犬欺啊！

我又想起了家，思绪像海潮一样涌上心头。我一直过着悠闲的生活，有稳定的收入，从来没有做过剧烈的体力劳动。小时候，爸爸妈妈很疼爱我，姐妹们也十分关心我，从来没有人看不起我。现在，我是"马丁内兹"号海难的"遇难者"之一，我的母亲和姐妹们，她们会多么难过啊！我可以想象得到报纸上头版头条的海难新闻；大学俱乐部和古玩会的会员们边看新闻边摇头说："可怜的人！"我还能想象得到那天早晨刚刚话别的福卢塞斯，他披着一件睡衣，靠在窗前堆满靠垫的沙发上，口中念着庄严悲伤的悼词。家人以及朋友一定都会为我悲痛。

"魔鬼"号帆船继续航行，时而在山一样的浪尖上摇摆、颠簸、攀爬，时而在浪涛间跌落、隐现、挣扎。【✗动作描写："摇摆"、"颠簸"、"跌落"等一系列动词把"魔鬼"号帆船在大海上前进时颠簸摇晃的情景生动形象地表现出来。】它不断冲出大海巨浪的重围，朝着太平洋中心前进，前进——我就在这条船上。风声像野兽怒吼，涛声像魔鬼号叫，人声像海怪咆哮。【✎排比、比喻：用排比的手法通过对"风声"、"涛声"、"人声"的描写，把航船上的混乱景象

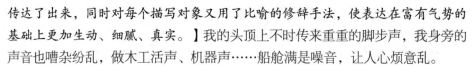
传达了出来，同时对每个描写对象又用了比喻的修辞手法，使表达在富有气势的基础上更加生动、细腻、真实。】我的头顶上不时传来重重的脚步声，我身旁的声音也嘈杂纷乱，做木工活声、机器声……船舱满是噪音，让人心烦意乱。

　　猎人们无休无止地在争论、怒吼，像是两栖的人兽，显得野性十足。空气中弥漫着污言秽语。透过朦胧的烟雾，这统舱看起来更像是动物的洞穴。墙上挂满了油布衣裤和高筒靴，四处都放着来复枪和猎枪的枪架，就像古代的海盗船一样。我心情烦乱，无法入睡。漫漫的长夜，无聊，孤寂，仿佛永远没有尽头……

拳头显示的威力

我在猎人们的统舱里只住了一晚。第二天，"海狼"拉森把新上任的大副乔纳森撵出了房舱，乔纳森从此一直睡在统舱里，而我搬进了房舱的小卧室，这里的条件比统舱好多了。猎人们很快打听到我与乔纳森对调的原因，结果引起了他们的不满。乔纳森好像是每晚睡觉的时候，都要把白天发生的事情再重复说一遍。他无休止地说话、叫喊、大声发号施令，繁琐得使"海狼"受不了，就把这个讨厌的家伙塞给了猎人。

　　我一夜没有合眼，起床时浑身绵软无力，一整天都要瘸着腿在"魔鬼"号上熬着。汤玛斯·马格立治五点三十分就叫我起床，就像比尔·萨克斯把他的猎犬从窝里叫醒一样。可他对我的残忍遭到了更大的报应。他的狂呼乱叫肯定吵醒了一个猎人。在昏暗的天色中，我看见一只鞋"嗖"地飞过来，只听汤玛斯·马格立治痛得嗷嗷直叫，连连弯腰向大家道歉。【拟声词："嗷嗷"一词真实再现了厨师被鞋子击中后发出的痛苦声音，把抽象的疼痛感具体化、形象化。】后来我看到他的耳朵肿了起来，再也没有恢复原来的样子，于是水手们就叫他"花椰菜耳朵"。

　　这天又发生了好几件不愉快的事情。我的钱包里原来有一百八十五块的金币和纸币，可现在里面只有一些小银角了。我到厨房里干活时和汤玛斯·马格立治说了这事，汤玛斯·马格立治听了十分恼火。

　　"听着，亨甫，"他咆哮着，两眼露出凶光，【神态描写：通过对汤玛斯·马格立治的声音和眼神的描写，体现出他残忍而又卑鄙无耻的性格特征。】"你想鼻子被打扁吗？你要是觉得我是贼，就该好好儿想一想你是不是大错特错了。我真是瞎了眼，对你太客气了。你这条可怜虫、社会的垃圾，上了这条船，我把你带到厨房，你才没有饿死，我待你那么好，你不知道感恩，还恩将仇报！下次再提这事，看我怎么修理你，你就去死吧！"

　　汤玛斯·马格立治一边说一边挥舞着拳头向我打来。我被他打得后退几步，逃出了厨房。我还能怎么办？这艘野蛮的船上，除了暴力，还是暴力，道德显得太苍白无力了。【形容词："苍白无力"贴切地体现出"我"所在的这艘船上的人们的野蛮和粗暴。】我站在一群兽性十足的人面前，如同站在一头愤怒的野牛面前一样。

我从厨房里逃出来的速度太快，用力过猛，膝盖一阵剧痛。我无助地跌坐在船尾的楼梯口，还好那个伦敦佬没有追上来。

"让他跑！让他跑！"他叫着，"还拖着一条瘸腿。回来，妈妈的乖宝宝。我不打你了，不打了。"

我瘸着回去，继续干活。我在房舱里摆好早餐，七点钟伺候猎人和高级船员吃早餐。前一天晚上起了风暴，海浪到今天早上还没有平息，狂风仍在怒吼。除了两面中桅帆和一面三角帆之外，其余的帆在早班时就升起了，"魔鬼"号乘风向前行驶。我从他们的交谈中得知，吃完早餐后，另外三面帆也要升起来。我还知道"海狼"急于借用这场顺行的暴风，赶到西南海面，在那儿，又能赶上东北贸易信风。他想乘这股持续不断的风力，向南转弯到热带地区，再靠近亚洲海岸的地方，然后折向北方航行，完成去日本的大部分路程。

这天吃过早饭，我又遇上了一件不愉快的事。我洗完盘子，打扫了舱房炉子，盛了炉渣到甲板上倒掉。【动作描写："洗完"、"打扫"、"盛了"等一系列动词把"我"所从事的繁重工作详细地写了出来，表现了"我"被他们奴役的辛苦。】"海狼"和猎人亨得森正站在舵轮边谈话，水手约翰森在掌舵。我走到上风口的时候，看见约翰森猛地朝我点了一下头，我误以为他在向我打"早安"的招呼。其实不是的，他是在提醒我，要我到背风面去倒炉渣。我不知道自己要犯错误，走过"海狼"和亨得森，把炉渣迎风向外倒去。风把炉渣带回来，不但吹到我身上，还吹到亨得森和"海狼"的身上。"海狼"马上狠狠地踢了我一脚，像是在踢一条野狗。我打了几个趔趄靠在船舱壁上，几乎昏了过去。眼前天旋地转，我挣扎着爬到船舷边，难受得大口地呕吐。幸好"海狼"没有跟过来。他抖掉衣服上的炉渣，继续和亨得森交谈。乔纳森在船尾的楼梯口看到了，派来两个水手打扫了污物。

有一天上午，汤玛斯·马格立治吩咐我去打扫"海狼"的房间，我却发现了一份惊喜。我看到靠近床头的墙壁上有一个书架摆满了书，有莎士比亚、泰尼森、爱伦·坡和德·昆西的作品，有丁达尔、布劳克多和达尔文等代表人物的科学读物，有天文学、物理学方面的书籍，有巴尔芬的《寓言时代》、肖的

《英美文学史》，有两大卷约翰森的《自然史》，还有麦特卡夫、里得和柯劳格等人撰写的语法书。当我看到一本《教务长的英语》时，不由得笑了。

我无法把这些书和"海狼"联系起来，我不太相信他读过这些书。但是，我在整理他的床铺时，在两床毛毯之间，发现了一本剑桥版的《白郎宁全集》，显然是他在睡着的时候从手中滑落下来的。书恰好翻到《在阳台上》这首诗，有几处画着铅笔记号。这时船身突然一歪，诗集掉到了地上，一张纸滑落出来，上面还潦草地画了些几何图形、列着数学计算式。

从这个散发着书香的小房间里，可以看出这个可怕的"海狼"并不是个愚昧无知的蠢人，尽管野蛮的外表有时会让人觉得他是一个莽夫，但他的人性还有另一面呢，他成了一个谜。我说过，他的语言很出色，尽管偶然也有小毛病。还有他跟我说话时，语言很纯正。我的胆子一下子大起来，决定把自己丢钱的事告诉他。

不久，我看见"海狼"一个人在船尾楼散步，便走过去对他说："有人偷了我的钱。"

"叫船长！"他纠正我，语气严厉而坚定。

"我的钱被人偷了，船长。"我又说。

"怎么回事？"他问。

我把事情的经过详细讲了一遍，他听完我的话笑了。他说："偷走了，钱被厨师偷走了？你不觉得你的那条小命就值这些钱吗？还是把它当做教训吧，这将使你学会怎样更好地保护自己的钱财。我想这之前应该是由你的律师或者经纪人为你代劳吧。"

我听得出来，他的话中带刺，可我还是不甘心地问："我怎么才能把它拿回来呢？"

"那是你的事。没有律师和经纪人，你就得靠自己。你挣的每一分钱，都要牢牢地看紧了。你把钱随便乱放弄丢了，活该！再说，你也有错。你不该让口袋里的钱诱惑你的同事，是你引诱厨师犯罪，你陷害了他的灵魂，使他的灵魂被打入了地狱而不能永生。对了，你相信灵魂会永生吗？"

他说着，眼皮懒洋洋地向上一扬。他的灵魂究竟什么样子，我说不清楚，不过，我渐渐发觉"海狼"那颗心的秘密，他很孤独，但平时却很少对外表露。

"我在你的眼中看到了永生。"我故意试探他，没有叫他"船长"。【✿

动词："试探"一词生动形象地刻画出"我"在"海狼"面前的小心谨慎，用词准确，并真实地体现了人物心理。】亲密的谈话就应该这样啊。

"在这一点上，我同意你说的。"他毫不在意，语气平和起来，"你看到了鲜活的生命，但它们却不能永远活下去。"

"我看到的不止这些，"我勇敢地继续说下去，"我还看见了别的东西。"

"那么你看见了精神，人的精神？但是，你也不可能看得很透，生命不是永生的。"我第一次看到"海狼"的态度那样的温和。

他好奇地看了我一眼，又转过身，迎风望着茫茫的大海那阴沉沉的水面。他的眼神凄凉中带有几分忧郁，嘴角的轮廓硬朗而严肃。【外貌描写：通过对眼神和嘴角的描写生动细腻地刻画出"海狼"性格中忧郁、严肃的一面，使人物性格复杂化，形象更加丰满立体。】看得出来，他有些感伤了。

"那么，人生的尽头究竟怎么样？"他突然转过身问我，"如果我会永远年轻，那又能怎么样？"

我一时答不上来，我不知怎样向他解释我的理想，我难以用语言来描述如同在梦中听到的"海狼"的话，那种感觉只可意会不可言传啊。

"你相信什么？"我反问他。

"生命可以存活一分钟、一小时、一年或者一百年，但终究有一天会走到生命的尽头。"他脱口而出，"生命是酵母，是霉菌，大酵母吃小酵母才能维持生命，弱肉强食才能积蓄力量。运气好的吃得多，活得更长久，就这么简单。你怎么看那些东西？"【语言描写：生动、富有特色的语言真实而又具体地刻画出"海狼"简单而又执拗的思维和性格特点。】

他不耐烦地朝着那些在船的中部绳索上干活的水手挥挥手。

"你看，他们在劳动，就像海蜇在活动一样。他们干活是为了吃喝，吃喝是为了能够继续干活；他们吃饱肚子是为了生活，生活是为了吃饱肚子。他们逃不出这个循环，同样，你也逃不出。最终，生命终止，再也动不了。他们死了。"

"他们有梦想。"我插话说，"灿烂辉煌的梦想。"

"梦到好吃的。"他毫不犹豫地说。

"还梦见……"

"还是吃的，梦到有更好的运气，更大的胃口，能多享用些，"他的语气很严厉，没有开玩笑的意味，"你看，那些人都梦想这次航海能走运，能多挣些钱，能升做大副，能发财，一句话，想得到比同事更高的职位，睡得香，吃得好，脏活都由别人去做。你我也和他们一样。

"不是这样的。"我大声说，带有几分抗议。

"并不见得，"他语言犀利，两眼发着光，"有些人过着猪一样的生活，即便永远不老，又有什么意义？你不种粮食，可你吃的和你浪费的粮食可以挽救几十个穷人的生命，而他们种的粮食，自己却吃不到，往往被饿死。再想想你和我。当你和我发生冲突时，我一拳可以把你打死，你谈长生不老还有什么意义？因为你是个可怜的弱者，这是个弱肉强食的世界。但如果我们是永生的，那么这有什么关系呢？你和我一辈子都过着猪一般的生活，这不应该是永生的人做的事。我再问一次，这是怎么回事？我为什么把你留在这儿……"

"因为你比我狠。"我脱口而出。

"可我为什么更狠？"他立刻提出耐人寻味的疑问，"因为我这块比你大。难道你不明白吗？不明白吗？"

"可这是没有任何办法的事。"我辩解说。

"我同意。"他说，"既然生命就是活动，那还得考虑为什么要活动？活动，是人的天性。如果不这样，生命就会死亡。也正是由于生命的缘由，你才梦想永生，你体内的生命力才会生机勃勃，促使你梦想永远年轻！"

他突然转身向前走去，在船尾楼梯口站住，叫我过去。

"对了，厨师拿了你多少钱？"

"一百八十五块，船长。"

他点了点头。过了一会儿，我走下舱口的楼梯，去摆放午餐桌，听见他在痛骂什么人。

一次惊险的考验

第二天早晨，风暴过去了，"魔鬼"号行驶在风平浪静的海面上。"海狼"拉森不停地登上船尾巡视，向东北方向的海面眺望，贸易信风一定会从那个方向吹来。

大家都在甲板上，忙着准备各种舢板以便捕猎。船上共有7条舢板，一条是船长的小艇，另外六条供猎人们使用。一条舢板上可以坐三个人：一个猎人，一个划手和一个舵手。在帆船上，划手和舵手都是船员，猎人也要值班，所有的人都要服从"海狼"的命令。

"魔鬼"号是旧金山和维多利亚船队中速度最快的帆船。它原本是一条私人游艇，为了提高船速而特地作了改造。这是昨天约翰森和我值班时，他告诉我的。他热情地谈着他对船舶的喜爱之情，就像爱马的人谈到他们心爱的马一样。

他告诉我，"魔鬼"号载重八十吨，船形非常漂亮。船的横梁，也就是宽度约九十英尺的一根漂亮的铅质龙骨，虽然不知道重多少，但即使船身升起多面风帆，仍坚固稳定。从甲板到主桅顶上的木冠，高度约一百英尺，而前桅和中桅要稍短八英尺到十英尺。我用这些细节来描述这个能容纳二十二个人的浮动的"海上迷你世界"的大小。【✐动词："浮动"准确贴切地形容出船在海上随海水一起一伏的状态，刻画真实，用词精准。】

我又无意中从亨得森和斯坦地史的交谈中知道，"海狼"在远航上又是以大胆出名的。两年前，"魔鬼"号在白令海遇上飓风，他竟然把桅杆全砍了。现在的桅杆是新装的，无论在哪方面都比原来的更可靠更结实。"海狼"在安装这些桅杆时曾说，他宁愿船翻了，也不愿丢掉这些桅杆。

我又认识了另一个水手——路易斯。他是爱尔兰人，连续十二年都去猎捕海豹，是船队中公认的两三个最优秀舵手之一。他长得圆滚滚的，总是笑嘻嘻的，爱交朋友，只要有人肯听，他就会滔滔不绝地说个不停。【✐成语："滔滔不绝"，生动的成语形象地刻画出路易斯说话像流水那样毫不间断，说起来没完没了的样子。】那天下午，厨师在下舱睡觉，我在削着堆积如山的土豆，这时，路易斯突然走进厨房，要和我"聊两句"。

"啊，我的孩子，"他神秘地摇摇头对我说，"这是再糟糕不过的一条船，大副是头一个送命的，还会死更多的人。这话只能在我俩之间说说，'海狼'拉森是个地道的魔鬼，'魔鬼'号落到他手里，就变成了地狱。【○比喻：把"海狼"领导下的船只比喻成地狱，形象而贴切，真实地传达了"海狼"性格的残暴和冷酷。】我记得两年前在日本港口函馆，他跟人吵架，开枪打死了四个手下，那年他还用拳头打死了一个人。'海狼'有很大的保护伞，库拉岛的总督、警察局长和日本的绅士都是'魔鬼'号的客人，他杀人比杀鸡还容易呢。"

"'海狼'拉森！"他接着说，还哼了一声，"听清楚这个词！狼，他就是一匹狼。他不像有些人是黑心肝，他根本没有心肝。狼，就是一匹狼。这个名字取得太好了。"

"可是，既然他的名声这么臭，"我说，"为什么他还能召集到这么多人上船呢？"

"我要是没有喝醉酒，才不会签字呢，"路易斯有些恼火，带着凯尔特人的怒气说，"猎人们本来是不可能和好人一起出海的，那些前舱的可怜虫根本不知道。他们要是知道了一定会后悔投错了胎。"

"那些猎人都是坏蛋吗？"我有些好奇，又忍不住问他。

"他们的良心都被狗吃了。那个叫荷纳的猎人，他们都叫他'小鬼'荷纳，看上去那么文静，那么随和，说话细声细气，像个姑娘，黄油放他嘴里都不会融化。他去年杀死了他那条舢板上的舵手，还说是'意外事故'呢。"路易斯又滔滔不绝地说起来，"还有那个黑黑的小个子'烟雾'，他在俄国的禁猎地库珀岛偷猎，被俄国人关在西伯利亚的盐矿里做了三年苦役，他和同伙吵架，杀死了一个人，还分尸碎骨，真是太残忍啦！"

"真的吗？你是在开玩笑吧！"我吓得叫了起来。

"开什么玩笑？"他反应极快，"我可什么都没说啊。我又聋又哑，为了你好，你也得装聋作哑，好保住性命呀。我除了说他们的好话，什么也没说。让老天爷来惩罚这些恶魔吧！"

路易斯还说到了约翰森——那个在海难发生时给我做急救的人。他说：

"那个大脑袋的约翰森是个好人，是前舱最好的水手。他是我的划手，他不怕'海狼'。他遇到不顺心的事，就喜欢发牢骚，那些爱嚼舌根的人就把话传给'海狼'。'海狼'迟早会让他吃苦头，他不允许任何人挑战自己的权威。"

路易斯很讨厌厨师汤玛斯·马格立治，他说："汤玛斯·马格立治让我越来越难以忍受了。他强迫我叫他'主人'或'先生'。他这么嚣张是因为'海狼'有些喜欢他，<u>狗仗人势</u>吧。【✐成语："狗仗人势"，生动形象的成语刻画出了汤玛斯·马格立治像狗一样依靠别人的势力欺侮人的卑鄙无耻，用词贴切，细腻传神。】真让人费解，船长居然和厨师打得火热。有两三次，我到厨房里看，'海狼'和汤玛斯·马格立治有说有笑。今天下午，他俩在船尾楼梯口足足谈了十五分钟。谈话结束，汤玛斯·马格立治回到厨房，一副小人得志的样子，一面干活，一面还哼着走了调的商贩叫卖曲。"

汤玛斯·马格立治那油滑、讨好的腔调，谄媚的假笑，荒谬的自负，实在让人恶心，是最可恨的人。他做的饭菜和他的人品一样肮脏，难吃死了。

晚饭前发生了一件残忍的事。船上有个叫哈里森的新水手，他是个长相笨笨的农村孩子。这是他第一次航海，他想在海上冒冒险。海上的风向不断变化，帆船要经常调整风帆的方向，这时需要有人移动前中桅帆的斜杆。哈里森爬上去，不知怎的，帆脚索在经过滑轮滑到桅上斜杆的另一端时，被滑轮卡住了。遇到这种情况，有两个办法可以解决：一是放下前帆，这既容易又没有危险；二是先爬到升降索顶，再爬到桅上斜杆的顶端，但这就很危险了。乔纳森吩咐哈里森从升降索爬过去。大家都看出来这个孩子害怕极了。的确，在离甲板八十英尺的高处，攀在那些细细的、晃动的绳索上，是免不了要害怕的。如果风向不是飘忽不定的话，情况还好些，但"魔鬼"号却被海风吹得东摇西晃，船只每摇晃一下，风帆就一卷一鼓，升降索也随之一松一紧。<u>这样人就有可能给弹出去，像用鞭子抽落一只苍蝇一样掉到大海里。</u>【🔍比喻：把人比做苍蝇，生动形象地把人挂在绳索上的样子真实贴切地展示给读者，渲染了当时的危急场面，同时也体现了人在大海上的渺小。】

哈里森听懂了命令，但他犹豫了，这或许是他平生第一次爬这么高。乔纳森立即破口大骂，像"海狼"那样骂人。

"得了，乔纳森。""海狼"粗暴地喊道，"要明白，这条船上只有我可以骂人。要你帮我骂的时候，我会叫你的。"

"是，船长。"乔纳森马上服从。

这时，哈里森已经开始从升降索往外爬。我看见他直哆嗦，四肢都在打战，一寸一寸地往上挪。在蓝天的映衬下，他活像一只大蜘蛛，沿着蜘蛛网在爬。【比喻：用"蜘蛛"比喻哈里森，生动地描绘出他在一根根升降索上艰难爬行的样子，给人一种心惊胆战的感受。】

"魔鬼"号迎着风冲到前面，又在浪谷间退了回来。哈里森停了下来，死死地拉住绳索。在八十英尺处，他为了活命在痛苦地挣扎着。帆瘪了，桅上斜杆左右摇晃。升降索松了，就在一刹那间，绳索随着哈里森的重量而下垂。桅上斜杆忽然往旁边一荡，风帆呼呼作响，那三排收帆索像一梭子弹扫射在风帆上。哈里森死抓不放，在空中急速旋转，又戛然而止。升降索像鞭子在空中一挥，又猛地收紧了。他拉不住了。一只手松开了，另一只手绝望地硬撑了片刻，也松开了。他的身体倒挂着，他设法用双脚夹住升降索，才救了自己一命。他倒挂在那儿。他举起双手想重新拉住升降索，过了好一会儿，他才回到原来位置。可怜的哈里森，差点儿送了命。

"哈里森可没胃口吃晚饭了。""海狼"从厨房的拐角处说，"你，乔纳森！你走吧，他来了！"

哈里森非常难受，像晕船一样。他久久地抓住那根摇晃的横木，不敢动弹。乔纳森还在不断地用恶毒的话催他做完工作。

"可耻！"约翰森用英语说。他站在主索具旁边，离我只有几英尺远。"这孩子是愿意干的，一有机会就去学。可这次是……"他认为是乔纳森在"谋杀"哈里森。

"闭嘴，行不行？"路易斯悄悄地对他说，"为了你的妈妈，乖乖地闭上嘴！"

可是约翰森仍嚷嚷着。

"听我说，"猎人斯坦地史对"海狼"说，"他是我的划手，我可不愿意失去他。"

"说得很对，斯坦地史。"他回答说，"他到了你的船上就是你的划手，可他现在在我的船上就是我的水手。只要我高兴，爱让他怎样他就得怎样。"

"你太不讲理了！……"斯坦地史正要继续说下去。

"好了。""海狼"劝他，"道理我已经跟你说明白了。他是我的人，只要我高兴，我可以把他当做一碟下酒菜。"

斯坦地史的眼中喷着怒火，但他还是转过身，走进统舱的舱口，站在那儿

向上望。所有的人都来到甲板上，所有的眼睛都朝上看，哈里森在作垂死挣扎。这些人的冷酷无情真叫人心寒。

又过了三十分钟，我看见约翰森和路易斯正在争执。约翰森一下子甩开路易斯阻拦他的手臂，向前跑去。他跑过甲板，跳到前桅索具里，往上爬去，"海狼"的眼睛一直牢牢地盯着他。

"喂，你，你要到哪儿去？""海狼"大声叫喊。

约翰森停了下来。他看着"海狼"，一字一句地说："我去把那个孩子弄下来。"

"马上放开那条绳索，赶快！听见没有？滚下来！""海狼"恶狠狠地说。

约翰森犹豫了片刻，对船长只能服从。他闷闷不乐地回到甲板，到前面去了。

五点三十分，我到下舱开晚餐。一会儿工夫，我都不知道自己在做什么，因为我的眼里，我的脑子里都塞满了哈里森的形象。他面色苍白，浑身发抖，像一只淋了雨的甲虫，伏在摇荡的桅上斜杆上。【🔍比喻：把可怜的哈里森比做"淋了雨的甲虫"，想象力丰富，体现了"我"对哈里森的担忧和同情。】六点钟，我从厨房端出饭菜，经过甲板，看见哈里森还在原处。

餐桌上没有人谈起这件事，似乎哈里森命悬一线的险境没有引起他们的兴趣。但是又过了些时候，我又到厨房去，高兴地看到哈里森颤颤巍巍地从船索走到前舱口。

他终于鼓足了勇气，爬了下来。

迷人的热带夜晚

海风飘忽不定地刮了三天后，东北贸易信风终于吹过来。我竟然忘记了膝盖的隐隐疼痛，美美地睡了一觉。

"魔鬼"号除了船头的三角帆外，每一张帆都被从船后吹来的东北贸易信风鼓得满满的，借助强劲稳定的顺风，"魔鬼"号如虎添翼，乘风破浪。哦，伟大的贸易信风！

我们<u>夜以继日</u>地航行。【✗成语："夜以继日"，精炼的成语真实地体现了"魔鬼"号晚上连着白天，一刻不歇地借着东北贸易信风航行的状态。】不再需要收放帆脚索和绞辘，也不需要转动中桅帆，除了掌舵以外，水手们什么活儿都不用干。傍晚时分，太阳下山了，帆脚索便松了下来。第二天早晨，帆脚索因被露水打湿而有些松弛，需要再拉紧些，就只有这些轻松的活儿。

航速随时调整。十海里，十二海里，十一海里……只要强劲的东北风风力不减，我们一昼夜就可以航行二百五十海里。

我忧中有喜，忧的是我们正飞快地将旧金山远远地抛在身后，喜的是我们正往赤道线的热带飞奔而去，会感受到不一样的风光。

天气一天天热起来。到了傍晚六七点钟的时候，水手们都来到甲板上，光着脚，赤着膊，在船边用桶打水，互相冲洗，甲板是天然的浴场。

飞鱼乘着夜色跳到船上，水手值夜班时在甲板上捉到几条。早上，汤玛斯·马格立治收到了"贿赂"，厨房里溢出炸鱼的香气。如果约翰森在船头斜桅的前端抓了一条闪闪发光的海豚，那么，前后舱就都有口福了。

几朵白云飘动着，像天上的帆船在航行；大海的波涛闪耀着丝绸般的光泽，美丽极了。【📖景物描写：对白云和波涛的描写生动地体现了此时天空和大海的美丽，同时也从侧面烘托了人物美好的心情。】约翰森似乎一有空就待在船头斜桅上，或者趴在桅顶横杆的顶端，注视着"魔鬼"号借着风帆的力量破浪前进。他的眼中满是热情和喜悦，像着了魔似的来回走动，满心欢喜地望着鼓鼓的风帆和浪花四溅的尾波，还有与帆船同行的浪涛水花。

我也时常在繁重的工作中抽点空儿，一遍又一遍地欣赏着这梦幻般的无边奇景，远眺地平线上的朵朵白云在那儿聚会，好似海天相接时一道银色的背景。

一个夏天的夜晚，我躺在前舱的前部难以入睡，看着"魔鬼"号的船头劈开神异的浪花，【✂动词："劈开"一词既真实地再现了当时船航行时船头的状态，又形象地描绘出"魔鬼"号借着信风航行的速度之快。】听着海涛发出潺潺的水声，像是流淌在幽静山谷里的溪流，冲击着长满青苔的石头，发出美妙的乐曲。这低吟的声音勾走了我的灵魂，我不是杂役亨甫，也不是在书堆里空想了三十五年的亨甫莱·凡·卫登，我是……这时，从我身后清清楚楚地传来"海狼"拉森的吟诵声：

啊，迷人的热带之夜，
尾浪，像一道道光鞭，
炎热的天空被驯服了，
平稳的船头打着鼾声，
划过洒满星光的海面，
被惊慌的鲸鱼在光焰中摇动着尾巴；
帆船的甲板，还留着太阳的吻痕，
烈日炙烤着姑娘的衣裙，
她的帆绳拉紧了，挂满晶莹的夜露；
我们顺着熟悉的路，自己的路航行，
航道慢慢，伸向南方，
——那是一条永远崭新的长路。

"喂，亨甫？你听了有什么感想？""海狼"停顿了一下，问我。

我看着他的脸庞。他神采奕奕，双眼像海水般在星光下熠熠生辉。【✂成语："神采奕奕"，简短的成语生动地表现出"海狼"吟诗后精神饱满、容光焕发的神态。】

"你也会表现出热情，真是没有想到啊。"我冷冷地说。

"怎么了，你这个人，这是生活，这是生命！"他叫道。

"生活，生命？一分钱不值。"我故意学他的话。

他哈哈大笑，这是我第一次听到他发自内心的笑。

"呵呵，生命，对别人来说一分钱不值，对自己可是最有价值呀。我可以这样对你说，我的生命价值连城——对我自己而言，它是无价之宝，你会说我高估了，但我不能不这样做，因为是我体内的生命作出的这个评价。""海狼"停顿了一下，接着又说，"你知道吗？我的心中洋溢着激情，我的身上重演着人类历史，我掌控着所有的权力。我能明辨真理，分辨善恶是非。我眼光敏锐，富有远见。我处在怎样的环境里呢？快乐呀，狂喜呀，灵感呀，这些只有当一个人身体健康、衣食无忧时才能获得。为了得到那些美好的东西，更多地享受生活的恩惠，我们就要像酵母一样疯狂地吞食。明天，我们也许要为这些享受付出代价。自然规律不可抗拒，我知道自己会死的，多半是死在海上，成为海洋中生命的食物，让它们也享受着美餐。"

"海狼"说完，像猛虎一样，纵身跳上甲板，瞬间从我的视线中消失。"魔鬼"号在苍茫的大海上飞速前进。我听到船头发出的阵阵鼾声，"海狼"刚才吟的诗、说的话还在我的脑海中萦绕。这时，从船的中部传来一个深海水手浑厚的男高音，那是《贸易信风之歌》：

啊，我是水手最爱的风——
我坚定，强劲，永远忠诚；
天上的行云追随着我的身影，
驶过深不可测的热带海洋的碧波。

无论白天黑夜，我随船而行，
像忠实的猎狗，嗅逐它的行踪，
阳光下，我最为强劲，
而在月色中，我还能把帆儿鼓起。

"合法"的抢钱

"海狼"的行为古怪，反复无常，有时像个疯子，有时像个伟人，有时像个天才。【➤排比：用排比的手法生动地写出了"海狼"性格的变幻无常，让人捉摸不透。】不过，我深信他是个生在文明社会的野蛮人。他以自我为中心，是典型的个人主义者。他寂寞孤独，很少和别人交流，与船上的人格格不入。他有过人的体力与智慧。在"海狼"面前，不仅水手们，就连猎人们也都像小孩子，他也的确把他们当成小孩子对待，有时不得已和他们交谈打闹，就像玩弄小狗一样和他们玩耍；有时他像生物解剖家一样，毫不留情地剖析他们，探究他们的思想，检查他们的心灵。

他在饭桌上经常侮辱这个或那个猎人，用冷冷的目光盯着他们，却又带着开玩笑的神情，好奇地观察他们的反应、神态、动作，他认为这是和猎人交流的一种方式。我常在一旁静静地观看，明白他的用意，暗自偷笑。他有时的愤怒，我认为是装出来的，是试探对方，他习惯了用这种自己认为理所当然的态度和方式对待他的同伴。除了大副意外死亡那件事之外，我没看到过他真正发过怒。我也不希望看到他真发怒，他真发怒是会把全身的力量都释放出来的。

接下来，我得谈谈厨师汤玛斯·马格立治在房舱里的事，同时也对我前面提到的一两件事作个交代。一天，午餐结束后，我刚刚收拾完舱房，"海狼"和汤玛斯·马格立治一起从舱口楼梯上走下来。汤玛斯·马格立治虽然睡在从房舱挤出来的一小块地方，但他从来不敢在房舱里逗留，怕被人看见，每天只是像胆小鬼一样在那里偷偷地溜过去一两次。【➤动词："溜"一词形象地写出了汤玛斯·马格立治那种胆小和怯懦的样子，生动贴切。】

"那么，你会玩儿纸牌了？""海狼"高兴地说，"你是英国人，我早该想到你会玩儿的。我就是在英国船上学会的。"

汤玛斯·马格立治喜出望外。这个傻子为能和船长这样亲密而高兴极了。他装腔作势，想方设法做出体面人的从容气度，那副丑态既好笑又令人作呕。

他装着没有看见站在一边的我，转悠着那双淡而无神的苍白眼珠。

"把纸牌拿来，亨甫。"他们在桌边坐下，"海狼"命令道，"到我的房舱去，把雪茄和威士忌拿来。"

我把这些东西拿来了，刚好听到汤玛斯·马格立治在暗自吹嘘自己的身世，说他是绅士的儿子，误入了歧途什么的，又说他是个靠汇款生活的人，有人出了一笔钱要他离开英国的。

"给我很多钱呢，船长。"汤玛斯·马格立治说，"给了我很多钱，让我走得越远越好。"

我拿来了"海狼"常用的酒杯，但"海狼"皱起眉摇摇头，做个手势示意我去换大酒杯。他在大酒杯里倒了三分之二不掺水的威士忌。

"绅士喝的酒。"汤玛斯·马格立治讨好说。他们先为纸牌比赛碰了杯，然后点燃雪茄，开始洗牌，发牌。

他们一边喝着威士忌，一边在赌钱。赌注越下越大。威士忌喝光了，我又去拿了些来。我不知道"海狼"是否做了什么手脚，他一直在赢。汤玛斯·马格立治不停地到他的睡铺取钱，一次比一次神气十足，但每次他只拿几块钱。他醉意越来越浓，坐也坐不稳了，牌都看不清了。在他再次起身到睡铺取钱时，他用油腻腻的手钩住"海狼"的纽扣眼，不断重复那几句空洞的话："我有钱，我有钱。我告诉你。我是绅士的儿子。"【✦形容词："油腻腻"一词形象而又真实地写出了厨师汤玛斯·马格立治的特点，符合他的职业特征，同时也体现了他的懒惰和肮脏。】

汤玛斯·马格立治喝一杯，"海狼"也喝一杯，而且他酒杯里的酒更满一些，可他仍面不改色，而汤玛斯·马格立治已丑态百出了。

最后一次，汤玛斯·马格立治孤注一掷，他说即使输光了钱也要输得体面，便把最后的钱也押上去，可还是输光了。【✦成语："孤注一掷"这个成语形象地描绘出汤玛斯·马格立治当时把所有的钱一次押上去一决输赢，希望侥幸成功的真实心理。】他双手抱头号啕大哭。

"亨甫，""海狼"很客气地叫我，"麻烦你把马格立治先生扶上甲板。他有点儿不舒服。"

"再叫约翰森和里奇来，浇他几桶海水。"他又凑到我耳边说。

我按照"海狼"的吩咐做了。汤玛斯·马格立治昏昏欲睡，喷着唾沫说自己是绅士的儿子。【✦动词："喷着"生动地写出了厨师汤玛斯·马格立治当时醉醺醺和嘟嘟囔囔的恶心形象，用词准确，描写真实具体。】当我走下舱口楼梯，去收拾桌子的时候，我听到他一声尖叫，第一桶水已经浇到他身上。

"海狼"嘴里叼着雪茄，悠闲轻松地在数着赢来的钱。

"一百八十五元整。"他大声说，"和我所预料的一样，这个叫花子上船时，身上一个子儿也没有。"

"你赢来的钱是我的，船长。"我壮着胆子说。

海狼带着讥讽的微笑看着我，说道："亨甫，我曾研究过语法，我觉得你把时态弄错了。你应该说'曾经是我的'，而不应该说'是我的'。"

"这不是语法问题，而是道德问题。"我回答。

差不多过了一分钟，他才开口说话。

"你知道吗，亨甫？"他说得很慢，语气严肃带着几分悲哀，"这是我第一次听别人说'道德品质'这个词。在这艘船上，只有你我两人懂得它的含义。可你说错了。这既不是语法问题，也不是道德问题，而是个事实。"

"我知道，"我说，"事实就是，钱，现在在你的手中。"

他脸上露出了喜悦的神色，好像我的领悟力让他特别开心。

"可是你回避了事情的本质，"我继续说，"是非曲直的问题。"

"啊，"他撇了撇嘴，说，"看来你还是相信对与错这类问题？"

"难道你不相信？丝毫不信？"我追问他。

"丝毫不信。强大就是对的，弱小就是错的，就是这么回事。强大有好处、弱小有坏处的说法还不够深刻，最好这样说，强者因为获利而快乐，弱小因为受损而痛苦。现在得到了这笔钱，这是值得高兴的事，当然也是好事。既然钱已归我所有，要是我把它给了你，放弃占有它的快乐，那就委屈了自己，就是对不起自己呀。"

"可你拿了这笔钱就是委屈了我啊！"我反驳道。

"绝对没有。谁也委屈不了别人，只能委屈了自己。据我所知，每当我为别人的利益着想时，我总是委屈了自己。你不这样认为吗？两个酵母都想吃掉对方，怎么会是委屈了对方呢？生命的力量世代相传，驱使着他们在拼命地吞噬别人的同时，又拼命地防止被别人吞噬。他们一旦违背了这个原则，就是犯罪。"

"那么你不相信利他主义吧？"我问道。

他听到这个词，好像并不陌生，思考了一会儿说："这个词有合作的意思，对不对？"

"嗯，在某种意义上，它和合作有关！"我解释说，"利他主义是一种为了别人的利益而采取的行为。它是无私的，与利己的自私行为恰好相反。"

他点点头，接着说："哦，对了，我想起来了。我在斯宾塞的书里看到过这个词。"

"斯宾塞！"我叫了起来，"你读过他的书？"

"不太多。"他坦率地说，"他的《第一原则》，我看懂了很多，可是《生物学》不合我的胃口，《心理学》让我看不懂。我的确从斯宾塞的《伦理数据》中学到了点儿东西。我就是在那本书里看到了'利他主义'这个词的。现在，我想起来它是怎么用的了。"

利他主义是斯宾塞最高行为的理想不可缺少的，"海狼"潜心钻研过大哲学家的学说，显然是以自己的需求和愿望去选择阅读的。

"你还读过什么？"我问。

"简单地说，"他皱了皱眉头，"斯宾塞的意思是：首先，人必须为自己而活，这样做是合乎道德规范的。其次，他必须为了他的后代而活。第三，他必须为他的种族而活。"

"那最高境界的、最良好的、最正确的行为就是既有利于自己，又有利于后代和种族了。"我惊叹地插了一句。

"我不同意，""海狼"说，"我认为有利于自己就行，不要顾及后代和种族。儿女情长有啥用？种族和我有啥关系？你必须自己照顾好自己，至少不相信永生的人会这样做。若是我能永生，利他主义就应该是一笔赚钱的买卖。"

"那么，你是个人主义者，享乐主义者了。"

"言过其实了，"他微微一笑，"什么才算是享乐主义者？"【成语："言过其实"这个简短的成语体现出"海狼"对我的评价不屑一顾的态度。】

他边听我的解释，边点头赞成。

"而你，"我接着说，"在涉及自身利益的时候，就会完全靠不住了。"

"你开始明白了。"他面含微笑。

"难道你是个没有道德的人？"我说。

"没错。"他说得很干脆。【形容词："干脆"一词写出了"海狼"的坦诚，更体现出他蛮横专制的性格特征，用词贴切。】

"一个人人害怕的人？"我穷追不舍。

"就是这样的。"他毫不掩饰。

"就像人们害怕蛇、老虎，或者鲨鱼？"我越说胆子越大。

"你终于了解我了，"他说，"你开始按常人的思想了解我了。别人都叫我'海狼'。"

"你是一头怪物！"我越发大胆地说，"你是一个奇思异想的精灵——凯利班。"

他眉头紧锁，没听懂，我很快意识到他不知道那句诗。

"我正在读白郎宁的诗，"他坦白地说，"太难了。我没看懂多少，快读不下去了。"

我从他的房舱里取来了书，大声朗读起《凯利班》这首诗。他非常高兴。

我读完一遍，他又要求我读了第二遍，第三遍。我们无所不谈：哲学、科学、进化论、宗教。

时间过得很快，马上到了吃晚饭的时候，可餐桌还没摆好。汤玛斯·马格立治从舱口往下看，一副不高兴的样子。我心里很焦急，准备去干活。这时"海狼"对着他大叫："厨师，今晚你摆餐桌吧，我和亨甫正有事呢。"

那天晚餐，发生了一件从未有过的事。我和船长、猎人们一起用餐，汤玛斯·马格立治在旁边伺候着，晚饭后又洗了碗。"海狼"的这种突发奇想恰好是凯利班式情绪的体现，我想他也会让我吃苦头。吃晚饭的时候，我们不停地说话，引起了猎人们的反感，因为他们一句也听不懂，有些<u>心烦意乱</u>。【✦成语："心烦意乱"这个形象化的成语描绘出猎人们听不懂我们谈话时心思烦躁、思绪杂乱、内心烦闷焦躁的生动表情。】

匕首给了我勇气和力量

我和"海狼"拉森有了一次深入的谈话后，得到了三天的休假。这是快乐又幸福的三天，我十分悠闲地和"海狼"拉森在房舱里吃饭，谈论人生、文学和宇宙，什么事都不用做，我的事都由汤玛斯·马格立治去做，他一人干两个人的活儿，累得肺都快要气炸了。【夸张：用极度夸张的手法写出了厨师汤玛斯·马格立治一个人干两个人的活儿时劳累的程度，也体现出他愤怒的程度。】

"我得提醒你，还是小心一点儿好。""海狼"去调解猎人们的纠纷时，路易斯利用这个空隙警告我，"这家伙喜怒无常，无孔不入，你永远都摸不透他，让人防不胜防。"

路易斯的话果然应验了。有一天，我和"海狼"热烈地讨论人生问题，我越来越胆大包天，一个劲儿指责"海狼"。我说话太尖刻，激怒了"海狼"，他暴跳如雷，古铜色的脸被气得发黑，两眼喷着怒火，像一只失去理智的狼。【比喻：把"海狼"比喻成一只失去理智的狼，生动地描绘了他怒气冲冲的样子。】他的狼性突然大发，大吼一声，向我扑过来，一把抓住了我的胳膊，一只手使劲捏住我的手臂，几乎要捏成肉酱，痛得我尖叫起来。

过了一会儿，他大笑了一声，松开手。那笑声很特别，像野兽的怒吼。我跌坐在地板上，几乎晕了过去。他坐在我的对面，点燃雪茄，看着我，好像猫盯着一只老鼠。

我终于勉强站起来，回到厨房。我的左胳膊麻木了，就像断了一样，好几天都不能用劲儿，疼痛延续了好几个星期。他其实只不过抓住我的手臂，稍微用力捏了一下，并没有真正下毒手。第二天，他把头伸进厨房，问我的胳膊怎么样了，做出了与我和好的姿态。

"这还不是最厉害的呢！"他笑了笑。

我在削土豆。他从盘子里挑了一只又大又硬、还没削皮的土豆，捏在手里一用劲儿，土豆泥从他的指缝间喷流出来。这时，我才真明白，要是他真用劲儿，我可就惨了。

可是不管怎样，三天的假期对我是有好处的，我的膝盖得到了修养，伤势好多了，红肿明显消退，膝盖骨也恢复原状。

当然，我也预料到这三天的休息会给我带来麻烦。汤玛斯·马格立治必定要我偿还他这三天付出的代价。

他对我使坏，嘴里一直恶狠狠地辱骂我，他分内的活儿也要我替他做。当他举起拳头要打我时，我也变得像一头野兽，冲着他大声吼叫，他被我的气势吓住了。

汤玛斯·马格立治退了回去。<u>我和他怒目相视，像是关在一个笼子里的两头野兽，龇着牙对峙着。</u>【🔍比喻：用野兽比喻此时极度愤怒的"我"和厨师两个人，生动形象地写出了我们当时疯狂可怕的神态和表情。语言贴切、传神。】他是个胆小鬼，见我没被他吓倒，也就不敢下手，但又想出另一个诡计来恐吓我。

厨房里有一把锋利的菜刀，汤玛斯·马格立治从乔纳森那里借了一块磨刀石磨起来，故意弄出很大的响声，一边磨一边不怀好意地瞥我两眼。他从早到晚磨过来磨过去。一有空，便拿出磨刀石和菜刀，没完没了地磨。刀刃被磨得像剃须刀一样锋利，他用大拇指或者指甲去试刀锋，还轻松地刮掉手背上的汗毛。那副滑稽的样子十分搞笑。

防人之心不可无，他可能会来真的，我不能掉以轻心。他虽然是个胆小鬼，狗急也会跳墙呀，说不定什么时候做出胆大的傻事来。水手们也在私下议论："厨师磨刀要对付亨甫。"他却把这些当成好话来听，挺高兴的，似乎显示出他的厉害来，虚荣心得到了满足。

上次汤玛斯·马格立治和船长玩儿牌喝醉了酒，里奇恰好是奉命对他浇水的水手之一。汤玛斯·马格立治一直怀恨在心。见到里奇，汤玛斯·马格立治破口大骂，连他老祖宗也顺便骂了。还把他为我磨的刀在空中一扬，里奇见了，哈哈大笑，<u>反唇相讥</u>，说了许多难听的粗话。【🔍成语："反唇相讥"，形象的成语写出了里奇受到指责不服气，反过来讥讽对方的生动神态。】

汤玛斯·马格立治气坏了，他突然一刀砍到里奇的右臂，伤口从胳膊肘一直划到手腕。汤玛斯·马格立治倒退两步，凶神恶煞般地把刀护在胸前。虽然鲜血直流，但里奇满不在乎。

"马格立治，走着瞧吧，我不会放过你的！"里奇愤怒地大声说，"有你好受的，我很快就会回来的。到时候，你手里可就没有那把刀了。"

汤玛斯·马格立治吓得面如死灰，心里清楚被他砍伤的里奇迟早要报复他。他虽然害怕被人寻仇，但他却认为这是对我的一个很好的警告，毕竟杀鸡给猴子看了，反而变得得意忘形。

贸易信风推动着"魔鬼"号破浪前进。几天过去了，我看见汤玛斯·马格立治眼睛变得越来越疯狂，我害怕极了。他磨刀霍霍，从早磨到晚。他在试刀锋的时候，眼睛斜视着我，我只好倒退着走出厨房，这让水手和猎人们哄堂大笑，他们故意聚在一个地方，看我怎样倒退着走出厨房。【✗动词："斜视"一词形象地写出了汤玛斯·马格立治以蔑视的眼神向我挑衅的神态，生动传神。】我的头快要气炸了，在这条满是疯子和野蛮人的船上，这是家常便饭，再自然不过的了。

我是一个落难者，整条船上没有一个人同情我，没有人向我伸出援助的手。我的生命时时刻刻都有危险。有时我想请求"海狼"对我发发慈悲，但我还是退缩了，因为我受不了他眼中恶意的讥笑。我曾想过自杀，但我的乐观主义态度，使我最终放弃了这个念头。

"海狼"多次想引我和他辩论，可我只草草应付一下就避开了。最后，他命令我坐回到房舱的桌子旁，把活儿留给汤玛斯·马格立治干。于是我坦率地告诉他，正因为他对我的三天"恩宠"，我才不得不受汤玛斯·马格立治的刁难。"海狼"笑了，眼睛眯成了一条缝。

"这么说，你怕了？"他在嘲笑我。

"对！"我实话实说，但态度不卑不亢，"我怕了。"【✗成语："不卑不亢"真实地体现了"我"在"海狼"面前的说话态度，体现了"我"的尊严和性格特征。】

"你们这些家伙就是这样，"他有些生气了，"看见一把刀和一个胆小如鼠的家伙就吓倒了，就像见到老虎一样。我亲爱的老弟，你不会死的。厨师伤害不了你，还怕什么呢？"

"你有永恒的生命，你是个大富翁，那财产与日月同辉，同宇宙长存呢。厨师只是把你推上永生之路。"

"现在，他的灵魂被关在肮脏的监狱里，你打开牢门是做了一件善事。而且谁知道呢？或许从丑陋的肉体中升起的是一个美丽的灵魂，高飞到蓝天上，送他上路，我升你坐他的职位，他一个月挣四十五块呢。"

很明显，我是没有办法向"海狼"求援了。干什么，我都只能依靠自己。恐惧催生勇气，我决定用同样的方法对待汤玛斯·马格立治。我也从乔纳森那里借来一块磨刀石。舵手路易斯曾经向我要过炼乳和白糖。而这些美味的东西都储藏在房舱板下面，我找了个机会偷了五听炼乳，趁那天晚上路易斯在甲板上值班，和他换了一把匕首。那把匕首和汤玛斯·马格立治的菜刀一样，窄、长，但上面锈迹斑斑，刀口看起来很钝。我拿来磨刀石，让路易斯帮我磨出了刀锋。那天晚上，我睡得特别安稳香甜。

第二天早晨，吃过早饭，汤玛斯·马格立治又开始磨啊，磨啊……我跪在地上掏炉灰，警惕地盯着他。倒完炉灰回来，我看见他正和哈里森说话，老实忠厚的乡巴佬哈里森脸上满是惊奇。

"是的，"汤玛斯·马格立治说，"那个人只是把我在里丁监狱里关了两年。我要是在乎，那才怪呢。我要把那个傻瓜好好修理一下。你真该好好看看，就是这把刀，我一刀刺下去，像是戳在牛油上，他就会像小丑一样哭爹喊娘了。"

他朝我这边瞄了一眼，看我是否能听见。大副的声音打断了这个血腥的故事，哈里森被叫到船尾去了。

汤玛斯·马格立治蹲在厨房高起的门槛上，继续磨他的刀。我放下铲子，镇静自若地坐在他对面的煤箱上。他恶狠狠地瞪了我一眼。我不露声色，可心里却咚咚直跳。【拟声词："咚咚"形象地模拟出了心跳的声音，生动含蓄地写出了"我"当时看见汤玛斯·马格立治时的恐惧心理，用词贴切，渲染了一种紧张气氛。】我慢慢拔出路易斯的匕首，在磨刀石上磨了起来。我等着看汤玛斯·马格立治会做出什么反应。可奇怪的是，他好像没看见我在干什么。他继续磨着刀，我也磨着刀。我们俩坐在那儿，脸对着脸，磨啊，磨啊，磨啊……一直磨了两个钟头。这个消息像长了翅膀，不一会儿，船上有一半人都拥到厨房门口来看热闹了。

大家七嘴八舌，都在鼓励和劝告我。猎人贾克·荷纳是个不爱说话、朴实淳厚的人，看样子连老鼠都不敢杀，可这时却在教我使用匕首的方法，真看不出他还有这一套！里奇手臂缠着绷带，在旁边求我给他留下几刀……

两个胆小鬼蹲在那儿磨刀，还有一群人在一边凑热闹。我相信他们中有一半人希望我们拼个头破血流，好让他们坐山观虎斗，好好消遣一下。【成

语：富有比喻色彩的成语写出了围观的人们对"我"和汤玛斯·马格立治准备格斗时采取的冷漠、袖手旁观的态度。】

这件事既可笑又幼稚。磨啊，磨啊，磨啊……亨甫莱·凡·卫登在船上的厨房里磨刀，还用大拇指试着刀锋！这真让人难以置信。要知道，我的朋友一直叫我"玉面娃娃"。但是，什么事情都没有发生。过了两个小时，汤玛斯·马格立治放下菜刀和磨刀石，向我伸出手来。

"让这帮家伙看我们的好戏，有什么意思呢？"他问我，"他们不喜欢我们，希望我们俩都被割断喉咙，他们就高兴了。你好样的，亨甫！像你们美国佬说的，是条汉子。我有点儿喜欢你了。好，来吧，咱们握个手吧。"

我或许是个懦夫，但我没汤玛斯·马格立治那么懦。我大获全胜，我赢了，我拒绝和他握手言和。

"好吧，"他沮丧地说，"随你的便，我还是一样喜欢你。"为了保全面子，他猛地转身对着看热闹的人恶狠狠地骂道："给我滚出厨房，滚！"接着他又提起一壶沸腾的开水来吓唬他们，水手们一哄而散。这次汤玛斯·马格立治胜了，他可以体面地下台了，当然，他还不敢鲁莽到把猎人也赶出门去。

"我看厨师算是完了。""烟雾"对荷纳说。

"没错！"后者回答道，"从今天起，厨房里由亨甫说了算，厨师成缩头乌龟了。"

汤玛斯·马格立治听见这话，急忙瞟了我一眼，我假装没听见。【动词："瞟"形象传神地写出了汤玛斯·马格立治在失败之后对"我"的态度的变化，生动体现了他可悲懦弱的性格特点。】我没想到这一仗还未开战，竟然赢得这样痛快，意义这样深远。我决不放弃胜利的果实，随着时间的流逝，"烟雾"的预言得到了证实。汤玛斯·马格立治对我的态度甚至比对"海狼"还要谦卑恭顺呢。

我不再叫他先生或主人了，也不再洗油腻的锅、不再削土豆了。我做自己的事，只做我分内的事，愿意什么时候干就什么时候干，想怎么干就怎么干。我把匕首插在刀鞘里，别在腰里。我对汤玛斯·马格立治冷嘲热讽，轻蔑他，鄙视他。

"海狼"的自述

我和"海狼"越来越亲密了。不过我很清楚，在他的眼里，我只是一个玩具，他对我就像孩子对待玩具一样。我的用处是让他开心，只要我能让他开心，一切都万事大吉；而如果我让他厌烦，或者让他不高兴，那么我就会马上从房舱的桌子旁赶到厨房里去，那时，我要是能保住性命，不受伤，就算是万幸了。

我渐渐地发觉"海狼"很孤独。船上的人不是恨他就是怕他，谁也不敢也不愿意接近他，当然"海狼"也不把他们当回事。他的身上有一股超强的能量，这种能量好像在工作中无法全部释放出来。我想，要是把这个孤傲的人放逐到没有灵魂的世界，他一定会成为魔鬼撒旦。

孤独是每个人的大敌，可雪上加霜的是，"海狼"还有一种人类原始部落首领的那种野蛮劲儿，他是一船之长，就是船上的小霸王或太上皇，让人敬畏。【✗成语："雪上加霜"这个生动的成语形象地写出"海狼"既遭受孤独又被野蛮控制的双重状态。】

"海狼"身上不具备拉丁人轻佻、爱开玩笑的气质。他大笑和发怒的心情都是一样的。他很少笑，总是郁郁寡欢。不过，忧郁也往往使人头脑清醒，生活纯净，品行端正。

"海狼"没有办法从宗教里得到安慰，他狭隘的唯物论与宗教相对立。他心情恶劣时，就像恶魔一样。如果他不是那么令人可怕，我有时还会为他难过。

三天前的一个上午，太阳在云缝里钻来钻去，大海笼盖着一层雾气。【✗动词："钻"真实又贴切地写出了云缝中的太阳的动感，使得云的流动带给人太阳"钻来钻去"的错觉。】我到他的房舱灌开水，他在里面没看见我。只见他双手抱头，肩膀像抽泣似的，一耸一耸的。他似乎被巨大的痛苦折磨着。当我悄悄地退出房间时，听见他在叫喊："上帝！上帝！上帝！"这不像是他在

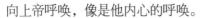

向上帝呼唤，像是他内心的呼唤。

吃午餐的时候，他问猎人有没有治头疼的药。尽管他身体很强壮，但到了晚上，他仍痛得几乎整夜睡不着觉，在房舱里走来走去。

"亨甫，我这辈子没有生过病。"有一次，我搀他回房间时，他对我说，"头也没疼过，除了那次我的头被绞盘杆打破了六英寸，在医治期间疼过。"

这次令他失眠的头疼持续了三天。在船上生病无处诉苦，得不到同情，也得不到医治，他像饱受病痛折磨的野兽一样，只能忍着。

这天上午，我去他的房舱收拾床铺、打扫房间时，发现他已经好了，正在埋头工作。桌上和床上到处是图纸和计算稿纸。他手里拿着圆规和直角尺，好像正在一张透明的大纸上画什么比例图。

"喂，亨甫，"他开心地招呼我，"我马上就要改完了。你想看下它吗？"

"这是什么东西？"我问。

"让航海家省力的设计，它让航海变得像幼儿园课程一样简单了，"他得意扬扬地说，"从今天起再也用不着繁琐的计算了，小孩子也可以驾船航行了。在有云的夜晚，只要天上有一颗星星，你就能很快判断出自己的方位。你瞧，我把这张透明的比例图叠放在星图上，让比例图绕着北极旋转。图上我已经画上了经度和纬度。只要把它放到一颗星上，转动一下，让它与比例图上的经纬度对齐，船的确切位置就出来了，这就像变戏法一样简单。"

他的语气中充满了自信和骄傲，他的眼睛像大海一般清澈、湛蓝、闪烁着光芒。【⚐比喻：用大海的颜色比喻"海狼"眼睛的颜色，给人以美感，同时也写出了"海狼"在创造面前的自信和骄傲的神情。】

"你的数学很棒，是在哪儿上的学？"我问他。

"我运气不好，从没进过校门，"他回答，"我只好自学。"

"做这个东西，你知道我是为了什么吗？""海狼"突然问我，"是我想节约航海的时间吗？"他发出一声吓人的冷笑。"不。我是想获得专利，赚更多的钱。如果成功了，那么在别人干活时，我可以像猪一样彻夜狂欢。这才是我的目的。况且，在我设计的时候，我也享受到了创造的乐趣。"

"创造的乐趣。"我喃喃地说道。

"你说得太对啦。这是生命快乐生存的另一种表现方式，是酵母的骄傲，因为酵母还是酵母，还在活动。"

我两手一摊，无可奈何了，然后开始整理床铺。他继续在透明的比例图上写线条和数字。这是一项精细严密的工作，而他能够调节自己的能量，心平气和地完成这项细微、精致的工作，这让我不能不佩服。

我铺好床，盯着他。他真是一个美男子，有一种阳刚之美。而且，让我一直惊奇的是，他的脸上没有一点儿卑鄙、险恶和罪孽的痕迹。我的意思是说，有这样一张脸的人，要么做事从不违背自己的良心，要么就没有良心。我更倾向于后一种说法。他就是个还没有完全进化好的人，一个野人，在道德产生之前，就来到了人间。他并不是不讲道德，而是道德对于他来说是完全隔绝的。

"海狼"确实长得很英俊，脸刮得光光的，面部轮廓分明。原本白皙的皮肤在与大海和阳光的战斗中，变成了青铜色，显出他的野性之美。他那薄而饱满的嘴唇，给人以刚毅、甚至冷酷之感。嘴巴、下巴以及下颚也透着刚毅和严厉，带着男性的凶悍和顽强。鼻子也一样，是一个征服者的鼻子，有点儿像鹰钩鼻，可能是希腊人或罗马人的鼻子，说是前者而又偏大了些，说是后者又纤细了些。总之，整个面孔看来就像是凶猛和力量的化身。【🏠外貌描写：通过对"海狼"的面部轮廓、脸色、嘴唇、下巴、鼻子等的描写，具体细腻地写出了"海狼"此时给人的全新感受，含蓄而又真实地体现了"海狼"藏在英俊外表下的真正的性格特征。】

我在好奇心的驱使下，站在他的面前，滔滔不绝地说：

"你为什么不干一番伟大的事业？以你的能力，什么样的大事都能实现，你完全可以主宰这个世界。而你却蜷缩在这小帆船上，像井底的青蛙一样，已经到了人生事业的顶点，开始走向衰老和死亡，过着低微、卑贱的生活。你捕猎海豹的目的只是为了满足女人们的虚荣心和对饰品的爱好。用你自己的话说，像猪一样地寻欢作乐。你为什么不发挥你惊人的能量，去做出一番伟大事业呢？没有什么阻止你，也没有什么可以阻止你。你哪儿出了问题？是你缺少雄心壮志还是你受到什么诱惑？到底是怎么回事啊？"

我说得气喘吁吁。【💥形容词："气喘吁吁"生动地写出了"我"对"海狼"充满了不可遏止的好奇心和重重疑问，以至于在"海狼"面前滔滔不绝地说了很多话后的具体神态。】他一直望着我，听我说着。等我说完，他迟疑了一会儿，好像在思考从哪儿说起，接着说道：

"亨甫，你知道人播种的事吗？有些种子落在石头缝里，那里没有什么泥土，虽然种子很快发芽了，但是，太阳一晒，就枯萎了，因为它们没有根。还有些种子落在荆棘里，荆棘长得很高，种子闷在里面，也活不了。"

"什么意思？"我不解地问道。

"什么意思？"他反问我，"没什么意思。我就是那样的一粒种子。"

他又低下头，重新开始画比例图。我干完活儿，正要准备出去的时候，他对我说：

"亨甫，你看一下挪威地图，就会发现在西海岸有一处叫罗姆斯达·福特的海口。我就出生在离海湾不到一百英里的地方。可我不是挪威人，而是丹麦人。我的父母都是丹麦人，我也不知道他们为什么要搬到西海岸荒凉的小海湾来，他们也从没有和我说起这个事。除此之外，就毫无神秘可言了。我的父母很穷，没有上过学，祖祖辈辈都没有文化，以打鱼为生，总是沿袭传统，习惯地把子孙播种在海浪上。别的就没有什么好说的了。"

"有的，还有好说的呢，"我反驳道，"我还是觉得你还有许多事没有说完啊。"

"没什么好说的了！"他气势汹汹地责问我，"穷苦的童年？吃的鱼和简陋的生活？我刚会爬就乘船出海？还有那些到大海里去耕种再也回不来的兄弟？我家里穷，没有机会读书写字，刚满十岁就在近海的老式船上干杂役，做苦工，吃的是粗劣饭菜，忍受着拳打脚踢，受到别人的冷漠和歧视，恐怖和痛苦与我同行。一想到童年那些苦难生活，我的脑海就会涌动一股疯狂的热浪，让我受不了。【✗动词："涌动"一词生动地写出了"海狼"对回忆童年生活的痛苦感受，更体现了这种痛苦和疯狂的程度之深。】我成年以后，要不是已在别的船上，我就要回去杀死那艘小船的船长。不久前，我回去过，只是那些人都死了，就剩下一个当年的大副。我见到他时，他已当了船长，我离开时，他成了一个瘸子，再也无法走路。"

"你没有上过学，那你是怎么学会读书写字，还在阅读斯宾塞和达尔文的著作呢？"我问他。

"在英国商船上干活的时候。我十二岁当杂役，十四岁当勤杂工，十六岁当下等水手，十七岁便是高级水手了，还做水手的领班。我野心勃勃，可也感到很寂寞，因为从来没有人帮助和同情我。【✗成语："野心勃勃"，短小精悍的成语形容出"海狼"做水手时就曾经具有非常大的野心，对自己充满了自信。】我为了自己学会了航海学、数学、科学、文学等。可这些能有什么用呢？正像你说的那样，我这辈子最多只不过是一条船的老板，而且青春已过，

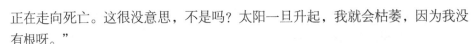

正在走向死亡。这很没意思，不是吗？太阳一旦升起，我就会枯萎，因为我没有根呀。"

"历史上，也有奴隶成为将军的呀！"我不同意他的话。

"历史上是有奴隶翻身做了将军的事情，"他措辞严厉地说，"但是，没人能创造机会。伟人所能做到的只不过是抓住了机会罢了。那个科西嘉人（这里指拿破仑）就知道把握机会。我曾经和他一样，有一个伟大的梦想。我也能看出机会，但它从未来过。荆棘长了出来，慢慢地扼杀了我。【✗动词："扼杀"一词准确地写出了"海狼"以往生活的环境对他的恶劣影响，以致重新塑造了一个如今和以前完全不同的"海狼"，生动形象，而且写出了环境的可怕力量。】我可以告诉你，亨甫，你比任何人都要了解我，除了我的弟弟。"

"你的弟弟？他是干什么的？在什么地方？"我问。

"是'马其顿'号汽船的船长，捕海豹的猎人，"他有些疲惫地回答，"我们在日本海岸附近可能会遇到他。大家都叫他'阎王'拉森。"

"'阎王'拉森！"我忍不住叫了起来，"他像你吗？"

"不是很像。他更像野兽，他是一只没有头脑的野兽。他完全具备我的……我的……"

"蛮霸。"我脱口而出。

"对，谢谢你说的这个词——完全具备我的蛮霸，但他几乎不认字。"

"而且他从未思考过人生的意义。"我补充说。

"是的，""海狼"脸上浮现一种悲哀的表情，"我弟弟可不管那些，他根本没有时间思考这样的问题。可他反而活得快乐而充实。我错就错在读过书，想的事情太多了。"

生命能值多少钱

"魔鬼"号来到太平洋的圆弧形航程的最南端，正向西北方向的几个孤岛驶去，大家都在传言，船将在那里加满淡水，再到日本沿海狩猎。猎人们在检测他们的来复枪和猎枪，反复调试直到满意为止。划手和舵手准备好斜杠帆，用皮革和扁索缠裹桨和桨架，这样才不会在靠近海豹时发出声响。还有，用里奇的家乡话来说，大家像摆苹果饼一样把舢板放整齐了。

里奇的手臂已经痊愈了，只是留下了永久性的疤痕。汤玛斯·马格立治很怕他，天黑后就不敢到甲板上去。

前舱里每天都要发生两三次争吵，路易斯告诉我，有两个爱说闲话的人，把水手们在背后说的闲言碎语传给猎人，被他们的同伴狠狠揍了一顿。【✗成语："闲言碎语"，形象的成语写出水手们在海上生活中无事可做，无聊、乏味透顶的状态。】他和约翰森是同一条舢板上的划手，约翰森说话太直率，毫无顾忌，为了他名字的发音，已经和"海狼"发生了两三次冲突。几天前的一个晚上，他在船中部的甲板上把乔纳森痛打一顿，从那以后，大副再也不敢叫错他的名字了。当然，约翰森不敢打"海狼"。

路易斯又告诉我一些有关"阎王"拉森的情况，与"海狼"的简短描述差不多。"我们可能会在日本沿海遇到'阎王'拉森。"路易斯预言，"多留些神，他们俩可是死对头，像是一对狼崽子。""阎王"拉森指挥的"马其顿"号是猎捕海豹船中唯一的一艘汽船，船上有十四条舢板，别的船上只有六条。据说船上还有大炮，它行踪诡异，远征抢劫无所不为：私运鸦片到美国，私运军火到中国，拐卖黑人，公然抢劫。我对路易斯所说的话深信不疑，他从未对我说过谎话，他对猎捕海豹和船上的人都了如指掌。

这是艘名副其实的鬼船，人与人之间经常冲突和打斗。猎人"烟雾"和亨得森之间的旧怨还没结束，他们随时可能拔枪格斗。"海狼"明确地表示，如果谁敢开枪，他一定要把剩下的那一个也杀死。

"海狼"还承诺，如果他们能在狩猎结束前管好自己的双手，他就让大家尽情地狂欢一次。到那时，所有的恩怨都可以一笔勾销，胜利者可以把失败者扔到海里，然后只需编一个他是怎样在海上失踪的故事就行了。不要说我，就连猎人也被"海狼"冷酷无情的话吓到了，尽管猎人也不是什么好人，可他们看到"海狼"也怕极了。

汤玛斯·马格立治对我低三下四的，就像一条狗一样，但我仍时时刻刻提防着他。【🔍比喻：把厨师比做狗，形象贴切，把厨师的卑躬屈膝、低三下四、欺软怕硬的丑恶嘴脸生动地刻画了出来。】我的膝盖虽还在隐隐作痛，但已经比以前好多了，被"海狼"捏伤的手臂也逐渐能够伸缩自如。我的肌肉渐渐结实而又粗壮起来。但我的双手仍肿着，指尖长满了肉刺，指甲破裂，毫无光泽，指甲下的肉鼓胀出来。【🏠外貌描写：通过对"我"的肌肉、指尖、指甲等身体部位的描写，真实地再现了恶劣的航海生活在我身上留下的烙印，让我变得强壮起来。】身上还起了不少疖子，我从来没受过这样的磨难。

前几天晚上，我看见"海狼"在读《圣经》，这本书是在那个死去的大副的箱子里拿到的。我不清楚"海狼"能从中读到什么。他大声冲着我朗读《传道书》。在狭小、封闭的舱房里，他的声音深沉而悲伤，使我情不自禁迷醉其中。他没有受过教育，但显然他知道该怎样表现文字的特色。他朗读的语音里激荡着与生俱来的忧郁：

我为自己积蓄金银财宝，我日见昌盛，超过众人。
后来才发现，我只是空忙了一场，在日光之下毫无益处。
众人都是一样：无论好人还是坏人，洁净人和肮脏人，献祭的与不献祭的。
好人如何，罪人又如何；起誓的如何，怕起誓的又如何。
众人所遭遇的都是一样，他们的心充满了恶念。
活着的人心里狂妄，后来就归到死人那里去了。
活着的狗比死去的狮子更强。

活着的人知道自己必死，死了的人却毫无所知。
也不再得赏赐，他们的名字无人纪念。
死后，爱，恨，嫉妒，都已消失。世上所有的事都与他们无关。

"你说得很对，亨甫。"他把书合上，手指仍留在书页中。他抬起头看着我说："这个传道人是耶路撒冷的以色列国王，他的想法和我相同。你说我是悲观主义者，可他比我更悲观，那简直是绝望了！他说'都是虚空，都是捕风'，'在日光之下毫无益处'，'凡临到众人的事都是一样'……活着本身就是不如意，但是只看到前方的死亡，更是不如意。"

"你比奥莫还要悲观，"我说，"他至少在经历过青春的忧郁之后，得到了一些满足，把利己主义变成了快乐的事情。"

"奥莫是谁？""海狼"追问道。这一追问，使我不仅那一天不用干活，而且接连下来的几天都不用干活了。

"海狼"读书很杂，<u>可他从来没读过奥莫写的《鲁拜集》</u>，这次让他觉得得到了宝藏。【🖐比喻：把奥莫写的《鲁拜集》比喻成宝藏，形象地说明了"海狼"对未知知识的浓厚兴趣，同时也含蓄地体现了"海狼"是一个充满求知欲的人。】"鲁拜"我大概三分之二都能背诵，剩下的部分，我也没花多长时间就补全了。我们常常花几个小时来讨论每一个小节。他从诗中读出了悔恨和反叛，而这是我怎么也领会不出来的。我只凭我自己的感觉来品读。他的记忆力特别好，只需要我读两遍，有的甚至只要一遍，他就能背出一节四行诗。可能我是用某种快乐的韵律来背诵的，所以他在背诵同样的诗句时，融入了令人难以想象的激情。

我问他最喜欢哪首诗，他挑出了一首给我朗诵：

不要问我从哪里来，
也不要问我到哪里去！
哦，喝完这一杯杯烈性的美酒，
必将淹没那些忧伤的记忆！

"真棒！""海狼"<u>拍案叫绝</u>，"真棒！这才是生命的本性。太棒了！再也找不到比这更好的字眼了。"【🖐成语："拍案叫绝"这个充满动感的成语生动地写出了"海狼"读完诗歌后拍桌子叫好的传神动作，体现了他对这首诗歌的极度赞赏之情。】接下来无论我怎样反对或否认，都丝毫不起作用了，他以雄辩有力的话压倒了我。

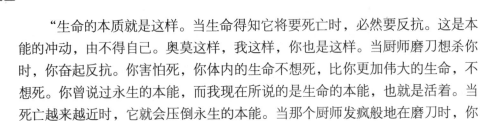

　　"生命的本质就是这样。当生命得知它将要死亡时，必然要反抗。这是本能的冲动，由不得自己。奥莫这样，我这样，你也是这样。当厨师磨刀想杀你时，你奋起反抗。你害怕死，你体内的生命不想死，比你更加伟大的生命，不想死。你曾说过永生的本能，而我现在所说的是生命的本能，也就是活着。当死亡越来越近时，它就会压倒永生的本能。当那个厨师发疯般地在磨刀时，你生命的本能控制住了你。这一点你不能不承认。"

　　"你无法否认，你怕他，也怕我。假如我像这样掐住你的喉咙，"他突然伸手掐住了我的喉咙，使我无法呼吸，"现在开始把你的生命赶出去，像这样，你永生的本能就会消失，而你生命的本能将被激活，你会想方设法为维护自己的生命而奋斗。现在，在你的眼睛里，我看到了死亡的恐惧。你的双臂在空中挥动。你竭尽你微薄的气力，挣扎着要活下去。你的手抓住了我的胳膊，乱抖着，就像一只蝴蝶栖息在我的胳膊上。你的胸脯上下起伏，舌头伸了出来，脸色发黑，目光呆滞。'我要活下去！我要活下去！我要活下去！'你大声哭喊着现在要活下去，不管以后怎么样。哦，你不太相信永生了。你不希望拿生命去冒险。你觉得现在才是最实际的。

　　"啊，生命越来越暗，你的眼珠不再转动。我的声音你听起来越来越弱、越来越远。我的脸你也看不见了。可你仍在我的手里挣扎。你用脚踢我。你的身子像蛇一样缩成一团。你的胸口一会儿起伏，一会儿收缩。【✗动词："起伏"和"收缩"两个词语真实再现了"我"被扼住喉咙后的痛苦挣扎和极力想要活下去的身体的自然反应。用词准确、生动，描写细腻。】我要活下去！我要活下去！我要活下去……"

　　突然，我眼前一黑，什么也不知道了。等我醒来时，我发现自己躺在地板上，"海狼"在一边抽着雪茄，他若有所思地望着我，眼里流露出好奇的光。

　　"你相信我说的话了吗？"他问我，"来，干一杯。我要问你一些问题呢。"

　　我躺在地板上摇了摇头，"你这论证方式太——太——'棒'了！"我有气无力地说，喉咙很痛。

　　"半个小时后就会好，"他边安慰我，边向我保证道，"我保证今后不再用这种方法证明我的观点了。快点儿起来吧，赶紧坐到椅子上去。"

　　在"海狼"的眼里，我只是一个玩具。有关奥莫和传道士的讨论又重新开始了，我们坐着一直谈到半夜。

帆船上的暴力游戏

这一天很快过去了，我亲眼看到了一幕幕残忍的打斗，它像传染病一样从房舱传到了前舱。这些都是由"海狼"引起的，积怨、争吵、怨恨不断在他们中间形成恶性循环，仇恨像草原上的荒草，一点儿小火星，就能使整个草原烧成一片火海。【比喻：把仇恨比做荒草，形象地写出了仇恨爆发后来势汹汹，势不可当的可怕场面。】

汤玛斯·马格立治是个鬼鬼祟祟的密探，也是一个喜欢搬弄是非的告密者。【形容词："鬼鬼祟祟"形象又真实地描绘了汤玛斯·马格立治的猥琐和卑鄙的性格特征。】他一心想讨好船长，想重新得到船长的青睐，便把前舱的一些闲话传给"海狼"。

他把约翰森随意对衣柜发的几句牢骚、说的几句气话传到"海狼"的耳朵里，给约翰森带来了一场灾难。

我刚把房舱打扫干净，"海狼"就要和我讨论他最喜欢的莎士比亚笔下的人物哈姆雷特，这时，乔纳森从梯子上往下走，后面跟着约翰森。约翰森按船上的规矩，摘下帽子，面对着船长，严肃地站在房舱中间，船身摇摆着，他的身子也随着摇晃着。

这时，"海狼"对我说："关上门，窗帘也拉上。"

我正要去关门和拉窗帘，看到约翰森的眼中流露出不安的神色，我不知道是怎么回事。后来才知道，他对"海狼"的唯物主义思想作了反驳。

大副乔纳森站在离他不远的地方，"海狼"坐在一张转椅上，离他差不多有九英尺远。我关上门，拉上窗帘后，足有一分钟的沉默，"海狼"首先发话了。

"约森。"他开口说道。

"我叫约翰森，船长。"水手勇敢地更正着。

"好吧，约翰森。该死的！你知道我为什么叫你来吗？"

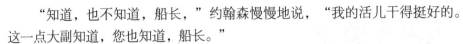

"知道，也不知道，船长，"约翰森慢慢地说，"我的活儿干得挺好的。这一点大副知道，您也知道，船长。"

"就这些？""海狼"又追问道，他的声音柔和、低沉，带着鼻音。

"我知道您不喜欢我，"约翰森说话像从前一样慢吞吞。"你不喜欢我。你……你……"

"继续说，""海狼"催促他，"不要怕我生气。"

"我不害怕，"约翰森反驳说，他那黝黑的脸上浮现出怒气，"我说话慢，是因为我离开英国的时间没有你那么长。你不喜欢我，是因为我太像一个人了。我说完了，船长。"

"你不要绕圈子，从船上纪律来说，你做得太过分了，你听懂我的意思了吗？""海狼"严厉地说，"我听说你对油布衣裤不大满意，是不是？"

"是的，我不满意。那衣服一点儿都不好，船长。"约翰森说。

"所以你就到处胡说八道。""海狼"更加生气。

"<u>我是随便说的，想到什么就说什么，不是故意的，船长。</u>"约翰森直率地应答，他牢记着船上的礼仪，每句话后都加上一个"船长"。【📖语言描写：朴实无华的语言从侧面真实地反映了约翰森的直率耿直的性格，也为下文约翰森遭受毒打埋下伏笔。】

这时，我才发现，乔纳森站在一旁，<u>凶神恶煞</u>地看着约翰森。【✗成语："凶神恶煞"这个富有比喻色彩的成语生动地形容出当时的乔纳森非常凶恶的模样，对约翰森充满了仇恨。】

他的眼睛下方有一个乌青块，那是在前几天晚上被约翰森打的。我这才开始意识到有可怕的事情要发生了。

"你知不知道，拿衣柜和我说三道四的人是什么下场？""海狼"问他。

"我知道，船长。"约翰森从容地应答，好像并不在乎什么。

"知道什么？""海狼"用命令的口吻，恶狠狠地逼问他。

"就是您和大副正打算要对我做的事，船长。"

"看看他，亨甫，""海狼"对着我说，"他明目张胆地反抗我，还自认为是正义、诚实呢。你怎么看他，亨甫？"

"我觉得他比你好。"我想替约翰森分担一些责任与怒火，"照你的话来讲，他有梦想，追求着自己的理想。相反你却没有任何故事，你，没有梦想，没有理想，就是一个穷光蛋。"

　　“海狼”得意地点点头：“亨甫，你说得非常好，非常好。我没有梦想，没有理想，也不去追求这些。我十分赞同《传道书》的话，‘活着的狗比死狮强’。所以，我唯一的准则是面对现实，更好地活着。”

　　“海狼”说完，像一只老虎猛然跳起，腾空扑向约翰森，约翰森想反抗，但一点儿力气也使不上。他一只手护着肚子，另一只手遮住头，可“海狼”的重拳呼啸着打在他的胸口上。【动作描写：“猛然跳起”、“腾空扑向”和“呼啸着打在”等动词生动传神地刻画出“海狼”动作的敏捷以及他的凶狠残忍，似乎要致约翰森于死地；“护着”、“遮住”等动词则真实贴切地写出了约翰森的无谓的反抗，同时使二者在性格和强弱上形成鲜明的对比。】

　　约翰森几乎被打晕，他猛烈地摇晃了一下，差点儿摔倒了。

　　约翰森奋起反抗，可哪里是“海狼”和大副两个人的对手。太恐怖了！他能活下来就是一个奇迹，约翰森仍在顽强地挣扎着。挣扎是一点儿用也没有，可他是为了自己的人格而斗争。

　　我看不下去这个残忍的场面，想离开这里到甲板上去，可“海狼”猛地一跃来到我身边，抓着我，一下就扔到房舱里的一个角落里。

　　“这是生命的现象，亨甫，”他嘲讽我，“你待在这儿好好看。你非常清楚，我们伤不了约翰森的灵魂，我们摧毁的只是他的肉体罢了。”

　　这场殴打只进行了十分钟。“海狼”和乔纳森围着这个可怜的人拳打脚踢，把他打倒在地，又拎起来，再打倒在地。约翰森的耳朵、鼻子、嘴巴不停地流血，把房间弄得像屠宰场一样。约翰森站不起来了，他们还在对他又打又踢。

　　“行啦，乔纳森。”“海狼”终于发话了。

　　可大副正打得起劲儿，停不下来。“海狼”只得用胳膊向后轻轻一捣，乔纳森像一块软木塞一样弹了出去，撞在墙壁上。他跌坐在地板上，一时是丈二和尚摸不着头脑，大口地喘着粗气，傻呆呆地直翻白眼。【动作描写：“跌坐”、“喘着”、“翻白眼”等动词生动形象地刻画出乔纳森遭受“海狼”武力制止后的具体细腻又可笑的样子，语言活泼有趣。】

　　“快把门打开，亨甫。”“海狼”命令我。

　　我把门打开了，两个野蛮人提起昏迷的约翰森，像是提一袋垃圾，把他拖上梯子，拖过狭窄的舱口，扔在甲板上。【动作描写：“提起”、“拖”、“扔”这些形象的动词生动地刻画出“海狼”和乔纳森对待约翰森的残暴和冷血的样子，体现出他们二人性格的凶残和冷酷无情。】约翰森鼻子里流出的鲜血汇成一条血红的小溪，流到和他在同一条舢板上的舵手路易斯的脚边，路易斯却一动不动。

乔治·里奇的反应正好相反，他竟然不等船长发令就飞快地跑到了甲板上，给约翰森包扎伤口，尽量让他舒服些。约翰森已不再像个人样，从殴打开始到被扔到甲板上，前后不过才十几分钟的时间，他就被打得鼻青脸肿、七窍冒血了。

"海狼"嘴里叼着一支雪茄烟，像什么也没有发生一样，在察看一台航海测量器。里奇的声音突然传到我的耳朵里。他的声音激愤而又嘶哑，几乎难以控制。我回过头，看见里奇站在厨房左边船尾的甲板口。他满脸怒气，眼睛冒火，紧握的拳头举过头顶。"不得好死的东西，'海狼'拉森，下地狱便宜了你，你这个恶魔，杀人犯，你这头猪！"

我呆住了，担心里奇会被打死。可是"海狼"并没有杀死他的想法。他慢慢地踱到船尾的甲板口，胳膊撑着舱壁，带着惊诧而又不动声色的神色看着这个情绪激动的孩子。

水手们惊慌失措地挤在一起，站在前舱的小舱口外围观，耸起耳朵听着。猎人们也在统舱外挤成一团。【🏠场面描写：用"挤"、"围观"、"耸起"等动词把水手和猎人们得知约翰森被惩戒之后的慌乱场面描绘了出来。】里奇竟然胆敢责骂"海狼"，我对这个孩子的敬佩之情油然而生。我从他的身上看见了人的尊严和气节。

这时，汤玛斯·马格立治走出厨房门口，装作是要倒垃圾，实际上是乘人之危讨好"海狼"。他冲"海狼"一笑，"海狼"没有理睬他。可他显然昏了头，没有回厨房去，却转过头对里奇说：

"胡说八道！"

愤怒的里奇终于有了目标，这是自己送上门来的。汤玛斯·马格立治的话音未落，便被里奇一拳打倒在地。他三次想挣扎着站起来，逃回厨房去，但三次都被打倒。

"老天爷，救命！救命！"汤玛斯·马格立治大叫着，"你们把他拉开，行不行？快把他拉开啊！"

突然的变化，像游戏的转场。猎人们哈哈大笑，水手们也大着胆子咧嘴大笑起来，然而，"海狼"的表情始终没有变化。他一直带着好奇的神情看着这

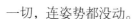

一切，连姿势都没动。

汤玛斯·马格立治想自卫，但白费力气。他想躲进房舱里去，但不行。他被打倒在地上，翻过来，滚过去，拳头像雨点般落下来。他被当做羽毛球打来打去，他像毽子一样被踢来踢去，他躺在甲板上一动不动了。【比喻：连用两个比喻，既把被打的汤玛斯·马格立治比做羽毛球，又把他比做毽子，生动形象地刻画出里奇对汤玛斯·马格立治的极度愤恨之情，同时也体现出汤玛斯·马格立治遭受的惩罚之重，语言活泼，富有动感。】没有人上前阻拦，里奇完全可以置汤玛斯·马格立治于死地，但他的恶气已经出了，于是转身走开了，只撇下汤玛斯·马格立治在地上发出狗一样的号叫。

这两件事只是一天暴力游戏的开幕式。下午，"烟雾"和亨得森又干了起来，统舱里传出一阵枪响，接着，另外四个猎人逃窜到甲板上来。一股浓烟从舱口腾起，还伴着一股呛人的气味，"海狼"跳了进去，把他们都痛打了一顿，因为他们不服从命令，狩猎还没开始就把自己弄伤了。他们都受了重伤，"海狼"接着给动手术，就像外科医生一样。他检查、清洗枪伤，我在一边当助手。这两个人都没有上麻醉药，只喝了一杯浓烈的威士忌酒，忍受着"海狼"外科手术的痛苦。

接着，前舱里又发生了打斗。大家在闲谈，猜测是谁搬弄是非让约翰森挨打。说着说着，就惹出了事来，水手分成两派，相互打起来。

晚上在值第二班时，一天中的最后一场斗殴爆发了，乔纳森和一个瘦长的美国佬模样的猎人拉提莫打起来。打架的起因是拉提莫谈论大副睡觉时打鼾够烦人的。

我对一天的暴力感到震惊，这与我从前的生活环境截然不同，人们之间充满仇恨，恨不得把对方置于死地才快活。我饱受噩梦的折磨。

我躺在床上，辗转反侧，噩梦接连不断，无法入睡。我好像远离了现实生活。我有点儿心酸地嘲笑自己，觉得似乎用"海狼"那令人生畏的酵母哲学解释人生要比我的人生希望哲学更恰如其分。想到这儿，我大吃了一惊。暴力接二连三地发生，我也跟着堕落了。我已经不是亨甫莱·凡·卫登了，我是亨甫，"魔鬼"号船上的杂役，"海狼"是我的船长，汤玛斯·马格立治和其他的人是我的同伴，打在他们身上的烙印也在不断地打在我身上。

仇恨的幽灵在游荡

厨师汤玛斯·马格立治被水手乔治·里奇打伤后，"海狼"给了他三天假休息。汤玛斯·马格立治的工作由我代做，我一个人十两个人的活儿。

我掌管厨房的这几天，水手们赞不绝口，就连"海狼"也很满意我的工作。

"上船后的第一顿干净饭，"哈里森在厨房门口对我说，"汤玛斯做的饭有股油腻味，变质的油腻味，我断定他从旧金山到这儿就没换过衣服。"

"对。"我回答。

"他一定还穿着衣服睡觉。"哈里森又加了一句。

"你说对了，"我点点头，说，"那件衣服我从没见他脱下过。"

"海狼"只给了汤玛斯·马格立治三天的时间养伤。到了第四天，汤玛斯·马格立治的腿伤还没有好，"海狼"就拉住他的衣领，将他从床上拽了起来，让他去干活。【📌动词："拽"这个动作真实又贴切地写出了"海狼"对汤玛斯·马格立治实施的粗暴行为，形象地体现了"海狼"残忍冷酷的性格。】他浑身酸痛，走路一瘸一瘸的，眼睛肿成一条缝，几乎看不见。他看着"海狼"，鼻子一抽一抽的，可"海狼"一点儿反应也没有。

"记住，要好好做饭，""海狼"命令道，"别再有油腻味，东西也不能脏兮兮的，要经常换衣服，否则，我就把你扔到海里。听清楚了？"

汤玛斯·马格立治有气无力地走进厨房，"魔鬼"号一晃，他就一个趔趄。为了能站稳，他伸手去抓围在炉子外侧的铁栅栏，不料却把手按到了滚烫的炉面上，再加上身上的重量，立刻一股烤焦的肉味和尖叫声发了出来。

"哦，老天啊！我犯了什么罪？老天啊！我做了什么坏事呀？"汤玛斯·马格立治坐在煤箱上号啕大哭，甩动着那只受伤的手，"怎么全落在我身上了？我干活那么卖命，也从来没有害过人。"

浮肿、苍白的脸上，眼泪扑簌簌地往下流着，突然，他脸上闪过一道凶恶的表情。【🔒神态描写：这句话生动含蓄地体现出汤玛斯·马格立治内心对里奇和命运的深深的仇恨，以及他的眼泪所体现出的脆弱和可悲。】

"我恨他！我恨他！"汤玛斯·马格立治咬牙切齿地说着。

"你恨谁？"我问他，可是汤玛斯·马格立治又在为他的苦命而哭泣了。要猜出他恨谁很容易，但要猜出他不恨谁，可就没那么简单了。他憎恨全世界的人，他身上有恶魔的毒素。

"我什么机会都没有，半个机会都没有！我小时候，谁送过我上学，让我吃饱饭，擦去我流的鼻血？有谁伸手帮过我，嗯？喂，有谁啊？"

"这没什么，汤玛斯，"我把手放在他的肩膀上，说，"鼓起勇气，你就能实现你的理想。你前面的路还长着呢，你的目标会达到。"

"鬼才相信呢！"他甩开我的手，冲着我叫了起来，"我是用废弃的边角料做成的。你不一样，亨甫。你生下来是个绅士。你不知道饿是什么滋味，你没在梦里哭醒过。而我呢，就算我明天当上了美国总统，我小时候不还是饿过肚子吗？上帝啊，上帝为什么和我过不去，偏偏要我在这条该死的船上做事？"

汤玛斯·马格立治对命运埋怨了一个多小时，接着又打起精神干活去了，他走路一瘸一拐，嘴里还嘟嘟囔囔说个不停，眼里满是愤恨。久病成良医，他对自己的诊断很准，不到八点，他果然吐血了，非常痛苦。他的身体不久就好了，而他的心肠比以前更为歹毒了。

几天之后，约翰森爬上了甲板，开始干起活儿。他病恹恹的，我多次看见他痛苦地爬上中桅帆，或是没精打采地掌着舵。【🔒神态描写："病恹恹"、"没精打采"等词语的使用，真实又生动地写出了约翰森遭受重创之后的具体神态，同时从侧面反映出"海狼"和乔纳森对他的残忍和出手之重。】让人想不到的是，他的精神好像也被打垮了。他对"海狼"俯首帖耳，对乔纳森也百依百顺。里奇和他不一样，他像只小老虎，在甲板上跑来走去，对"海狼"和乔纳森，一点儿也没有掩饰对他们的憎恶。

"我总有一天会收拾你，你这个瑞典的狗腿子。"一天夜里，我听见里奇在甲板上恶狠狠地对乔纳森这样说。

大副在黑暗里骂了一句，紧接着就有一个东西飞了过来，啪的一声打在厨房的墙板上。然后传来一阵咒骂声和一声嘲笑。过了一会儿，我悄悄溜出厨房，看见在坚硬的墙板上出现了一把沉甸甸的刀，足有一英寸深。几分钟之

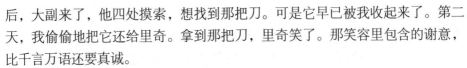

后，大副来了，他四处摸索，想找到那把刀。可是它早已被我收起来了。第二天，我偷偷地把它还给里奇。拿到那把刀，里奇笑了。那笑容里包含的谢意，比千言万语还要真诚。

在船上，我从没和别人吵过架，很受大伙儿的欢迎。猎人们虽然不是很喜欢我，但也没有故意为难我。"烟雾"和亨得森在甲板的遮阳板下养伤，日夜在吊床上晃晃悠悠，他们十分肯定地对我说："你比专业的护士都棒！"还说，等航海结束拿到工资时，一定不会忘记我的。（好像我缺他们那些钱似的！）不过，现在由我负责照料他们，医好他们的伤就是我的职责，我一定会尽心竭力地护理好他们。

"海狼"又头疼了，疼了两天。他肯定是疼得厉害，因为他把我叫了进去，像个生病的孩子十分听我的话。

我虽然没有办法减轻他的痛苦，但他还是听取了我的建议，戒了烟酒。我实在弄不明白，像他这样强壮的人，竟然也会头疼。

"这是天意，我告诉你，"路易斯是这么说的，"这是他惨无人道的报应，接下来还有报应呢，不然的话……"

"不然怎么样？"我追问道。

"那是老天爷在打盹儿，暂时放了他一把。"他说。

刚才我说大伙儿都喜欢我并不全对。汤玛斯·马格立治一直在恨我呢。

厨师为什么恨我？是因为我的命比他好，拿他的话说——"生下来是个绅士。"

"烟雾"和亨得森肩并肩地站在甲板上第一次进行锻炼，亲密地交谈着，看到这副情景，我对路易斯开起玩笑："怎么还没有人送命呢？"

路易斯用狡猾的狐狸似的灰眼睛上下打量了我一下，说："就要来了，我对你说。等所有的都聚集在甲板上，船帆都张满时，你就等着救人吧。我很早就有预感了，现在更明显了，就像在黑夜里摸到绳索一样。快来了，快来了。"【🔍比喻：用狐狸比喻路易斯，形象贴切地写出了路易斯的狡猾奸诈，突出了他眼神的特点，刻画得非常细腻传神。】

"第一个动手的会是谁？"我接着问。

"我敢担保不是胖胖的老路易斯，"他笑了起来，"我心里十分清楚，明年的这时，我就能看见我的妈妈了。她总是望着大海，等着她的五个儿子回来，她的眼睛都快看穿了。"

"他刚才对你都说了什么？"没过一会儿，汤玛斯·马格立治走过来问我。

　　"他说他想回家看他的妈妈。"我搪塞道。

　　"我没有妈妈。"汤玛斯·马格立治说道，用暗淡而又失望的眼神看着我。【　形容词："暗淡"、"失望"两个词真实地写出了遭到毒打的汤玛斯·马格立治的具体神情，写出了汤玛斯·马格立治此时的真实内心世界，眼神的刻画让人心生同情。】

第十四章

"海狼"斗胆战群雄

我时常想起妈妈和姐妹们在我身边的情景，那时，她们时时刻刻都在关心我，爱护我，体贴我，可我总是想方设法躲避她们。我怕她们常来我的小房间，唠唠叨叨地要我保护好身体什么的，让我不得安宁，打乱了我的生活节奏。她们虽然把我的小房间收拾得整齐干净，但把我的一些书籍物品放乱了。等她们走了以后，我想找的东西却找不到了，有时还急得满头大汗。

可是现在，我多想她们来到我的身边，多想她们站在我的面前，多想再次听到她们衣裙摆动的沙沙声。如果我还能回家，我再也不会讨厌她们了。她们一天到晚无微不至地呵护我，把我的小房间打理得井井有条，什么粗活儿脏活儿都不会让我干。【✐成语："无微不至"这个短小精悍的成语体现出"我"曾经受到非常细心周到的关怀和照顾。】

这船上的人常年漂泊在大海上，得不到母爱，也没有兄弟姐妹的亲情，变得过度阳刚、粗鲁、野蛮、凶残，生活不会料理，人格也不健全。

他们是一群凶悍孤独的单身汉，相互仇视、勾心斗角，心肠越来越冷酷无情，和凶残的野兽没有什么两样。

这种新的想法激发了我的好奇心。晚上，我和乔纳森聊天，这是自航程开始以来，我头一次和他闲谈。他十八岁离开瑞典，现在已经三十八岁了，二十年过去了，他从未回过家。只是几年前他曾碰到一个同乡，听说母亲还健在。

"现在，她肯定老了许多。"说着，他若有所思地看着罗经柜，又狠狠地瞅了哈里森一眼，因为他把船驶离了航线。

"你给母亲最后一次写信是在什么时候？"我问。

"还是十年前，我从马达加斯加的一个小海港寄出的。我当时在那儿做生意。"他说着陷入沉思中。

过了一会儿，他接着说："你知道吗？我每年都想回家，可是每年都因为太忙回不去。我现在是大副了，回到旧金山大概能拿到五百块薪水，我还可以坐帆船，绕道合恩角，到利物浦，这一趟还能挣到更多的钱。然后坐船回家。那时，我妈妈就不用干活了。"【📖语言描写：朴实的语言真实地再现了乔纳森此时的内心世界，让读者看到一个充满孝心的乔纳森，可见平时的凶残和冷酷也并不是他的全部性格特征，使人物形象更加生动感人。】

"你妈妈多大年纪了？还在干活吗？"

"七十岁了。"他回答，"在我们国家，人一生下来就得干活，一直到死。所以我们都长寿，我会活到一百岁呢。"

乔纳森的这次谈话，也可能是他的遗言。

这一夜，天高月朗，风平浪静。"魔鬼"号已经驶出了贸易信风区域，速度很慢，每小时的航速仅一海里。于是，我卷起毛毯，夹着枕头，上了甲板准备睡觉。

走到哈里森和罗经柜之间的时候，我发现船驶离了航线有三度远。我还以为哈里森睡着了，就去提醒他。可他并没有睡，眼睛睁得很大，直盯着前方看，他好像被什么怪物吓坏了，没有回答我。

"你不舒服吗？看见什么了？"我问。

他摇摇头深吸了一口气，好像刚刚清醒过来。

"那你怎么没有对准航向？"我用责怪的口气说。

哈里森转动舵轮把柄，轻轻地摆动了几下，便停稳了。

我正要往前走时，突然看见有个东西在动，是一只手！一只强有力的湿淋淋的大手攀上栏杆。接着，黑暗中又伸出一只手来。我吓坏了，是海怪吗？接着，露出了一个脑袋，头发湿漉漉的。竟然是"海狼"！他的头上受了伤，鲜血从右脸颊上流下来。

"海狼"一个跃翻，跳到甲板上，站起身，迅速看了我一眼，他身上的海水像小溪一样滴落下来，两眼露着杀气。【📖动作描写："跃翻"、"跳"、"看"、"露出"等词语生动形象地刻画出了"海狼"当时的愤怒神态，以及可怕的模样，语言传神，渲染出杀气腾腾的气氛。】

"没什么，亨甫，"他的声音低低的，"大副在哪儿？"

我摇摇头，表示不知道。

"乔纳森！乔纳森！他在哪儿？"他又低声问哈里森。

哈里森平静地说："我不知道，船长。刚才看见他往船头走去。"

我紧跟着"海狼"到船舱找了一遍，没有看到大副乔纳森的影子。在前舱

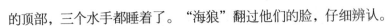

的顶部，三个水手都睡着了。"海狼"翻过他们的脸，仔细辨认。

他们在甲板上值班，按船上的规矩，只要风平浪静，就可以睡觉。但高级船员、舵手和瞭望员不能睡觉。

"谁是瞭望员？"

"我，船长。"豪里欧克颤巍巍地回答，他是一名深水水手，"我刚打了个盹儿，船长。请原谅，船长。下次我不敢了。"

"你听见或看到甲板上发生什么事了吗？"

"没有，船长，我……"

"海狼"厌恶地哼了一声，转身离开。

我跟在"海狼"后面，正准备弯腰钻进前舱舱口，预感到出了大事，乔纳森失踪了，心跳个不停。

这是我第一次到前舱，也就是水手舱，给我的印象很深刻。它在帆船的双窗之间，呈三角形，三面架着床铺，上下两层，共十二张。群居着十二个人，吃饭、睡觉，一切日常活动都在这里。舱里散发着难闻的酸味和霉味，灯光微弱，墙板上挂满了靴子、油布衣裤，以及干净或肮脏的衣服。【🏠景物描写：通过对气味、灯光以及墙上挂的衣服的描写，真实形象地刻画出水手生活环境的恶劣。】船一动，这些东西就发出沙沙的声音。即使风平浪静，也会从舱头、舱板之间，从船底下发出连绵不断的声音，像永远不会停止的大合唱。

这里有八个人，六个人正在睡觉，两个人在下面值班，空气中弥漫着他们呼出二氧化碳的气味，鼾声、叹息声和梦话此起彼伏，他们一半像人，一半像野兽。"海狼"想知道这些人谁真的睡着了，谁在装睡。

他从摇晃的灯架上取下一盏灯交给我，从右边第一个铺开始检查。

睡在上铺的是一个叫奥夫特的卡南加人，他面朝上躺着，呼吸均匀轻柔，"海狼"将大拇指和食指放在他的手腕上测脉搏，他被惊醒了，安静得像在睡梦中一样，纹丝不动，睁大眼睛看着我们。【🏃成语："纹丝不动"，精简的成语贴切地形容出奥夫特被惊醒后呆住的样子，真实传神地体现了"海狼"带给睡梦中惊醒的他极强的震撼力。】"海狼"把手指放在嘴唇上，示意他不要出声，于是，他又闭上了眼睛。

下铺睡的是路易斯，他满头大汗，睡得很香。"海狼"给他把脉，他不自在地动了动，说出一串莫名其妙的梦话："一刻钟值一先令，不要找三便士的小东西，要不然，店主会把东西硬塞给你，还收你六便士。六便士是皮货匠，一先令是一个兵，可我不知二十五金镑是什么。"

他们两个人真的睡着了，"海狼"相信自己的判断力。

"海狼"又弯下腰，给约翰森测脉搏，我提着灯站在一边，这时，我看见睡在上铺的里奇偷偷地抬起头，从床边张望，看到底是怎么回事。他一定看出了"海狼"的意图。这时，我手中的灯立即被打碎了，前舱一片黑暗。

里奇猛地扑到"海狼"身上，马上发出公牛和豺狼搏斗的声音。"海狼"和里奇都在怒吼着。约翰森也加入进去。看来，前几天的和谐只是假象。

这场黑暗中的混战，把我吓了个半死。我想逃出去，但是又出不去。我一看见暴力的场面就恶心。其实我什么都看不见，只听见拳头声、厮打声、跌倒声、喘气声、喊叫声和抽气声。【■场面描写：仅仅通过对声音的描写，就生动细腻传神地刻画了当时混乱的场面，虽在黑暗中，但嘈杂的声音足以让人想象出场面的血腥和残酷。】

一定有很多人想杀死船长和大副，从声音上就能听出来，里奇和约翰森得到了那么多同伴的增援。

"谁去拿刀来！"里奇大叫着。

"打他的头！敲碎他的头！"约翰森也在大喊。

"海狼"被包围了，已经没有咆哮声。我想"海狼"这回是死定了。

他们把我撞倒了，身上严重擦伤。在一片混乱中，我设法爬到了空床铺上。

"一齐上！抓住他了！抓住他了！"我听见里奇在叫喊。

"抓住谁了？"两个真睡着的人刚醒来，问道。他们一点儿也不知道刚才发生的事。

"那个该死的大副！"里奇狡猾地回答，他差不多喘不过气了。

这句话引起一阵欢呼，七个人一起压在"海狼"的身上。我相信，路易斯一定没有参与这件事。前舱像是一只被入侵的马蜂窝，一群被激怒的狂暴的马蜂都在攻击那个侵犯马蜂窝的人。【◆比喻：把一群疯狂的人比做马蜂，准确贴切，同时也刻画出这些人的凶狠残忍。】

"怎么了？下面在干什么？"猎人拉提莫冲着舱口朝下喊，他看见下面一片漆黑，杀气腾腾，不敢贸然走下。

"谁去拿把刀给我？哦，谁去拿把刀给我？"里奇又恳求说。

攻击的人太多了，船舱一片混乱。"海狼"趁乱跑到楼梯口。他杀开一条路，奋力向扶梯冲过去。一群人又扑上去，拼命把他往下拉。"海狼"凭着自己不怕死的豹子胆和手臂的强大力量，硬是站起来，手脚并用，边打边往上爬。【🏠动作描写："手脚并用"、"站"、"打"、"爬"等动词生动具体地再现了"海狼"在围攻面前的坚强，以及突围时的艰难，也体现出当时的危险。】

　　拉提莫去拿了一盏灯，照亮了下面的船舱。"海狼"快到扶梯顶上了，一群人仍然拉住他不肯放手，"海狼"像一只多脚的巨大蜘蛛，摇晃着带着这群人往上爬，有几次差点儿跌倒了。

　　"是谁？"拉提莫朝下喊。

　　"拉森。"人群里发出一个含糊不清的声音。

　　拉提莫伸出手，想把"海狼"拉森拉上来，"海狼"的手也伸了上去，拉住了舱口的边缘。那群人还不放手。有的人被舱口锐利的楼梯边缘碰疼了，有的人被"海狼"的脚狠狠地踹下来。里奇是最后一个放手的，从舱口掉到同伴的身上。"海狼"和提灯都不见了，我们被抛弃在黑暗中。

我当上了新大副

那些跌倒在扶梯下的人陆续站起来，黑暗中传来一片咒骂声和呻吟声。

"谁划根火柴，我的大拇指脱臼了。"帕森说。他阴险狡诈，是斯坦地史舢板上的舵手。

"火柴就在系缆柱旁边。"里奇说。

有人摸到了火柴，划着了，点亮了灯。灯光昏暗，大家赤着脚，包扎伤口，察看伤情。奥夫特抓住帕森的大拇指，使劲一拽，错位的骨头复原了。我看见奥夫特的手指关节已经裂开，露出了骨头。他一边给别人看，一边傻笑说，那是打"海狼"嘴巴时受的伤。

"原来是你，哼，你这个要饭的！"一个叫凯莱的大叫起来，他第一次出海，是科福特的副手。

他一边责骂，一边向奥夫特冲过去。卡南加人奥夫特跳回自己的床铺上，拿出一把长刀。

"哎呀，放下来，我烦死了。"里奇上前劝架，他是前舱里的头儿，"滚开，凯莱。放了奥夫特。他可不是有意打错了人，漆黑一片的，鬼才知道是你呢。"【🏛语言描写：从说话的语气上就可以显现出里奇在前舱的地位，同时也体现出里奇凶狠、冷酷的性格特征。】

凯莱退下去。奥夫特露出雪白的牙齿，报以感激的微笑。他长得很漂亮，简直像个美女。很难想象他以能武好斗出名。

"'海狼'是怎么跑掉的？"约翰森问。

"他是个魔鬼。"里奇失望的泪水在眼眶中直打转儿。

"没人肯拿把刀给我！"里奇十分懊丧地抱怨说。

有人开始害怕起来，"海狼"可要报复人啊。

"'海狼'怎么知道是谁干的？"凯莱杀气腾腾地扫了一眼四周的人，"除非我们内部有人告密。"

"你当'海狼'是傻瓜？他只要看我们一眼就全明白了。"帕森说。

"告诉他，是甲板翘起来把你嘴里的牙齿打落了。"路易斯是唯一没有下床打"海狼"的水手，他笑嘻嘻地说，"就等着他明天收拾你们这些家伙吧。"

"我们就说，我们还以为是大副呢。"一个人说。另一个人也接着说："我就说我听见吵闹声，从床上跳下来，撞伤了下巴，船舱漆黑一片，看不清是谁，就乱打起来。"

"所以，你就打中我了。"凯莱赞同这个说法。

里奇和约翰森不作声，他们的同伙认定他俩怎么也逃不了。

里奇听着他们的埋怨和责难，终于发怒了："你们这些讨厌的家伙，我烦死你们了！你们要是少说些，多干点儿事，'海狼'早就完蛋了。我拼命地叫，怎么就没有一个人拿把刀砍我！你们放心吧，'海狼'不会杀你们，他要留着你们干活呢。没有你们，谁替他划舢板、掌舵、撑帆呢？这件事的后果我和约翰森来承担！你们都滚到床上去，睡觉！"

"你说得好！"帕森说，"他也许不敢杀我们，可是以后，这艘船就是活地狱了，看着'海狼'怎么修理我们吧。"【动词："修理"一词形象地写出了"海狼"将像对待物品一样惩治那些敢于反抗他的人了，用词生动、有趣。】

我一直都在担心，要是被他们发现了，我可没有本事像"海狼"那样杀出一条血路。偏在这个时候，拉提莫在舱口朝下喊：

"亨甫！老家伙叫你呢！"

"他不在这儿！"帕森回应道。

"不，我在这儿。"我边叫边想溜出床铺，尽力保持着镇静。

水手们都吃惊地看着我，他们先是惊恐，接着凶相毕露。【成语："凶相毕露"，生动的成语刻画出水手们见到"我"之后，凶恶的面目就完全暴露了出来，词语简练，人物的面部表情却刻画得很形象。】

"我来了！"我对着拉提莫大叫。

"不行，你不能走！"凯莱叫起来，挡在扶梯前，右手做出执行绞刑的刽子手的手势，"你这个该死的密探，我要封住你的嘴！"

"放他走。"里奇下命令了。

"没门儿！放他走，我们就全完了！"凯莱愤怒地回了一句。

"喂，我说的，放他走。"里奇大声重复了一遍。

　　爱尔兰人凯莱退缩了。他让出一条道，我从他身边走过，只见一张张凶恶的面孔在朦胧中望着我。我的同情心不禁油然而生。

　　"相信我吧，我什么也没看见，什么也没听见。"我轻声地对他们说。

　　"他是个好人，"我上扶梯时，听见里奇说，"他和'海狼'不是同伙。"

　　我到了房舱，看见"海狼"已经脱了衣服，全身都是血，似笑似哭，正在等着我呢。

　　"来，快动手吧，医生。这次你又多了实习的机会。没有你，我可真不知道'魔鬼'号会是什么样。要是我有高尚的情操，我会对你说，船长十分感激你。"

　　我烧了水，准备为他包扎。他走来走去，有说有笑，不时地看看伤口。我从未见过他光着身子，现在一看，大吃一惊。"海狼"的肌肉健美极了。

　　他身体的线条完美无缺，处处透露出阳刚之气。他只有脸上的皮肤是古铜色，身上仍然保留着北欧人的特征，像汉白玉一样雪白。每当走路时，坚实的肌肉在光滑的皮肤下移动着。【　外貌描写：通过对"海狼"的身体线条、肤色、肌肉等生动的描写，细腻地刻画了"海狼"完美的身材，但同时也更加反衬出他性格上的邪恶、残忍等缺陷。】他抬起手去抚摸头上的伤口，手臂就像是一把舞动的宝剑。就是这只手臂差点儿要了我的命。我目不转睛地看着他，一松手，一卷消毒棉花掉到了地上。

　　他提醒我，我这才发现自己一直在看着他。

　　"上帝把你塑造得太完美了。"我说。

　　"是吗？"他回答说，"我也常这么想，但不知道为什么。"

　　"是目的……"

　　"是用途！"他打断我的话，"这个身体是为了用途而生的。肌肉是用来抓、撕和毁灭生命。你想到过别的生物吗？所有的生命都一样。但是我的肌肉更有力。当他们威胁我时，我就要抓他们，撕他们，毁灭他们。肌肉的美观无所谓，有用才是真理。"

　　我不同意他"有用"的说法，他伸出腿和脚，脚趾叩打着地板，肌肉在皮肤下面隆起，形成高低不平的肉块。他让我摸一摸，我的手一接触，就感到"海狼"的肌肉像钢铁一样坚硬，结实而敏捷。【　比喻：把"海狼"的肌肉比

做钢铁，从触觉的角度生动形象地刻画出他身体的结实健壮。】

　　"海狼"告诉我："脚用来踩地走路，腿用来站立，承受身体，还可以帮助脚抵抗，用来踹人，我的胳膊、手、牙齿和指甲用来攻击和自卫。这是目的吗？说是用途更确切些吧！"

　　我辩论不过"海狼"，我看见了这原始野兽的战斗力。我吃惊地发现，尽管刚才前舱里的战斗那样激烈，可"海狼"只受了点轻伤。他的头是落海前被打破的，伤口有几英寸长，小腿被一个水手咬了几处伤痕，其他的只是些乌青块和小裂口。

　　不一会儿，我就给他清洗包扎好了。

　　"对了，亨甫，我说过的，你很能干。"我的活儿一干完，他就对我说，"你知道，我们缺个大副。以后，就由你负责了，月薪七十五块，全船的人都要叫你凡·卫登先生。"

　　"我？我可不懂航海啊。"我紧张得喘不过气来。

　　"不懂也没关系。"

　　"我实在不想当大副！"我坚定地说，"我现在生命就够危险的了。我又没有经验。"

　　他微笑着，毫不在意我说的话。

　　"我可不当这条魔鬼船的大副！"我大胆地叫了出来。

　　"海狼"脸色一变，露出阴冷凶恶的眼光。【形容词："阴冷"一词生动形象地写出了"海狼"目光的冷漠可怕，甚至有让人不寒而栗之感。】接着，他走到自己的房间门口，说：

　　"晚安，凡·卫登先生。"

　　"晚安，拉森先生，船长。"我知道他不会妥协，有气无力地说。

他们都在赌命

我做了大副，只是不要洗碗了，别的没有觉得和以前不一样，实在没有值得高兴的地方。我在航海方面是个外行，不过，水手们还是很支持我，我不知道船上绳索和用具的名称，也不懂怎样落帆和升帆，水手们手把手地教我该怎么做，路易斯是优秀的老师，把许多知识都讲得清清楚楚。我和手下人都相处得比较好。

可是，我和猎人们很难搞好关系，他们都是弄潮老手，常嘲笑我什么也不懂，十足的旱鸭子当了大副。尽管猎人们看不起我，但我也不和他们计较，从来没有抱怨过。

"海狼"要猎人们严格遵守船上的礼节，我比可怜的乔纳森所受到的礼遇要多得多。"海狼" <u>软硬兼施</u>，费了不少口舌和猎人们讲道理，另加上恐吓和埋怨，最终还是让他们就范了。【✦成语："软硬兼施"，短小精悍的成语形象具体地说明了"海狼"为了让众人服从"我"当大副把利诱、威胁等软的和硬的手段都用上了，真实而贴切。】

船上的人都叫我"凡·卫登先生"了，只有"海狼"在私下里仍喊我亨甫，在他看来，这样叫我可能要亲热些。

有时我觉得"海狼"很好玩。吃饭的时候，风向稍有偏转，他对我说："凡·卫登先生，麻烦您让船靠左舷吃风。"我上了甲板，招呼路易斯过来，向他讨教该怎么做。几分钟后，我就懂得怎么做了，马上命令舵手调整航向。

"海狼"抽着雪茄，一声不吭地在旁边观看，等我把事情处理好后，他才悄悄走到我身边。

"亨甫，"他说，"对不起，凡·卫登先生，恭喜你，你可以不要你爸爸牵着走路，而能靠自己的腿走路了。你已经有了打绳索、升船帆和应对风暴的经验，等这次航海结束了，沿海的所有帆船，你都能驾驶。"

从前任大副乔纳森的死到捕猎海豹的地方，这段时间是我在"魔鬼"号上度过的最快乐的日子。"海狼"很体谅我，水手们十分听话，厨师汤玛斯·马格立治也不再与我发生争吵。我和船上的人都相处得十分融洽。我的心里暗自得意，一个门外汉做了大副，居然还可以游刃有余。

我已慢慢地爱上了"魔鬼"号帆船，这时，它正向西北方向驶去，横穿热带海洋，到小岛上装淡水。

"海狼"曾经在前舱受过毒打，一直对水手耿耿于怀，那口怨气还要慢慢出，想方设法找借口作弄他们。【✦成语："耿耿于怀"这个成语把"海狼"曾受毒打却不能忘怀，牵萦于心的心理状态生动地体现了出来。】早晨、中午、晚上，甚至深夜，他都要想法子去折腾他们，利用鸡毛蒜皮的小事去磨难他们。一天夜里，他把哈里森从床上叫醒，说他把油漆刷子放错了地方，应重新放好，又把两个筋疲力尽的值班水手从熟睡中叫醒，陪同哈里森一起去做。

"海狼"时常像恶魔一样对着里奇和约翰森发脾气，约翰森的脸上和眼睛里流露出悲伤的神情，让人看了心酸。

里奇和约翰森还在继续寻找时机杀死"海狼"，可是"海狼"太聪明了，早有防备，而且，他们没有武器，赤手空拳是斗不过"海狼"的。

一次，"海狼"与里奇决斗，里奇奋力反击，他像只野猫，拼尽全身的力量，对"海狼"抓、咬、拳打脚踢，直到自己筋疲力尽昏倒在甲板上。【✦比喻：把里奇比喻成"野猫"，生动形象地反衬出"海狼"战斗时勇猛的样子。】

只要里奇和"海狼"在甲板相遇，就必定要咒骂、咆哮、殴斗。一次，我曾看见里奇冷不防扑到"海狼"的身上，掐住"海狼"的脖子，被"海狼"甩开，推倒在船舷旁，里奇失败了。【✦动词："扑到"、"掐住"这两个凶狠的动作表现出里奇对"海狼"的痛恨之情。】

有一回，里奇拔出匕首，差点儿刺中"海狼"的咽喉。还有一回，里奇从后桅顶横杆上抛下一把解船索用的钢锥，从七十五英尺高的地方向从房舱口走上来的"海狼"投掷，钢锥呼啸而来，擦着"海狼"的头皮插入坚硬的甲板上足有两英寸深。再有一回，他偷偷地跑到统舱里拿了一把装满子弹的猎枪，冲到甲板上，但被科福特抓住，缴了猎枪。

我问"海狼"为什么不杀里奇，他却哈哈大笑。

"这能给生命找点刺激。"他说，"人生来就是赌徒，拿生命去赌最刺激。我要把里奇的灵魂刺激得燃烧起来，这样，我才玩得快乐。所以我才不杀死他。他比别的水手活得更快乐，因为他有目标——要杀死我。他要全力以赴实现目标，别人没有。亨甫，里奇现在活得既充实又高尚。"

"啊，可是，这是胆小！"我叫起来，"你占了便宜。"

"我们两个谁更胆小？"他严肃地问我，"如果你真的很伟大，那么你就应该和里奇、约翰森结成一伙。可是你害怕，你怕死，你忍辱偷生，违背了你所梦想的最高理想。但我比你勇敢。我服从了自己的内在需求，而你却没有。"

他的话句句刺耳，我越想越觉得应该联合里奇和约翰森，除掉这个恶霸，船上的人才会活得愉快。我睁着眼睛躺在床上想了很久。值夜班时，我曾与里奇和约翰森交谈过，他们俩都丧失了斗志。里奇热情地抓住我的手说："凡·卫登先生，我知道你是正直的。但请你待在一边，闭上嘴巴，什么都别说，看着就行。我知道我们必死无疑，但是，拜托你在我们危难时刻帮我们一把。"

第二天，我们快要到环莱特岛时，"海狼"再次把他们两个人打败了。

"里奇，""海狼"说，"你明白，我早晚会杀死你的！"

里奇回答他的是一声怒吼。

"至于你，约翰森，你已经活得不耐烦了，不等我要你的命，你自己就会跳海的。不信走着瞧。"

我希望这两个人在装淡水的时候，能够乘机逃走。但是"海狼"没有给他们机会，把"魔鬼"号停在离海岸半海里远的峡湾里。这是个峡谷深渊，一面是茫茫大海，其他三面都是悬崖峭壁，"海狼"亲自监督里奇和约翰森将水桶装满，滚到海滩上去。【📖景物描写：通过对船的停靠位置的描写，体现出"海狼"的狡猾、奸诈。】他们没有机会夺取舢板逃走。

哈里森和凯莱却有了一个逃跑的机会。午饭前，他们带着一只空水桶向海滩划去，中途改变了路线，想从左边绕出海峡。海峡外是日本移民居住的村庄，以及延伸到内陆的风景怡人的山谷。他们一旦到了那个村庄，就可以摆脱"海狼"的魔掌了。可是亨得森和"烟雾"早就盯上了他们，察觉到哈里森和凯莱有逃跑的意图。他们不慌不忙地端起来复枪，朝他们开火射击。子弹在舢板两旁的水面射过，溅起一连串水花。哈里森和凯莱拼命地划着桨，子弹越打越近，打断了两只桨。凯莱想拆开一块船底板，但碎片刺进手里，痛得他哇哇大叫。他们只好放弃，"海狼"吩咐第二只舢板把他们拉回船上。

那天傍晚，我们才拔锚开船。接下来就要猎捕三四个月的海豹。阴影笼罩着"魔鬼"号帆船。"海狼"又犯了头痛病；哈里森没精打采地半靠在舵轮旁；凯莱趴在前舱舱口的下风口，双手抱着头，一脸绝望的神情；约翰森直挺挺地躺在前舱的舱顶，没精打采地看着船底旋转的木头和浪花。所有的人都闷闷不乐。

我向船后走时，里奇走了上来叫住我。

"凡·卫登先生，我想请您帮个忙。"他说，"假如您能回到旧金山，请您去找一下迈特·麦卡西先生，他是我爸爸。他住在希尔·麦费尔面包店的后面，开了一家鞋匠铺。请您转告他，我连累了他，给他造成了很大麻烦，我很抱歉。请代我对他说'上帝保佑他'。"

我点点头，劝他说："我们都能回到旧金山的，里奇，到时你得和我一起去看望迈特·麦卡西先生。"

"谢谢你的话，"他握住我的手说，"我回不去了。'海狼'要收拾我。"

我在甲板上来回踱步，"海狼"可恶的念头撕咬着我的心。【⚔ 动词："撕咬"一词生动形象地刻画出"海狼"的邪恶对"我"的心理造成的巨大痛苦，用词传神，并富有比拟色彩。】难道要这样去赌命么，人生的壮美在哪里？

第十七章

惊险的海上大搏击

我们继续向西北航行，到了日本沿海，追上了海豹群。现在正是海豹每年一次向北方老巢白令海迁徙的季节。我们跟着它们向北航行，船上每个人都是屠夫，捕捉到它们，剥下一张张海豹皮，用盐腌起来，为的是给大城市里太太们做肩上的装饰物。

"魔鬼"号帆船像一个移动的海上屠宰场，甲板上血流成河，桅杆、绳索和栏杆也都沾满了血迹，被剥了皮的海豹尸体被抛到海里，排水口里满是脂肪和血，滑腻腻的，水变成了红色。【🏠场面描写：通过对甲板、桅杆、绳索、栏杆等物件的描写，渲染出一个让人不寒而栗、恶心的血腥场面，体现出人类的凶残和野蛮。】

我的工作是负责统计从舢板里搬上来的海豹皮，监督他们剥皮，然后清洗甲板，我一看见那血腥的场面就反胃、恶心，不过，我不要亲自动手，是指挥别人干，我的管理经验越来越丰富了。

我和"海狼"有了更深的交往。天气晴朗的时候，所有的人都驾着舢板出发了，只留下他和我，还有汤玛斯·马格立治。

六条舢板呈扇形，从帆船两边出发，第一只处在上风的船与最后一只处在下风的船相隔十海里或二十海里，行驶在海面上，直到夜幕降临或遇上大风浪才返航。我们驾驶"魔鬼"号，驶向最后一只处于下风口的舢板下方，这样，如果遇到大风暴，六条舢板可以借顺风迅速驶向我们。

我和"海狼"两个人驾驶"魔鬼"号可不是件轻松的事，尤其在遇到大风的时候，还要把稳舵，顾及舢板，升起或收起船帆。我很快学会了做这些。掌舵我一学就会了，但是要我离开绳梯，光靠两只手臂支撑全身的重量向上爬到桅顶的横杆，这就有点儿难了，不过，我也很快学会了，现在，我可以在桅杆顶上来去自如，还能站在万分危险的高处，用望远镜瞭望海面搜寻舢板。我体会到一种成功的乐趣。

有一天，天气晴好，六条舢板一早就出发了，舢板向海洋深处渐行渐远。微风从西方吹来。当我们设法驶向最后一只舢板的下风口时，风停了。一只，两只，我在桅顶上看见六只舢板，都追逐着海豹向西驶去，消失在地平线上。

我们漂浮在湛蓝的大海上，无法跟上最后一只舢板。气压表的度数降低了，"海狼"焦急万分，他看着东方的天空，更加不安起来。

上午十一点，大海风平浪静。到了正午，天气变得闷热起来，没有一丝风。东方的天空乌云密布，向我们压来，我们能清楚地分辨出峡谷、山谷、峭壁，甚至中间的阴影，我们的船仍然在摇荡着，不能加速。【🎏景物描写：从视觉的角度写出了风暴来临前异常平静的景象，渲染出一种不同寻常的可怕气氛。】

"不会是小风暴，""海狼"说，"老天使出浑身的劲儿刮狂风了，亨甫，能收回一半的舢板就不错了。你赶快上去放松中桅帆。"

"可是，只有我们两个人，怎么办？"我反问他。

"我们得先下手为强，在船帆被撕裂以前，赶上我们的舢板。后面会发生什么，我就管不了了。桅杆很结实，能顶得住，尽管只有我们两个人，但我们必须这么做。"

海上的空气很沉闷，让人喘不过气来。十八个人六只舢板还在海上，山峦般的乌云满天翻滚，正黑压压地逼近我们。我们草草地扒了几口午饭，"海狼"神情严肃，鼻孔微微收缩，动得很快。眼睛里闪着天空般碧蓝的光。我看出他的内心是快乐的，他一点也不畏惧，他正在为一场即将到来的搏斗而兴奋。他对着即将来临的风暴放声大笑，他敢于直面他的命运而毫不胆怯。

西方的天空渐渐变得阴沉沉的，太阳黯淡下来，从我们的视线中消失了。下午两点钟，好像黄昏一样，太阳像个幽灵，偶尔从紫色的光芒中投射出来，【🔍比喻：把太阳比做幽灵，生动地再现了太阳在阴沉沉的天空中神出鬼没的样子。】"海狼"神采奕奕。闷热让我难以忍受，我满头大汗，汗水流到鼻子上来了，有好几次要晕倒，幸亏及时拉住船舷。

突然，一阵微风拂过。风是从东方吹来的，带来一丝凉意，风暴的前锋到了。

"厨师！""海狼"低声吼叫了起来，"放下前桅吊杆绞辘，穿过去，把帆绞索都放下来也行，只要拉住绞辘就可以了。如果有什么差错，我们都完了，懂吗？"

"凡·卫登先生，劳驾您把船首帆转个方向。然后马上到中桅帆上，把帆升起来，越快越好。"他的话中带有敬意，我听了心里很舒服。

微风越吹越有劲，风帆涨起来，"魔鬼"号动起来了。"海狼"向左舷打

满舵，船头开始转向下风。风正对着船尾越刮越猛，船头帆猛烈地拍打着。风改变了前帆和主帆的方向，

我双手拉紧船头的斜尾帆、三角帆和支索帆；在我的努力下，"魔鬼"号飞快地向西南方驶去，风对着船尾吹，所有的风帆都偏向右舷。由于用力过猛，我的心怦怦乱跳，但我连口气都来不及喘，就跳上中桅帆，赶在风力还未强劲以前，收起风帆，卷好，然后到船尾听候命令。

"海狼"赞许地点点头，让我来掌舵。狂风掀起了滔天巨浪，我们的船顺着风飞驰起来。在我掌舵的一个小时中，难度每时每刻都在增加。我是掌舵的生手，一边驾驶，一边学习。

"魔鬼"船顺风破浪前进。"海狼"认为暂时不需要我驾驶，命令我爬上桅杆，搜寻小舢板。

我爬到离甲板约七十英尺的前桅横木上，拿起望远镜，向浩淼的海面搜寻，海面波涛汹涌，看不到舢板的影子，我想那些舢板说不定早就被淹没了。

船顺风而行，乘风破浪。一次，它随着巨浪高高地荡起，右舷沉入水中，海水奔涌到甲板和舱口盖板上，船在上风处一摆，我眼前一花，就飞到空中，似乎我正吊在巨大的、倒挂着的钟摆末端，振幅足有七十多英尺，我被剧烈的晃动吓坏了。我死死地抱住桅杆不放，浑身发抖，两腿发软，只能看见脚下的海洋怒吼着，再也无法在海面上搜寻舢板的下落，再也看不见海上的情景。

我想到飘荡在海上的同伴，就镇静了下来。突然，<u>我看见一个小黑点出现在天际线上，像小芝麻粒蹦来跳去。</u>【⊘比喻：把小舢板比做芝麻粒，生动地再现了舢板在茫茫无际的大海上给人的无比渺小的感觉。】我向"海狼"发出信号。他改变了航线，当黑点又出现在我们面前时，我再一次打手势表示确认。随着黑点越来越大，我才意识到船在飞速前进。"海狼"示意我下来，当我站在舵轮边时，他就立在我身边，吩咐我让船头顶着风，停止前进。

"'魔鬼'就要逃离地狱了，"他吩咐我说，"不要害怕。你做好自己的事，叫厨师来拉住前帆的绳索。"

我吃力地往前走，嘱咐了汤玛斯·马格立治几句，告诉他该怎么做，接着我就爬上了前桅，离甲板有几英尺高。现在舢板已经很近了，我清清楚楚地看见舢板迎面对着风浪，船后拖着被风吹落的桅和帆，现在被用作浮锚。舢板里的三个人都在往外舀水。突然，一个巨浪卷过来，淹没了舢板，我心急如焚。紧接着，舢板窜过浪尖，船身直立着，船头向上飞上浪头，能看清楚又湿又黑的船底。我又看见那三个人用特别快的速度往外舀水，船身落下来，恰好落在

张着大口的浪谷里，船头朝下，露出舢板的全貌，连船尾都看得见。太惊险了，舢板随时都有可能葬身大海。

"海狼"又改变了航向，我有点儿怀疑，是不是无法救援想放弃了。后来才知道他想让船头顶风，把船停下来。于是我就跳下来，到甲板上做准备。这时，风吹向船尾，舢板正在我们前方。突然间，我感到帆船轻松了许多，我的紧张和压力也消失了，船速越来越慢，急转迎风去接近舢板。

狂风迎面而来，像一堵墙压过来，直灌进我的肺里，让我无法呼吸。【📖比喻：把迎面而来的狂风比做压过来的墙，形象生动地描绘出狂风力量的强大和可怕。】当我喘不过气挣扎的时候，"魔鬼"号打了个转儿，船身侧向一边，被风吹得远远的，巨浪压向我的头顶。我转过头，吐了口气，浪头比"魔鬼"号还高，我就往上看。只见阳光射穿翻腾的浪花，蓝色海水掩映着乳白色的飞沫，迎面扑来。我与风暴勇猛地搏斗着，这时没有恐惧，只有快乐。

我的身体东倒西歪，一心想着把吹倒的三角帆拉转过来。我不怕死，坚信一定能挺过去。

迷迷糊糊中，执行着"海狼"拉森的命令，凭借着自己的意志与风暴搏斗。我突然被冲到船舷旁，头撞在什么地方，又摔了个四脚朝天。

我手脚并用，从里面爬出来。恰好爬过汤玛斯·马格立治身边，他蜷曲着身子，哭哭啼啼地躺在地上，一个货真价实的怕死鬼！我没工夫和他说话，一定要把三角帆拉转过来。我爬到甲板上，眼前的场景犹如到了世界末日。遍处都是木头、铁器、碎片，还有船帆折断时发出的声音。

"魔鬼"号被狂风巨浪撕得支离破碎了。前桅帆和前中桅帆被风浪吹倒了，没有人及时搬来帆索，已被撕成一缕一缕的，发出噼里啪啦的声音。【🎐拟声词："噼里啪啦"很形象地模拟出了桅帆和帆索在狂风中发出的声响，真实、贴切，突出了风暴给船造成的巨大破坏。】笨重的横档木一下一下地敲打着船舷。敲得木屑四处飞溅。船上的杂物在四处飘扬，散落的绳索和支帆索像蛇一样散落在甲板上，前帆的斜杆也掉了下来。要不是我跳得快，下桁木就把我的头砸碎了。我仍然没有松手，把拉起来的帆都缠绕在一起，等下一次风刮过来的时候可以多拉一点儿。这样一来，帆脚索轻了许多，"海狼"不知什么时候站在我身边，当我正忙着捡起松弛的绳索的时候，他独自把帆脚索拖了过来。

"喂，快点儿！""海狼"大声叫喊，"快到这儿来！"

我听到"海狼"的喊声，马上跑过去，"魔鬼"号已迎风停了下来。虽然一片狼藉，但船还没有坏，仍能行驶。虽然其他的帆都被风浪打落了，但三角

帆仍吃着风，主帆已经平稳地收了下来，它们还能够保障正常航行。

我在继续搜寻舢板的行踪，"海狼"在清理吊艇绞辘。在下风方向不到二十英尺的海面上，我发现了一只舢板。"海狼"盘算着怎样让我们的船正对着它驶过去，这样只要把滑车钩上两头，系住船和舢板，就可以把舢板拉上来。但事实并没有那么容易，科福特站在舢板头上，奥夫特站在后艄，凯莱站在中间。我们靠近一些，舢板突然升到浪尖，而我们的船却沉在波谷里，我看见那三个人伸出头，仿佛从我头顶上俯瞰下来。【📕动词："俯瞰"一词形象地写出了狂风掀起的波浪的巨大。】一会儿，我们的船就升起来，他们又沉在我们的下方。

我抓住一个时机，把绞辘递给那个卡南加人，"海狼"也把绞辘递给了科福特。两个绞辘马上钩住了舢板，上面的二个人乘着波浪纵身一跳，跳上了帆船。当"魔鬼"号从波涛中出现的时候，就轻而易举地拉住舢板，倒扣在甲板上。科福特的左手流着血，中指被砸得稀烂，还用右手帮我们把舢板绑在原来的地方。

我们刚绑好舢板，"海狼"就发出命令："奥夫特，把三角帆转过去；凯莱，到船尾去，放松主帆脚索；科福特，到前面去，看看厨师怎么样了！凡·卫登先生，请你再爬上去，凡是挡你路的东西都可以扯掉！"

"海狼"吩咐完，他来了个虎跳，跳到船后的舵轮旁。在我拼命爬上前抓护桅索的时候，"魔鬼"号行驶顺畅了。我爬到桅顶横桁的当中，强劲的风力又绷紧了绳索，我才不至于掉下去。这时，"魔鬼"号几乎半斜在水面，桅杆和水面平行。甲板不在我的下方了。甲板已经被汹涌的波浪淹没。"魔鬼"号正淹没在海水中，我只能看见两根桅杆高出水面，好像鲸鱼的脊背在洋面上浮起。【📕比喻：把淹没在水中的魔鬼号船比做鲸鱼的脊背，生动地写出了船体被风暴掀起的滔天巨浪淹没的惊险场面。】

我们继续驶向海洋深处，搜寻其他舢板。不到半小时，我找到一只，舢板底朝天飘荡着，贾克·荷纳、路易斯和约翰森死命地抓住舢板沿不放。我没下来，"海狼"迎风停驶，他们才没有被冲过去。跟上次一样，我们漂到舢板前面，用同样的方法，把这只舢板扣到帆船上。

让我高兴的是，有惊无险。

"魔鬼"像勇猛的海洋斗士，穿越惊涛骇浪，甲板又浮出海面，迎着怒吼的暴风驶去。

这时是五点三十分，又过了半个小时，天色已黑，我发现了第三只舢板。它已经翻了，舢板底朝天，看不见里面的水手。"海狼"用前面的办法，让船转了个身，顺风漂过去。但这一次却错开了四十英尺，舢板从船尾滑了过去。

　　这是第四号舢板，上面的亨得森、豪里欧克和威廉姆斯都失踪了，只留下一只舢板，"海狼"要冒险捞回那条舢板，荷纳和科福特极力反对。

　　"不管什么该死的风暴，我都不会让你夺去我的任何一只舢板！""海狼"咆哮着，"凡·卫登先生！你和约翰森、奥夫特一起负责好船头的三角帆，其他人都到船尾看好主帆脚索，用点力，不然，我让你们滚回老家去！明白了吗？"

　　"海狼"奋力将舵轮拉回来，"魔鬼"号的船头打了个转儿，猎人们听他吩咐，放手一搏。我被激荡的海水淹没，为了保命，我死死地拉住前桅杆下面的栏杆。我的手指拉不住了，被海水冲来冲去，冲到海里。我不会游泳，但在我沉下去之前，又被冲了回来。一只强有力的手抓住了我，"魔鬼"号终于浮出了水面，我这才知道是约翰森救了我的命。他焦急地向身边探望，发现刚才到前面去的凯莱已经失踪了。

　　"海狼"采取一种新办法，他避开风头，让船顺风而去，把东西都转向右舷，使左舷抢风行驶。这次成功了。我们费了九牛二虎之力，才把舢板拽上来，舢板已被撞得破烂不堪。

　　我们又忙活了两个多小时，一个接一个地收起风帆，先是三角帆，然后是主帆。船在短帆下迎风停止了航行。甲板上的水已经退去，"魔鬼"号像是一块软木，在汪洋大海的波涛间摇荡、漂动。一切收拾好后，我耗尽了力气，瘫软在甲板上。【✍动词："瘫软"一词形象地写出了"我"同风暴搏击之后筋疲力尽的样子，生动、贴切、传神。】

　　汤玛斯·马格立治像只淹死的老鼠，一副战战兢兢的样子。这时，我发现厨房被海浪冲跑了，甲板上留下一块空地。

　　一场惊险的海上大搏击终于结束了。我们和救回来的人都聚在房舱里，小炉子上煮着咖啡，我们喝着威士忌，啃着干面包。饭从来没有吃得这么香甜，热咖啡也从来没有这么可口。"魔鬼"号依旧在剧烈地颠簸着前行，"海狼"说："晚上不用值班，大家都去睡觉吧。"

　　"海狼"和我把科福特压伤的手指截去，再缝合起来。汤玛斯·马格立治被安排生火、煮咖啡、端茶倒水。

　　"海狼"对凯莱的命并不在乎，他只在乎他的舢板，还有三只舢板未找到。我的手指头疼得厉害，"魔鬼"号在大海里漂荡，我还以为睡不着了。谁知我刚躺下，眼睛就闭上了，我太累了，美美地睡了一夜。这个晚上，"魔鬼"号无人驾驶，独自在大海上飘来荡去，与风暴玩着游戏。【🖐拟人：生动地描绘出船只在海面上随波浪飘摇的样子，语言活泼有趣。】

第十八章

海上漂来一位美女

第二天，风暴平息了，"魔鬼"号帆船向偏西方向航行。我们修理舢板，制作新的舢板帆，把它挂起来。我们接二连三地看到捕捉海豹的帆船，它们大多是在搜寻失踪的舢板。我们登上那些船，发现船上载着不少从海上救起的别的船只的舢板和水手。

我们在"金山"号上找回了两只舢板，水手们都安然无恙，又在"圣·迪果"号上找到了"烟雾"、纳尔逊和里奇，"海狼"很惊喜，我却很痛苦。我们的船有四个人失踪：亨得森、豪里欧克、威廉姆斯和凯莱。五天后，我们又得返回海豹群的侧面打猎去了。

"魔鬼"号帆船的生活像往常一样继续着，当我们跟踪海豹群向北航行的时候，遇到了吓人的海雾。舢板还没有放到海面，就被浓雾<u>吞没</u>了，我们每隔一会儿就吹一次号角，每隔一刻钟就鸣枪发信号。【✗动词："吞没"富有比喻色彩，把舢板消失在浓雾中的状态生动又贴切地刻画了出来。】舢板一会儿失散了，一会儿又找回来了。按照惯例，舢板应该把捕来的猎物分一部分给搭救它的帆船，直到找到自己的帆船为止。但"海狼"因为损失了一只舢板，便把第一只迷途的舢板据为己有，强迫他们为"魔鬼"号捕海豹，即使他们看见了自己的帆船，也不许他们回去。我记得当他们的船长驶过我们的旁边高声探问的时候，"海狼"用来复枪对准他们的胸膛，威胁那个猎人和两个水手，不许他们说话。

汤玛斯·马格立治走路一瘸一拐，他干起厨师兼杂役双份活儿。约翰森和里奇像从前一样受到"海狼"的威胁和打击，他们知道自己的生命将同捕猎季节一起结束；<u>其他的水手像狗一样生活，也像狗一样听从冷酷的主人"海狼"的差遣</u>。【📖比喻：把"魔鬼"号上的水手比做狗，形象地写出了"海狼"对水手们的残酷镇压和奴役，水手们丧失尊严和自我，过着狗一般的生活。】不过，"海狼"和我相处得还不错，他让我恐惧，也使我惊奇。我有时想杀死这个恶魔，可有时又希望他永远年轻，去和大海搏斗。有时风浪太大，无法放下舢板的时候，"海狼"就带上两个划手和一个舵手下海。他也是个优秀的枪手，猎人们没有捕到海豹时，他却带回来许多海豹皮。

六月中旬，"魔鬼"号帆船驶进风暴海域，我们遇到了让我永生难忘的最凶猛的台风，它还改变了我今后的生活。

我们陷入风暴圈的中心，"海狼"又运用他那高超的航海技术，打算冲出风暴，向南航行。刚开始，我们把三角帆收起一半，后来索性全部收起，只剩一根桅杆。海浪巨大得让人难以想象，上次所遭遇的风暴和这次相比，真是小巫见大巫了。前后浪之间竟有半英里宽，浪头比船的桅顶还要高。风浪太大，"海狼"也不敢贸然迎风停驶。

我们的船被巨大的风暴吹得一个劲儿地向南漂移，已经远离了海豹群。但出乎猎人们意料的是，我们竟然发现了海豹群，他们说这是第二群，也就是后续群，是难得一见的。枪声骤然响起，又是一次残忍的屠杀，忙了整整一天。这时，里奇走到我身边。我刚刚登记好最后一只舢板的海豹皮。

里奇在黑暗中走到我身边，小声地对我说："凡·卫登先生，您能不能告诉我，我们离海岸有多远，横滨在哪个方向？"

我明白他的意思，心里暗自高兴，便告诉他在西北偏西方向五百海里的地方。

"谢谢你，先生。"他只说了这么一句，便消失在黑暗中。

果然，第二天清晨，三号舢板连同约翰森和里奇都不见了。他们还带走床铺、航海袋和别的舢板上的淡水和食物。"海狼"大发雷霆，像一头暴怒的狮子，下令全速追回他们。

第三天早上，爬在桅顶的"烟雾"大叫发现舢板了。"魔鬼"号马上调转船头，朝着那个黑点驶去，在朝阳与海水之间，有一个黑点在下风口若隐若现。我的心沉得像塞了铅块，"海狼"的眼睛里闪烁着胜利的光芒，我恨不得扑到他身上送他上西天，这个想法多么可笑。【比喻：把沉重的心情比做"塞了铅块"，很形象地描绘出"我"对约翰森和里奇命运的担忧。】我在恍惚中溜到统舱，拿起一杆上满了子弹的枪，刚走上甲板，就听见一阵惊呼。

"不是约翰森和里奇，舢板里有五个人呢！"船上有人指着不远的舢板说。

真是谢天谢地，我放回枪，又溜回到甲板上来了。还好，没有人发现我的举动。

它比海豹舢板稍大一点儿，而且构造也不同。周围的人都喊了起来。舢板上有四个男人，第五个肯定是个女人。我们都兴奋地等待着。"海狼"却很失望。

我们收下船头的三角帆，将帆脚索对着风，放平主帆帆脚索，迎风开过去。只划动了几下船桨，舢板就划到了帆船边。这时我才看清楚那个女人。她裹了一件宽大的长外套，脸颊和水手帽下边露出一团淡棕色的头发。<u>一双棕色的眼睛又大又明亮，小嘴灵巧而甜美，鹅蛋形的秀丽脸庞上一抹绯红，那是被太阳晒的，被带着咸味的海风吹的艳丽的深红。</u>【外貌描写：通过对"女人"衣着、脸颊、头发、眼睛和嘴巴等部位的描写，刻画出她的美丽动人，为以后"我"和"海狼"发生冲突做了铺垫。】

她好像来自其他星球的美女。一个水手把她举起，送到"海狼"伸出的手里，这时，她昂起头，看着我们好奇的脸，甜甜地一笑。

"凡·卫登先生！""海狼"大声说，"请你带这位女士到下舱去，把她安置好。叫厨师去收拾一间货物舱。还有，她的脸被晒伤了，你想办法给她治疗一下。"

"海狼"说完就转过身，向其他新来的人询问情况。舢板漂走了，其中一个人说了声"倒霉"，这里距离横滨已经很近了。

这个美女的容貌娇嫩、柔弱，身材亭亭玉立，婀娜多姿，她的胳膊是那么瘦小纤柔，简直像是仙女。我扶着她走下楼梯，给她搬来一把椅子。她说："别为我操心了，这艘船在天黑前能登陆吗？"

她想得太简单了，这让我大吃一惊，我该怎样向她说出实情呢，可我还是说了。

"如果是别的船长，我保证明天你就可以在横滨登陆。但是我们的船长不同于常人，请你做好心理准备，什么事情都有可能发生，知道了吗？"

"我——我实在是听不懂，"她迟疑了一会儿说，眼神充满疑惑，"不是遇到海难的人都会得到帮助吗？毕竟，这是举手之劳的小事，我们离陆地并不远。"

"我也不知道会发生什么，"我尽力安慰她，"我是让你知道，这个船长是个恶魔，他什么事都能干得出来。"

我越说越兴奋，而她却打断了我的话："哦，我明白了。"她已疲惫不

堪，不想为这件事伤脑筋。

　　我也就不再说话，按"海狼"的吩咐，尽量让她舒服些。我拿油膏给她搽脸。我在"海狼"的私人储藏间里找出一瓶葡萄酒，我早就知道那里有酒。我还打发汤玛斯·马格立治清理出一间空房舱，给这个美女休息。

　　"魔鬼"号帆船正破浪疾驶，突然，"烟雾"大喊了一声，原来他看见了两个逃亡者。

　　我看了一眼那个美女，她正靠在椅子上，闭着眼睛睡着了，看上去她疲倦极了。我真担心两个逃亡者被抓住后受到的酷刑会把她吓坏。

　　船身突然倾斜，甲板上立即传来"海狼"的指令声，接着是一阵脚步声和收帆索的劈劈啪啪的声音，"魔鬼"号改变了风向，迎风驶去。

　　美女睁开了睡意未消的眼睛，我把她送到刚才收拾干净的一间空房舱，给她盖上两条水手的厚毛毯。头枕着我从"海狼"床上搬来的枕头，她又甜甜地睡着了。

第十九章

"海狼"见死不救

我来到甲板上，看见"魔鬼"号正全速追赶里奇和约翰森的舢板。我知道他们被拖上船后将受到"海狼"的残酷处罚。

"太可怕了，他们居然被发现了。"我正在担心，"魔鬼"号的船身被巨浪冲歪了一些，我看到了舢板的位置。

"海狼"在船的中部和搭救上来的人交谈，他的脚步像猫一样，比往常更加轻捷，目光炯炯有神。"三个加油工人，一个四等工程师，""海狼"开门见山，"我让他们改做水手，至少做划手。哦，那个女人怎么样了？她叫什么名字？"

"不知道，"我回答说，"她太累了，正在睡觉。我一直在等你的吩咐。那是艘什么船？"

"邮船，"他回答，"叫'东京之城'，从旧金山到横滨航行，被台风吹坏了。一只旧船，从船顶到船底，都破得像筛子一样。【⊗比喻：把旧船比做破筛子，生动形象地写出了船破旧不堪的样子。】他们在海上已经漂流了四天。那位女人是小姐，太太，还是寡妇？"

"你打算……"我只开了个头，话到嘴边却没有全说出来，我想问他是否打算把遭遇海难的人送上岸。

"我打算什么？"他追问我。

"你打算怎么处置里奇和约翰森？"

"海狼"摇摇头，说："亨甫，我也不知道。你看，算上刚才从海中救起的这些人，我的人手已经够了。"

"他们只不过是想逃跑而已，"我说，"他们是被逼的，你能不能对他们宽容一些。"

"谁逼的？"

"是你，"我大声说，"我告诉你，如果你对他们做得太过分了，我会杀

死你。"

"好样的！""海狼"叫了起来，"你进步了，我为你骄傲，亨甫！你懂得复仇了，你可以独立了。我喜欢现在的你。"

"海狼"的语气和神情瞬间一变，严肃地说，"你是否信守承诺？"

"当然。"我回答道。

"那好，我们订个协议，"他说，"如果我不处死里奇和约翰森，你也要保证不杀我。"

"哦，我并不是怕你，我可不怕你啊！"他接着补充一句。

我很吃惊，"海狼"的思维真是不同寻常，令人费解。

"一言为定？"他又问。

"好，一言为定。"我回答。

他把手伸给我，我们握了手，我从他的眼睛里看到了恶魔的坏笑。

我们走过船尾楼甲板，向下风口走去。那只舢板就在旁边，令人绝望。约翰森在掌舵，里奇往外舀水。我们的船速是他们的两倍。"海狼"示意路易斯保持一定距离，抢到舢板的前面，两船相差不过二十英尺，而且是顺风。"魔鬼"号拦住了舢板的去路。舢板上的斜杠帆无力地拍打着，两人迅速换了位置。舢板停了下来，一阵巨浪涌来，帆船随波上涨，舢板却跌入波谷。

这时，里奇和约翰森抬起头，看着同船水手们的脸，水手们站在船舷旁，没有人打招呼。

一眨眼，他们漂到我和"海狼"正站在的船尾楼甲板的对面，约翰森看着我，显得疲惫而憔悴。【形容词："疲惫"和"憔悴"很直观地形容出约翰森当时的神态，从侧面体现出约翰森内心和身体都备受折磨的现实。】我向他招手示意，他也挥手作答，无精打采的，像是在诀别。我没看见里奇的眼睛，因为他正盯着"海狼"，他脸上的表情依然是仇恨。

"海狼"在我耳边发出像狗叫一样的笑声，我以为他要发出迎风停驶的指令，但他无动于衷，"魔鬼"号依然乘风破浪，继续行驶，直到那个舢板缩成一个小黑点，"海狼"才开口发出右舷逆风航行的指令。掉转了船头后，在距离作垂死挣扎的舢板上风处两海里的地方，我们才收起船头的三角帆，帆船这才迎风停驶。舢板可做不到这一点。在这空旷、荒凉的海面上，"魔鬼"号是他们唯一的避难所。

约翰森是个优秀的水手，他熟练地驾驶舢板。过了一个半小时，他们离我们的船已经很近了，距船尾只有一箭之遥，再有一段路，就赶上我们了。

"转舵，使船向风！""海狼"吩咐那个卡南加人奥夫特。

约翰森冒险松下帆索，从一百英尺外追了上来。"海狼"又得意地笑了，他挥手示意他们追上来。约翰森整理船索，从后面赶上来。他们别无选择。如果不上帆船，舢板就可能被这些排山倒海的巨浪掀翻，不知会卷到什么地方去。【★动词："卷"很形象地写出了滔天巨浪对小舢板的具体而真实的动作，体现出风浪的凶猛，也反衬出舢板在海上的渺小。】

"他们还是怕死的。"当我过去看路易斯收拾三角帆和支帆索的时候，他在我耳边悄悄地说。

"哦，过一会儿，'海狼'会停船救他们上来的，"我兴奋地说，"他只不过是教训他们一下，没有别的意思。"

精明的路易斯看了我一眼，说："你真的这样想？"

"是的，"我答道，"你不这样看？"

"我什么都不想，只想怎样保住自己的小命！"他说，"我总觉得将有大事发生。旧金山威士忌让我晕头转向，后舱的那个女人会把你弄得更加糊涂。"

"你说这话是什么意思？"我问他。

"什么意思？"他说，"你问我？这不是我的意思，是'海狼'做主。"

"如果出了什么事，你会帮我吗？"我脱口而出，他说出了我担心的事。

"帮忙？我只会做自己的事。麻烦的事情只不过才刚开始呢。"

"没想到你是个胆小鬼。"我瞪着他。

"那两个逃跑的人我都不帮助，"他瞟了我一眼，指着后面的那只小舢板，"我也不会为了一个陌生的女人打破头。"

我气愤地走开了。

"把中桅帆收起来，凡·卫登先生。""海狼"对我说。

我的心里又燃起了希望，连忙执行他的命令。那些焦急的船员不等我发出指令，就已经跑到扬帆索和落帆索旁，还有几个正在爬桅杆。"海狼"冷笑了一声。

我们依然向前行驶，直到舢板落后了几海里才停下来，等在那里。全船的人都在关注他们是否追上来。"海狼"也在张望，可他根本不想让那两个人上

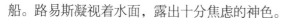

船。路易斯凝视着水面，露出十分焦虑的神色。

　　舢板越来越近，有时高高地升起，翻过滔天的巨浪，有时隐没在浪涛后面，只等波涛汹涌时再冲出来。它几乎是不可能生存下来的，但在每一次惊心动魄的冲击中，它竟然都完成了不可能完成的事。【✦成语："惊心动魄"，生动的成语形象地写出了小舢板在狂风巨浪中使人感到十分惊骇紧张的样子。】一阵暴风雨袭来，舢板从风雨中重现，几乎追上我们。

　　"喂，转满舵！""海狼"高声叫喊，亲自跳到舵轮旁，打满舵轮。

　　"魔鬼"号又乘风破浪加速前进，约翰森和里奇追随了差不多有两个小时，我们停停开开，开开停停，那垂死挣扎的舢板不是被浪掀上天，就是跌入谷底。在相距大约四分之一海里的地方，一阵暴风雨把它吞没了，再也没有出现。雨过天晴，汹涌的海面上没有发现舢板的踪影，约翰森和里奇的痛苦结束了。

　　大家都目瞪口呆，"海狼"没有留给他们时间思考。他让"魔鬼"号重新起航，驶向海豹群，而不是横滨。水手们不再积极地拉挂帆索，他们没精打采，在心里诅咒"海狼"，猎人们却无动于衷，依然讲着他们喜欢的故事，有时哄堂大笑。

　　我走过厨房的下风处，遇见我们救起的那个工程师，他面如土色，嘴唇颤抖，他问："老天啊！大副，这是艘什么船啊？"

　　"你自己看吧。"我又气又怕，毫不客气地说。

　　"这就是你信守承诺？"我责问"海狼"。

　　"我没有许诺让他们上船，他们的失踪与我毫不相干！"他回答说，"不管怎样，你得承认，我没有动手杀死他们。"

　　过了一会儿，"海狼"又笑了起来。

　　我的大脑乱极了。当我渐渐冷静下来后，才明白过来，我要尽力保护那位美女，我要谨慎地做好每件事，去帮助她。

第二十章

苍茫大海遇知音

"东京之城"号上被救的工程师和三个加油工人，同"海狼"争吵了一番后，乖乖地服从了他的安排，穿上了水手衣柜里的衣服，有的被分派到猎人手下的舢板里，有的负责船上的守望。他们已经看到了"海狼"见死不救的恶毒本性，对他更加害怕，刚到前舱，又听说了"海狼"那些吓人的传闻，他们只好沉默了。

我从工程师那儿打听来，那个美女叫布鲁斯特小姐，她还在熟睡中，吃晚饭的时候，我请猎人说话声音轻一点儿，不要吵醒她。第二天早晨，我想让她单独吃早餐，可"海狼"不同意，他认为她不是什么大人物，应当和大家一起在房舱里吃饭。

当她坐在餐桌旁的时候，发生了一件有趣的事，猎人们安静得像几只宠物猫，只有荷纳和"烟雾"不时地偷看她几眼，还和她说几句话。其余的四个人，眼睛只看着盘子，嘴巴机械地咀嚼着，下颚扯动着耳朵一动一动的，就像野兽吃东西时耳朵动弹那样。【🏠神态描写：通过对猎人们的眼睛、嘴巴、耳朵等身体部位的描写，形象地写出了他们在被救女人面前不知所措的样子。】

"海狼"起初不多说话，只是在问到的时候才讲几句。可他不是害羞，对他来说，女人是一种新类型的人，不同于他熟悉的那一类人，所以他很好奇。他在研究她，不时地看她的脸，偶尔会将视线转移到她的手和胳膊上。我也在看她，我的举止有点儿不自然。而"海狼"却很镇定，充满自信，任何事情不能动摇他的信心。他不怕女人，就像他不畏惧风暴和战斗一样。

"我们什么时候可以到横滨？"她转过头，盯着"海狼"的眼睛问道。

大家对美女提出的问题都很关注，虽然每个人都装得若无其事的样子，但大家都停止了吃东西，静静地听着"海狼"的回答。

"四个月，也许三个月，如果捕猎季节能提前结束的话。""海狼"说。

"我……我想……我听说到横滨只要一天的路程。"她倒吸一口凉气，停顿了一下，从周围陌生的面孔上看不到丝毫同情，结结巴巴地说，"这样做……这样做是不对的。"

"这个事情嘛，你找凡·卫登先生解决吧，""海狼"狡黠地冲我眨眨眼，"凡·卫登先生是判断是非的权威。我呢，只是个水手，什么都不懂。你和我们待在一起，是你的不幸，却是我们的好运气啊。"

布鲁斯特低下了头，又抬起了眼睛，期待地看着我，渴望从我这里找到答案。

"如果在这几个月里，你有别的事情，那太不幸了。如果你是到日本去疗养，那我向你保证，'魔鬼'号是最好的海上疗养院。"我说。

她的眼睛里闪着怒火，我却满脸羞愧。

"凡·卫登先生说话很有远见，""海狼"笑了，"他当初刚上船时，瘦得可怜，像芦柴杆儿一样，现在多壮呀。是这样吗，布鲁斯特？"

布鲁斯特听到"海狼"说她的名字，吓了一跳，手里的刀又差点儿掉下来，她颤颤巍巍地支吾了一句："是。"【🏠神态描写：通过对布鲁斯特听到"海狼"叫她名字时的反应的描写，生动细腻地刻画出她内心的恐惧，从侧面衬托出凶残的"海狼"对人产生的震慑力。】

"他是从削土豆、洗碗开始干起的。对吗，布鲁斯特？""海狼"说。

"对。"布鲁斯特勉强应付着。

"你看，凡·卫登先生现在都能用自己的腿走路了。以前他可是躺着生活的呀。"

"海狼"在侮辱我。猎人们在暗自偷笑，只有布鲁斯特同情地看着我，给我一些慰藉，这一刻，我很温暖。

"我可以用自己的腿走路，"我反驳说，"但我不会用脚去踩别人。"

他凶横地看了我一眼，又对我嘲讽一番。猎人们附和着"海狼"哈哈大笑着。

"布鲁斯特小姐，你别让凡·卫登先生的话给误导了，""海狼"话中带刺，挑拨离间，"你可要留心他的皮带上挎的那把匕首，他就在昨天还说过要杀我呢。"

房舱里充满了野蛮的气氛，像野兽生活的山洞。这个美丽的女人对这里的环境既陌生，又恐惧，她与这片小天地格格不入。捕海豹的生活，吃的是粗劣的饭菜，穿的是低劣的衣服，鲁莽的面孔，粗俗的笑声，摇摆的船舱墙板，晃动的灯光，腥臭的气味，这一切对我来说，都已习惯了，而对布鲁斯特来说，却是一个巨大的挑战。【🏠环境描写：通过对船员的吃穿及生活中的表现等的描写，生动详细地展现出"魔鬼"号的恶劣环境。】

我的手指关节发炎蜕皮了，手指头红肿着，指甲里满是污垢，脸上胡子拉碴，衣服袖子破了，蓝色衬衫领口的扣子掉了，身上到处都是油腻，浑身散发着汗臭味。我也是似人似兽的鬼样子，一副野蛮相。

她听出了"海狼"的冷嘲热讽，又向我投来同情的眼光。可是她的眼睛里也闪动着疑惑。

"我可以搭过路船走。"她说。

"除了捕捉海豹的船，不会有过路船的。""海狼"回答。

"我连一件换洗衣服也没有，"她不满地说，"你好像不明白，船长，我不是男人，过不惯你们这种生活。"

"你很快就会习惯的，我给你布和针线，""海狼"说，"你为自己缝制两件衣服，不会难吧。"

布鲁斯特一听，更加害怕起来。

"我想，你以前靠别人伺候惯了，那样不好，将来靠什么生活呢？""海狼"说，"哦，我看，你做点儿事，是不会伤筋动骨的，又能学到自食其力的本领。"

"相信我，我没有别的意思。人要有生存的本领，每天都要吃饭，像我们吧，以捕海豹为生；我要驾驶这条帆船出海，在大风大浪中生活；而凡·卫登先生现在靠做我的助手混口饭吃。那么，你要干点儿什么呢？"

她耸了一下肩，说："我这一生恐怕都要靠别人养活的。"她笑着说，勇敢地迎战"海狼"的嘲讽。

"在美国，不会谋生的人会被投进大牢。凡是犯了'不能谋生罪'的人，都被称为流氓。""海狼"告诉她，"如果我是凡·卫登先生，计较是非问题，我就要问，你既然不能靠自己生存，那你有什么权利活下去呢？"

"因为你不是凡·卫登先生，所以我可以不回答这个问题，不是吗？"布鲁斯特说。

她惊恐不安的眼睛对他流露出一丝笑意，但这点笑容却刺痛了我的心。我得想方设法寻找机会改变话题。

"你亲手挣过一块钱吗？""海狼"又问，他已料定她会怎样回答，流露

出一副胜券在握的表情。【✗成语："胜券在握"这个简洁的成语准确而形象地写出了"海狼"和布鲁斯特辩论时感觉自己一定有把握胜利的得意样子。】

"是的，有过。"她一字一顿地说。"记得有一次，我还是个小女孩儿，我坚持在五分钟里不说话，爸爸给了我一块钱。"

"海狼"哈哈大笑。大家都笑起来。

"那是很久以前的事了，"她接着说，"你总不会让一个九岁的女孩儿自食其力吧。"

"不过，现在，"她停了一下，"我每年大约挣一千八百块。"

猎手们都惊呆了，大家的目光不约而同地从盘子移到她脸上，连"海狼"也掩饰不住赞赏的神情。

"是计时工作，还是计件工作？""海狼"问。

"计件工作。"布鲁斯特反应迅速。

"一千八百块，""海狼"计算着，"也就是一个月一百五十块。哦，布鲁斯特小姐，'魔鬼'号上的薪水也不低。在船上，你就按计时工资算吧。"

她没有答应。她还猜不透"海狼"的意图。

"你是什么职业？""海狼"语气平和了许多，"你生产什么商品？要用什么工具，什么原料？"

"纸和墨水，"她笑着说，"哦！还要一台打字机。"

"你就是写诗的莫德·布鲁斯特？"我迫不及待地问。

她惊奇地看着我，点头默认。

"海狼"摸不着头脑了，不知道我们在说什么，他有些疑惑。

"我曾经就一本小册子写过一篇评论……"我不紧不慢地说。

"你！"她喊道，"你是……"她睁大了眼睛，惊喜地看着我，"亨甫莱·凡·卫登先生。"她说，"我太高兴了。"

我点头回敬，表示认可。

"我记得那篇评论，"她好像有点儿害羞地说，"你真是太过奖了。"

"没有，你是不相信我的鉴赏力。兰先生不就把你的《不灭的吻》列为英语女作家最好的四首十四行诗之一吗？"

"可是，你叫我'歌唱生命的夜莺'呢！"

"我说错了吗？"

"不，不是那回事。我被拔高了。"

"我们只能借助已知的来衡量未知的，"我以学者的口气说，"作为一个批评家，我必须给你定位。我的评价一点儿也没有拔高。我的书架上放着你的七本诗集和两部随笔集。不久的将来，批评家们会称你为'英国的莫德·布鲁斯特'了。"

"谢谢你的好意。"她喃喃地说。"你就是莫德·布鲁斯特。"我看着她认真而又恭敬地说。

"你就是亨甫莱·凡·卫登，"她以同样的认真和敬意看着我，"太难得了！还没有预料到你将用清新的文笔写野蛮而又浪漫的航海故事。"

"不是的。我在这儿并不是为了收集素材，"我说，"我没这个能力，也没打算写小说。"

"那么，你为什么总是躲在加利福尼亚呀？"她接着问，"我们住在西部的人要见你一面真难啊！你在美国的文学界排名第二呢。"

对她的赞美，我鞠躬答谢，又连忙谦虚地推辞了一番。

"有一次，我和你错过了难得的见面机会。那是在拉德尔菲亚，纪念诗人白郎宁，你要作演讲。我乘的火车晚点了四个小时。"

我们就这样滔滔不绝地交谈着，竟然忘记了周围的一切。餐桌上只剩下"海狼"一个人了。他靠在椅子上，好奇地听着我们讲述另一个世界的故事。

突然，我们都不说话了。布鲁斯特看了"海狼"一眼，脸上露出惊恐的表情。

"海狼"站起来，打了个手势，尴尬地笑了笑："没事，你们继续，继续。继续讲下去，讲下去。"

我们也站起来，相互笑了笑，离开了餐桌。

男人之间的游戏

我和莫德·布鲁斯特小姐亲热地交谈着，冷落了旁边的"海狼"，他不太高兴。汤玛斯·马格立治正好成了他的出气筒。

汤玛斯·马格立治厨艺一直没有长进，做的饭依然油腻难吃，他的衣服依然沾满了污垢，他的衬衫好多天也没有换洗，锅碗瓢盆上积满了油垢。他很势利，给前舱水手们做的饭菜更差。

"我早就警告过你，厨师，""海狼"说，"你可要挨罚了，现在得让你长点儿记性。"

汤玛斯·马格立治听了"海狼"的话，吓得<u>面如土色</u>。【∦成语："面如土色"，短小精悍的成语非常形象地写出了汤玛斯·马格立治对将要发生的事惊恐至极的样子。】"海狼"可不是开玩笑的，汤玛斯·马格立治知道将会受到怎样的处罚。

"海狼"叫来两个人，又拿来一根绳子，这个可怜的伦敦佬发疯似的逃出了厨房，在甲板上东躲西藏，水手们面带讥笑跟着他。因为他送到前舱里的饭菜肮脏得让人吞不下去，看了都恶心，所以他们早就想把他抛进海里。

"海狼"要水手们把汤玛斯·马格立治绑起来，系在船的后舷栏杆上放到海里，随船拖他一阵子。当时海面上还算风平浪静，"魔鬼"号仅以三海里的时速缓慢地航行。汤玛斯·马格立治可受不了那个罪。他曾看见过别人在水里拖过的样子，特别害怕。再说，海水冰冷刺骨，他的身体肯定受不了。

汤玛斯·马格立治特别怕海水，这回逃得很快。从来没有看过他那样灵活和敏捷，简直超乎大家的想象。他先躲在船尾楼甲板和厨房之间的角落里，接着像猫一样跳到房舱顶上，往船后逃去。但是<u>追他的人抢在他的前面，断了他的去路，他就折回来，越过房舱，爬过厨房，从统舱的小舱口，跳跃到甲板上，向前逃窜。</u>【🏠动作描写："折回"、"越过"、"爬过"、"跳跃"、

"逃窜"等一连串的生动具体的动作，把汤玛斯·马格立治急于逃命的灵活和敏捷细腻地刻画了出来。】

水手哈里森越追越近，汤玛斯·马格立治突然一跃，拉住了船头三角帆的挡木柱，他用双手撑住身体的重量，悬空蜷缩起身体，飞起两只脚，正好踢在赶上来的哈里森的肚子上，痛得哈里森一声惨叫，跌倒在甲板上。

猎人们鼓掌大笑，大家都出来叫好，汤玛斯·马格立治在前桅帆下躲过一半追他的人。他像足球场上的前锋一样，冲过了一个又一个阻截者，往船尾逃去。他跑得太急了，在房舱拐弯时，竟滑了一跤。纳尔逊正在掌舵，汤玛斯·马格立治摔倒在地，撞在他的腿上。两个人都跌倒了，汤玛斯·马格立治先爬了起来。

水手们冲着汤玛斯·马格立治逃跑的方向呼喊着，猎人们也大声助威，发出一阵阵哄笑声。汤玛斯·马格立治被三个水手追到了前舱口，可他像条鳗鱼，又从人群中溜走。他的嘴角淌着血，衬衫被撕成碎片，船上没有可藏的地方，他一步跃上了主帆的帆缆，向帆顶爬去。

汤玛斯·马格立治玩起了"空中游戏"。六个水手跟着他一窝蜂地爬到桅顶横桁上，奥夫特和布莱克继续爬上细钢索。他们靠双手的力量继续往上爬，几次避开汤玛斯·马格立治的脚踢。汤玛斯·马格立治像只野兽般踢个不停，最后，那个卡南加人一手拉住绳索，一手抓住了伦敦佬的一只脚，接着，布莱克也抓住了另一只脚。三个人扭打在一起，挣扎着滑下来，"空中游戏"结束了。汤玛斯·马格立治被抓到甲板上，他痛哭流涕，嘴里喷着血沫。"海狼"从帆脚索里抽出一根绳子，拴在他的腋下。汤玛斯·马格立治被抬到船艄，抛下了大海。绳子一点一点放出去，四十英尺，五十英尺，六十英尺，这时，"海狼"才大喊："行了，系到木柱上！"奥夫特把绳索在缆柱上一绕，绳子便拉紧了，"魔鬼"号破浪前进，汤玛斯·马格立治像块软木被拖在水面上，绳索一紧，他被拉出水面，有个喘气的机会，绳索一松，他又沉入水中。海水不断灌进他的嘴里，情景惨不忍睹，虽然他还没有被淹死，但也被淹个半死了，喝了满肚子咸涩的海水，痛苦极了。

莫德·布鲁斯特不知什么时候来到甲板上，当她轻轻地走到我身边时，我这才猛然想起来，这是她上船后第一次登上甲板，她看到了极其残忍的一幕。

"为什么要这样捉弄人？"她问。

“问船长拉森吧。”我平静地回答。然而，我想到她看到这一暴行，不禁有些担心，又有些激愤。

她刚要去问个究竟，就看见奥夫特正拉着绳子。

“你在钓鱼吗？”莫德·布鲁斯特问他。

奥夫特没有理会他，忽然大叫了起来：“有鲨鱼，船长！”

“快拉上来！一起来，快拉上来！”“海狼”大声叫喊，他先跳到绳索旁，第一个开始动手。

汤玛斯·马格立治听到了卡南加人的报警，就狂呼乱叫起来。大家一起动手把汤玛斯·马格立治拖到船边，绳索一松，他又沉入海水中，就在那一瞬间，只见鲨鱼高高跃起时露出了白色的肚皮。“海狼”的动作十分快捷，他用力一提，汤玛斯·马格立治离开了海面，鲨鱼也被带上来一半——他的一只脚已被鲨鱼咬上了。汤玛斯·马格立治发出撕心裂肺的痛苦叫喊。【🖋形容词：“撕心裂肺”生动形象地写出了汤玛斯·马格立治被鲨鱼咬住后的极度痛苦之情和伤势严重的样子。】众人七手八脚把汤玛斯·马格立治拉上甲板，他像一条刚刚钓上来的鱼，湿漉漉地躺着，右脚没有了，鲜血汩汩流出。

莫德·布鲁斯特脸色苍白，吓得目瞪口呆。她看着“海狼”，而没有看汤玛斯·马格立治。“海狼”觉察到了，嘿嘿一笑，向她解释说：“布鲁斯特小姐，这是男人之间的游戏，而被鲨鱼咬着只是一个意外。”

汤玛斯·马格立治开始清醒过来，看到自己少了一只脚，鲜血染红了甲板。他挣扎着挪了过来，冲着“海狼”的腿，一口咬了下去。“海狼”不动声色地弯下腰，只是用手指掐住厨师耳朵下面的颚骨，他的下嘴巴就张开了，“海狼”抬起脚，毫不在意地走开了。

莫德·布鲁斯特十分厌恶这个血腥的场面，她感到头晕目眩，刚要转身离开，身体就摇晃起来，脚步站不稳了，她十分虚弱地向我伸出一只手，我赶紧搀扶住她，然后扶她到房舱里坐下。

“凡·卫登先生，快拿止血带来，”“海狼”冲我喊，“给汤玛斯·马格立治的脚包扎。”

莫德·布鲁斯特的嘴唇微微一动，但发不出声音，她的眼神明白无误地告诉我快去帮那个可怜的人。

“求你了。”她费力地吐出这几个字。

　　我的外科手术有了很大进步，只要"海狼"指点一下，再有两个水手帮忙，我就可以独立操刀了。

　　"海狼"跑去惩罚那条鲨鱼。他用一只巨大的旋环钩，用肥肉做诱饵，丢在船旁边的海面上，一会儿就把鲨鱼给钓着了。我在这边给厨师扎紧断裂的血管，水手们在那边唱着号子把鲨鱼拽了上来。

　　这条鲨鱼长约十六英尺，被挂在主桅索上。"海狼"把它的大嘴巴撬开，

【✿动词：　"撬开"形象地写出了鲨鱼的巨大和力量的强大，也说明汤玛斯·马格立治受伤的严重程度。】用一根两头尖尖的硬木棒硬生生地插了进去，横在张开的两颚之间，这样它就不能进食了。然后他剪断了钩子，再把鲨鱼放回大海，让它慢慢地活活饿死。

第二十二章

弱者要学会生存

莫德·布鲁斯特小姐向我走过来，她的脸色苍白，表情十分严肃，一双大眼睛圆睁着，比平常还要大，好像要看透我，我害怕了。【神态描写：通过对莫德·布鲁斯特脸色、眼睛的描写，形象地刻画出她耳闻目睹了"海狼"的残忍可怕之后无法承受的心理反应。】

我猜出了她为什么找我，示意她先不要说话。我把她带到没有人的地方，环视了一下四周，确信别人听不到我们的谈话，就低声问她："有什么事？"

"就算今天早晨的事情是个意外，但我刚才听工程师哈斯金斯先生说，在我们被救的那天，有两个人淹死了，是船长故意不救他们，是谋杀！"

她带着责问的语气，似乎我也参与了这件事，也是其中的一个杀人犯。

"对，没错，"我说，"那两个人是被谋杀的。"

"你竟然纵容这样的事发生！"她喊了起来。

"我没有纵容，也无法阻止。"我和颜悦色地说。

"你尽力了吗？"她与我争辩，还特别加重了"尽力"这两个字的语气，"你为什么不试一下？"

"布鲁斯特小姐，你那人道、人生、道德之类的美好信念，在这儿是行不通的。"我耸了耸肩，叹了口气说，"况且，我也是'泥人过河——自身难保'啊！"

她不相信，摇了摇头。

"那么，你要我把'海狼'杀了？"我问，"我拿把刀，一把斧头，或者一杆枪，杀死那个家伙？"

她吓得后退了半步。

"不，决不是那么回事！"她轻声叫起来。

"那我该怎么办，自杀？"我反问她。

"你完全是从功利的角度上说的，"她表示反对，"还有正义感呢，正义感不会没有效果啊。"

"哦，你劝我既不要杀死他，也不要自杀，那就是让他杀死我了！"我笑了起来，"正义感在这艘船上一文不值。被谋杀的里奇和约翰森都是很有正义感的人，他们正是被正义感连累了。如果我身上仅有的一点儿正义感非要表现出来不可，那会落得同样的下场。

"布鲁斯特小姐，你一定要明白，'海狼'是个吃人的魔鬼。他没有正义感，没有良心，没有道德。他什么事都做得出来，什么事都难不倒他。他一时心血来潮，才让我在船上当了大副，这次出海就有前任的两个大副相继死去，我暂时还能活着，是他把我当成一个玩具，是他的奴隶，如果他什么时候玩儿腻了，讨厌我，那我也会毫无声息地死去。你也一样，因为我想活下去，你也想，因为我打不过他，而你更打不过。你和我都不能和他硬碰，识时务者为俊杰啊！"她看着我，期待着我继续说下去，"我在'海狼'面前，必须扮演弱者，忍辱偷生，卧薪尝胆，这是活下去的唯一途径，你也要这样做。没什么大不了的，要想活，就得这样。我们要和他智斗，以柔克刚，以巧取胜。我的处境很危险，你的处境更不妙。我们要联合起来，还不能让人察觉。在公开场合，我不能袒护你，别人怎样侮辱我，你也要不动声色。我们绝不能惹恼他，要装出对他很客气、很友好的样子。"

莫德·布鲁斯特小姐一脸<u>茫然</u>，摸了摸额头说："我还是不明白怎么做。"【✗形容词："茫然"形象地写出了莫德·布鲁斯特听到"我"的话时迷惑不解的生动神情。】

"你必须按照我说的去做。"我用命令的口气低声说，"很快你就会明白我是正确的。"

"那我到底该怎么做呢？"她问我，我很高兴，她终于被我诚恳的话打动了。

"把正义感藏在心里，千万不要得罪他！"我说得很快，"对他客气点，和他多谈些文学、艺术，他会喜欢。还有，千万不要提到船上的暴行。这些就是你要做的事情。"

"那我只好撒谎了。"她仍然不甘心地说。

这时，"海狼"和拉提莫在船的中部走动，朝我们这里张望。

我放低声音，匆匆忙忙地接着说："你那接人待物的方法，在这儿都行不通，你得从头再来。还有，你不要用眼神俘获'海狼'，这对我有效，对他却毫无作用。我很了解他。"

说到这儿，"海狼"向我们走过来，加入了我们的谈话。于是，我换了个话题："编辑们个个都怕他，出版社也不愿意出他的书。但是我知道他的才华，他的《锻造》引起了轰动之后，大家才认可了他的天才，我的判断也得到了证实。"

"那是登在报纸上的一首诗？"她也随机应变地说。【✦成语："随机应变"，短小精悍的成语生动地表现出莫德·布鲁斯特随着情况的变化灵活机动地应付的样子。】

"是的，可并不是因为杂志编辑不乐意读的缘故。"我回答。

"我们在谈论哈里斯。"我对"海狼"说。

"哦，没错，""海狼"接上我的话说，"我记得《锻造》这首诗，充满了美好的情感和梦想。凡·卫登先生，你还是去看看厨师吧，他一直焦躁不安呢。"

我被支开了。汤玛斯·马格立治被注射了麻醉药后，还在呼呼大睡。我过了一会儿才回到甲板上，莫德·布鲁斯特小姐果然听了我的话，做她不喜欢的事情，和"海狼"聊得正火热呢，这让我有些惊讶，又有些心痛。

爱神悄悄降临

"**魔**鬼"号驶进北方的海豹产地。在北纬44度，我们见到了海豹。那是一个风大多雾的海域，有时，好几天看不见太阳的影子，无法确定帆船的方位，只有耐心等待大风吹散雾气，阳光照到海面上，我们才知道自己在什么位置。晴好的天气有时能持续三四天，接着，更浓的雾气又笼罩着帆船。

在这个海域捕猎海豹是很危险的事，可是，<u>舢板每天早上都得下海，隐没在一片灰蒙蒙的雾色中，看不见踪影，直到夜色降临，才像水怪一样，从灰蒙蒙的浓雾中一个接一个地冒出来，带着捕获的海豹，回到"魔鬼"号帆船上。</u>

【◎比喻：把舢板比做水怪，生动形象地写出了小舢板在灰蒙蒙的雾色中神出鬼没的样子，同时体现出雾气的浓重。】

万莱德，他是"海狼"连船带人一起抢来的猎人，一天早上，雾气越来越浓，他带着两个手下乘机逃走了。过了几天，我们才知道他们回到了自己的帆船上。

我也想驾驶舢板带着莫德·布鲁斯特逃走，可是一直找不到机会，大副用不着乘舢板下海，我曾经尝试过要求下海捕获海豹，"海狼"一直没有同意。我不敢强求，如果引起"海狼"的怀疑，那会更加糟糕。我竭力克制自己，不再去想，可它像个充满诱惑力的幽灵，一直萦绕在我的心头。

我读过海上的传奇故事，其中有篇小说描述了有位美女孤身一人处在满船的男人之间，当时我并没有领会作者描述这一场景的深层含义。今天，我处在相似的情境中，我才意识到，莫德·布鲁斯特正像那个美女一样。从前她的作品赢得了我的好感，如今她的人又令我十分钦慕。

莫德·布鲁斯特很美，精致脱俗，气质非凡，走起路来轻盈优雅，像小鸟般无声无息。她善良，坦率，富有正义感。她像一件名贵的瓷器，我有时挽住她的胳膊时，觉得只要稍微用力，就会把她碰碎了。她是外表美和灵魂美的完

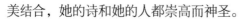

美结合，她的诗和她的人都崇高而神圣。

她和"海狼"完全是两类人，没有任何的共同点，形成了鲜明的对比。一天早晨，我看见他们俩在甲板上散步，他们代表着人类进化的两个极端：一个是野蛮的极品，一个是文明的精华。

"海狼"也有超人的智慧，但都用在专门利己和算计别人的野蛮行动中，甚至比魔鬼更加可怕。他身强体壮，肌肉健硕，坚毅豪爽，昂首阔步，带着森林里原始人类蛮横的气息。他动作敏捷，力大无比，像猛虎凶豹，眼睛里常闪现着犀利的像野兽一样的光芒。【🔎比喻：把"海狼"比做猛虎凶豹，生动形象地写出了"海狼"的野蛮、粗暴和凶狠，贴切地体现出"海狼"的性格特征。】

莫德·布鲁斯特推说有事，委婉地结束了这次散步。她表面上平静得像一泓秋水，但我仍能感觉到她的情绪在波动。她和我随便说了几句话，对着我莞尔一笑，流露出受了惊吓的眼光，还不由自主地回头看看他，然后低下头。

我从"海狼"的眼睛中，知道了莫德·布鲁斯特恐惧的原因。他平时灰色、冷酷和粗暴的眼睛，现在变得温顺，爱慕，渴望，充满诱惑力，闪动着金光。

我全身的血液都奔腾起来，我觉得她就是我的爱人，这让我更加害怕起来，在这个"魔鬼"号帆船上，我的命运掌握在"海狼"手中。我又看看"海狼"，他已经从另一种情感中恢复过来，刚才的眼神已经变了，仍旧是冷酷、灰暗和粗暴。他草率地点点头就转身走了。

"我害怕，"她颤抖着对我说，"我怕极了。"

我也害怕，我真的很在乎她，这让我心乱如麻，但我还假装镇定地对她说："没事，会平安的，布鲁斯特小姐。相信我，会平安无事。"

她向我报以感激的微笑，走开了。我的心跳突然加快了。

爱神终于到来了，在最不恰当的时候，在最恶劣的环境里悄悄降临了。她来了，莫德·布鲁斯特！我回想起我书桌上的第一本诗集，还有，我书房里的那些诗集好像就在我眼前。我太喜欢她的诗集了！它们充满智慧和精神，它们充满爱心和友情，它们充满善良和正义感。【🔎排比：用排比的手法把莫德·布鲁斯特的诗集的优点充分地体现了出来，更充分体现了我对莫德·布鲁斯特诗集的喜爱之情。】我的心被诗中的感情融化了。以前曾经被切利·福卢塞斯称做"冷血鱼"、"无情的怪物"、"分析魔王"的亨甫莱·凡·卫登恋爱了，我爱上了莫德·布鲁斯特。我想起红色封面的《名人录》里我的小传："生于剑桥，现年二十七岁。"我又想："二十七岁，应该有个意中人了。"千真万确。我是在恋爱了。在我的人生观中，爱情是世界上最伟大的事情，我又不敢相信。我在万般不幸中竟是这么幸运！

我脑海中浮现出西蒙斯的诗句：

多年来，
我游荡四方，
在茫茫人海中，
我寻找着你。

我停止了寻找，我终于找到了那个人。我高兴极了，沿着甲板轻轻地走，就像刚才轻轻地来。我沉浸在前所未有的幸福中，嘴里默默念着白郎宁夫人的优美诗句：

当年，我远离男男女女，
和梦幻生活在一起，
今天，那些知心朋友，
可为我弹奏人间的仙乐。

我兴奋得忘记了一切，人间的仙乐正在我的耳边奏响，我徜徉在幸福的海洋中。"海狼"尖锐的声音惊醒了我。

"你在干吗？真见鬼！"他大声问。

我这才猛然发现自己走到水手们刷油漆的地方，还差点儿踢翻了一个油漆桶。

"你梦游了，还是中暑了，还是怎么的？""海狼"大声高叫着。

"不，吃多了，消化不良。"我说着，继续往前走，好像什么事都没有发生。

"马其顿"号偷走我的钱袋

我一生中最珍贵的记忆，就是我爱上莫德·布鲁斯特四十小时里的事情。我一直安丁宁静的生活，只是在三十五岁时，幸运之神悄无声息地握住了我的手。在刚刚过去的四十小时里经历的一切，让我感受到前所未有的激动和兴奋。

开午饭了，"海狼"突然宣布，猎人们以后都去统舱里吃饭。这是海豹船上从来没有过的事，帆船上有一个惯例，猎人们是高级船员，统舱只是水手及其他杂役吃饭的地方。"海狼"这样做的原因，是贾克·荷纳和"烟雾"都在向莫德·布鲁斯特献殷勤，"海狼"不高兴。

没有人敢说什么，餐桌上一片沉默，另外四个猎人故意看着贾克·荷纳和"烟雾"的表情和反应。贾克·荷纳没有作声，"烟雾"的脸涨得通红，嘴巴张了一半，刚想开口说什么。"海狼"用凶狠的目光盯着他，"烟雾"闭上了嘴，没有说出来。

"有意见吗？""海狼"盛气凌人地追问他。

"海狼"是在挑衅，可"烟雾"也很圆滑。"什么意见？""烟雾"反问，他装傻，表现出一副不知情的样子，逗得其他人都笑了起来，打了个"海狼"措手不及，弄得"海狼"很尴尬。"哦，没什么，""海狼"讨了个没趣，赶忙转移话题，他要挽回面子，"我想，我想踢你一脚。"

"烟雾"的同伴哈哈大笑。"海狼"完全可以杀死他，如果不是莫德·布鲁斯特在场的话，一场流血事件一定会上演。也正是因为有她在场，所以"烟雾"才敢这样放肆，反制"海狼"。"烟雾"生性小心谨慎，一般情况下，决不会惹恼"海狼"的，他知道要是惹恼了"海狼"，绝没有好果子吃。

我正在担心又会发生争斗的时候，舵手的一声叫喊，缓和了紧张的气氛。"哟嗬，有烟！"喊声从舱口传来。"在哪儿？""海狼"向上大声喊道。

"船的后面，船长。"舵手也提高了嗓门。"可能是艘俄国船。"拉提莫提醒说。

猎人们听了，脸上都露出焦急的神色，神经马上绷紧了。【✗动词："绷紧"形象贴切地刻画出猎人们以为遇到俄国船时极度紧张的神态。】要是遇上俄国的巡洋舰，那就完蛋了，那是惹不起的俄国巡洋舰。他们已经知道我们靠近了禁海的水域，"海狼"是个臭名远扬的盗猎者，俄国人早就注意到他了。

"我们绝对安全，""海狼"用笑声宽慰大家，"'烟雾'放心好了，你这次不会再被抓去开采盐矿。不过，我告诉你，这是'马其顿'号，我敢下五比一的赌注。"

没人和他打赌，"海狼"又接着说："那十比一，怎么样？"

"不赌，谢谢，"拉提莫开口了，"我不怕输钱，我也愿意赌一把。你们兄弟就是冤家对头，你每次和你弟弟见面，大家都别想太平，如果这次和气了，那我敢下二十比一的赌注。"

大家都笑了，"海狼"也笑了，午饭总算顺利吃完了。

我们离开餐桌，走上甲板，有艘船开过来，这是"阎王"拉森和他的"马其顿"号，他们兄弟俩到一起就会发生"公鸡斗"，有好戏看了，这就更令大伙儿兴奋不已了。

今天早晨开始，海上的狂风巨浪已逐渐平息了，吃过午饭就可以放下舢板，打一个下午的海豹。

我们正向海豹群驶去。我们放下舢板的时候，浓雾从四面八方快速地包围过来。舢板迅速散开，向北面驶去。我们不时地听见霰弹的声音。当我们在下风口放出最后一只舢板时，雾散天晴，发现海面上睡满了海豹。我们的四周到处是海豹，我从未见过这么多的海豹，密密麻麻，成群结队，三三两两，懒洋洋地躺在海面上。看来这次会是大丰收。

"马其顿"号离我们越来越近，"海狼"用恶狠狠的眼光目不转睛地注视着那艘船。【✗形容词："恶狠狠"一词形象地写出了"海狼"眼露凶光地盯着"马其顿"号的样子，反映出他内心极度的痛恨之情。】

莫德·布鲁斯特好奇地问："拉森船长，会有什么麻烦吗？""海狼"瞟了她一眼，眼睛突然变得柔和起来。"你说的麻烦是他们会上船来杀我们吗？""差不多吧，"她承认了，"我不太了解捕猎海豹这一行，发生什么样的事情我都有心理准备。""很好，""海狼"点点头，"可你没有做最坏的打算。""怎么，还有比杀头更糟的事吗？"她又天真又惊讶地问。"偷走我的钱包，""海狼"回答说，"人要靠钱活命呀。""偷走我的钱包，等于偷走无用的废物。"她背了一句诗。"偷走我的钱包，等于偷走我的生命，""海狼"这样回答，"古人只看见反面。因为他偷走了我的面包、牛肉、床铺，我就活不成了。你知道，一个人要是没有钱，他就得死，而且死得很惨。"

"可是，钱包跟你这艘船有什么关系？"莫德·布鲁斯特还没有明白。

"等着瞧吧！""海狼"冷冷地说。

不一会儿，"马其顿"号就赶到我们舢板前面几海里的地方，也放下舢板。它有十四只舢板，我们只有五只舢板。它在远离我们的最后一只舢板的下风处陆续放下舢板，一直放到我们上风处第一只舢板前面，这样，就截断了我们捕猎海豹的路线，我们的五只舢板只能跟在它的后面。<u>前面有十四只舢板连成一条线，像一把硕大的扫帚扫清了前面的海豹，我们后面哪里还有海豹可捕？</u>【 比喻：把连成线的舢板比做硕大的扫帚，形象贴切地刻画出"阎王"拉森的舢板把前面的海豹猎捕一光的样子。】在海豹群和"马其顿"号停泊的地方之间有两三海里，今天没有风，天气晴好，海面上十分平静，这里有成群的海豹，是猎捕海豹的最好时机，整个猎捕海豹季节像这样的好天气也只有这么三四天。我们的舢板在那儿打了一阵就回来了，一无所获。

大家都很气愤，划手、舵手和猎人把舢板吊上船，都围到我们身边，觉得"马其顿"号是在打劫，嘴里都在咒骂："不得好死，<u>千刀万剐</u>的'阎王'拉森，永世不得超生。"【 成语："千刀万剐"这个成语生动地形容出"阎王"拉森罪恶重大，体现出"魔鬼"号船员对他的极度痛恨之情。】

"听听他们说的，就知道他们的灵魂是什么了！""海狼"说，"是信仰、爱情、理想？还是善良、美丽、真实？"

"他们天赋的是非观受到了伤害。"莫德·布鲁斯特插嘴说。她站在十二英尺之外，一只手撑在主帆护桅索上面，身体随着船身轻微的倾斜而轻盈地晃动。她说话的声音很轻，却像银铃般清脆。

"一个多愁善感的人，""海狼"不屑一顾，嘲讽说，"又来了一个凡·卫登。他们的叫骂只不过是因为别人挡住了他们赚钱的路子。他们只想多挣钱，这样就可以去岸上过着花天酒地的生活了。这就是他们的品行、志向、理想。现在，有人偷走他们的钱包，无异于偷走他们的灵魂和生命。"

"你倒像是没有被偷走钱袋的人。"莫德·布鲁斯特含笑说。

"这是我和他们不一样的地方，我的钱包和灵魂受损更大。今天因为'马其顿'号的阻拦，我的船要损失大约价值一千五百块的毛皮。"

"你说得那么轻描淡写，看来你没有生气啊……"莫德·布鲁斯特说。

"我只是表面上没有生气，其实我心里很想杀死抢劫我的那个家伙。""海狼"打断她的话，"是的，是的，那个家伙是我的弟弟，有更深的感情！呸！"

"海狼"的脸色顿时一变，渐渐伤感起来，语气不再那么生硬。他诚恳地说："你们一定是快乐的，你们多愁善感，你们这些梦想家，总是在幻想和寻求美好事物，真真切切地感受到快乐。现在，你们两个，告诉我，你们觉得我是个好人吗？"

"在有些方面，你是个好人。"我很谨慎地回答。"你身上具有全部从善的力量。"莫德·布鲁斯特这样回答他。

"全是空话！"他有些生气地冲她喊，"你的想法不成熟，说得不清楚，不鲜明，不确切，也经不起推敲。你有的只是一种由情感和胸怀产生的幻觉，不是知觉的产物，这与理性毫不相干。""海狼"的语调越来越柔和，竟然和我们推心置腹地谈起来："你们知道吗？有时，我发现自己也想回避现实，到想象和幻影的世界中去寻找快乐。可理智告诉我，它不符合事实，它是错误的，全部是错误的，大错特错！快乐来自生活的报酬，如果没有生活的报酬，那不仅没有快乐，而且死得更悲哀。你们知道吗，活得最充实的是最快乐的人。你们在梦想和虚幻中寻找快乐，而我是在务实中得到快乐！"

"我也怀疑过理性的价值。你们那些梦想一定更有意义，更能使人满足。不过，你们理性的快乐是以忧郁为代价的，像是喝多了威士忌的醉醺醺的快乐，仅仅有点儿倦意。我嫉妒你们，嫉妒你们。""海狼"摇摇头，嘴角浮现出一丝诡异的笑容，"请你们注意，我在理智上嫉妒你们，而不是发自内心的。我像是一个清醒的人在看一群醉汉，看得疲倦了，自己也想成为一个醉汉。""就像一个聪明人在看一群傻子，然后自己也想成为傻子一样。"我笑着说。"对了，""海狼"刻薄地说，"你们就是一对什么也没有的傻子。"

　　"可我们花起钱来，和你一样大方。"莫德·布鲁斯特说。

　　"花钱和我一样大方？你那点儿钱太微不足道了。""海狼"轻蔑地说。"还因为我们向往永生。"莫德·布鲁斯特反驳了一句。

　　"你和凡·卫登一样，花的不是自己挣来的钱，而是在花上辈留下来的钱，这有什么意思？我花的是自己的血汗钱，你们不劳而获却能得到比我更大的价值。""海狼"不服气地说。

　　"你可以换用别的钞票啊。"莫德·布鲁斯特带着戏谑的口吻说。"太晚了，""海狼"看了她一眼，他好像有些懊悔地说："我的钱包里装满了旧式的钱币，我决不能换用别的钞票。"

　　"海狼"停了下来，他凝视着浩瀚的大海，陷入了无边的忧伤中。大概过不了几个小时，他又要魔性大发了。

一场惊心动魄的窝里斗

第二天吃早饭时，"海狼"问我天气情况怎样，有没有雾。我告诉他天气很好，微弱的西风会渐渐加强，在北面和西北面有浓浓的雾。"海狼"听后满意地点点头。"'马其顿'号怎么样了？""海狼"问。"还看不见。"我回答。

他听到这个消息时脸色一沉，我不知道他为什么会失望。

"哟嗬，有烟了。"从甲板上传来一声大喊，"海狼"的脸色马上阴转晴。"好极了！""海狼"叫着，匆匆离开餐桌，走上甲板到统舱里，猎人们正在统舱里吃他们被降级后的第一顿早餐。

我和莫德·布鲁斯特刚拿起刀叉，就听见"海狼"在统舱说话，他说得很详细，还赢得了一阵疯狂的喝彩。隔墙太厚了，我们听不清他说了些什么，可是，他的话极大地煽动了猎人们的情绪。【✦动词："煽动"一词形象地写出了"海狼"的话对猎人们的影响力以及"海狼"头脑的灵活。】喝彩过后，又是一阵高喊和欢呼。

水手们都已行动了，准备放舢板下海。莫德·布鲁斯特跟着我走上甲板，我把她留在船尾甲板口，要她在那里观看，而不要露面。

猎人们结队走上甲板，带着猎枪、火药箱，还特地带上来复枪。舢板上一般是不带来复枪的，因为用来复枪远距离打海豹，还没等舢板赶到，海豹就沉入大海了。可是今天，每个猎人都佩有来复枪和大量的弹药。他们看着"马其顿"号冒着越来越浓的烟从西边驶来，脸上都露出满意的笑容。

五只舢板迅速放到船外，呈扇形展开，和昨天下午一样向北驶去，我们的帆船跟在后面。我好奇地看了一会儿，没有看出他们的行动有什么与平时不同的地方，他们收起船帆，射击海豹，又升起船帆，继续往前走。"马其顿"号像昨天一样，要掠夺这片海域，把它的舢板放在前面，横越我们的猎程。他们的十四只舢板完全包围了我们的舢板之后，继续向东北方向驶去。

"出什么事了？"我好奇地问。"别操心，""海狼"粗声粗气地说，"你过一会儿就知道了，还得请求上帝多赐点儿风呢。""好吧，我还是告诉你吧，"他一转念又说，"我要让我的弟弟<u>自食其果</u>。【成语："自食其果"这个成语写出"阎王"拉森自己做了坏事，自己受到损害或惩罚，体现出"海狼"对弟弟的愤恨和仇视。】我也要掠夺他，偷他的钱包，不只是一天，而是直到猎季结束。"

"海狼"在掌舵，我到前舱的医务室去看望两个瘸子，纳尔逊情绪烦躁，因为他的断腿正在愈合，又痛又痒呢；伦敦佬厨师悲痛欲绝，我很同情他，就安慰他说："不要悲伤，以后装个假肢，你还可以在厨房里干一辈子。"他竟然严肃地说："我不知道你在说什么，凡·卫登先生。不看到那个恶魔死掉，我是不会甘心的。他一定活不长的！"

我回到甲板上，看见"海狼"一手掌舵，一手拿着望远镜看着舢板的方位，同时在研究"马其顿"号的位置。

我们的帆船唯一的变动就是迎风行驶，向西北方向前进了几度。我没弄懂"海狼"的战略用意，海面上"马其顿"号的五只舢板一字排开，也迎风行驶。他们慢慢地向西散开，远远地撇下同一条线上的其他舢板。我们的舢板扬帆航行，猎人们也在划桨，一条舢板上的三对桨同心协力，迅速追上了"敌人"的舢板。

"马其顿"号冒出的烟在东北方向逐渐模糊，船也看不见了。"海狼"命令"魔鬼"号加速前进。我们超过了自己的那一排舢板，追上了"马其顿"号在上风口的一只舢板。

"凡·卫登先生，快把三角帆收起来。""海狼"吩咐我。

我跑上前收起三角帆，"魔鬼"号立刻滑过舢板的下风处约一百英尺远。舢板里的三个人惊疑地看着我们。他们曾在海上远航，早已久仰"海狼"的大名。那个猎人是个斯堪的那维亚人，长得高高大大的，坐在船头，握着横放在膝上的来复枪，准备举起来。那支枪本来是应该放在枪架上的。当他们正对着我们的船尾时，"海狼"对他们挥手致意，并大声喊道：

"喂，到船上来玩玩！"在猎捕海豹船上，"来玩"的意思就是"串门子，闲聊"，是海上单调生活的娱乐活动。

　　"魔鬼"号在风中打转，我在船头完成任务后，立刻跑到船尾帮忙拉主帆帆脚索。

　　"布鲁斯特小姐，请你留在甲板上，""海狼"说，"凡·卫登先生，你也留在那儿。"

　　"马其顿"号手下的舢板收起了船帆，横靠过来。长着金色胡须的猎人像个海盗大王，他爬上船栏，跳到甲板上，满脸狐疑，还带着几分恐惧。【🏠神态描写：通过对猎人脸色和表情的描写，刻画出他对眼前发生的事毫不明白、一头雾水的样子。】

　　他看到船上只有"海狼"和我两个人，又回头看看跟上来的两个自己人，脸上的表情放松多了。他完全不用担心，他比"海狼"高出许多。他身高近七英尺，体重足有二百四十磅，浑身是肌肉，一看就是大力士。

　　"海狼"请他进了房舱，他的两个随从，按照作客水手的规矩，到前面的统舱里串门子去了。

　　突然，从房舱里传出一声令人窒息的狂吼，接下来就是激烈的打斗声。这是狮子和豹子的搏斗，狮子发出巨吼，"海狼"就是那头豹子。

　　"这就是我们款待客人的诚意。"我尖刻地对莫德·布鲁斯特说。

　　她点点头。我看到她脸上露出厌恶的神情。"你赶紧走开，到舱口去，等事情过去了再说。"我提醒她说。她摇摇头，她并不害怕，可是这些人的兽行让她震惊了。"将来你会明白，"我乘机对她说，"如果我俩打算活着逃离这个险境的话，这是被逼无奈的选择。""我懂。"她的声音很微弱，只是说给我一个人听的，看来她也渐渐清楚了我们的处境。"海狼"出来了，一个人走上甲板，古铜色的脸上略微发红。"凡·卫登先生，叫那两个人到后面来。"他说。我奉命去叫，一两分钟后，这两个人就站在他面前。"把你们的舢板吊上来，""海狼"似乎在给他们下命令，"你们的猎人决定在船上多待一会儿，别让舢板在船边撞来撞去的。"

　　"把舢板吊上来，听见了吗？""海狼"见他们还在犹豫不决，他又大声说了一遍。【🥷成语："犹豫不决"，形象地写出了"马其顿"号的水手们听见"海狼"的吩咐一时拿不定主意，不知如何是好的神态。】

　　他们只好把舢板吊上我们的船。我到船头去放下三角帆。"海狼"站在舵轮旁，接着，"魔鬼"号又往"马其顿"号的第二只处于上风口的舢板追去。

这时，"马其顿"号第三只舢板遭到我们两只舢板的围攻，第四只被我们的另外三只舢板包围，第五只帮助离它最近的同伴防卫。战斗远距离地展开，密集的来复枪声传入我的耳中。风起浪涌，不利于射击；我们把船开得近一些时，看见子弹在起伏的波浪间纵横飞窜。【动词："飞窜"一词形象地写出了战斗开始后子弹乱飞的可怕场面，用词准确、生动。】我们追逐的那只舢板顺风夺路而逃，一面还在抵抗我们舢板的全面攻击。

"海狼"吩咐两个陌生的水手到前舱去，我恰好在甲板上，看到他们不太愿意，可又不敢违抗。"海狼"又叫布鲁斯特小姐走下去，看到她惊恐的眼光时，不由得笑了。

"下面很安全，""海狼"说，"只有一个人被绑在螺旋圈里。子弹可能会打到船上来，我是怕你中了流弹，你明白吗？""海狼"正说着，一颗子弹嗖的一声打过来。"看见了没有？"他对她说，转而对我说，"凡·卫登先生，你来掌舵，好吗？"

莫德·布鲁斯特走进舱口，只露了个头在外面。"海狼"拿来一杆来复枪，装子弹上膛。我用目光示意她走下去，她含笑对我说："我们或许很软弱，但我们能向'海狼'拉森船长表明，我们和他一样勇敢。"

"海狼"看了她一眼，送去赞许的眼神。"我太欣赏你了，""海狼"说，"你十全十美，真是女中豪杰，可以做海盗王的妻子。"刚说完，一颗子弹又打进房舱的壁板上，莫德·布鲁斯特吓坏了，他却笑了起来。"我们更勇敢，"我赶忙说，"我知道我比拉森船长更勇敢。""海狼"瞟了我一眼，吃不准我是不是在和他开玩笑。

我把舵轮柄转过去三四把，迎面吹来的风抵住"魔鬼"号，不让船倾斜，船身平正过来。见"海狼"还在等我的解释，我就指着下面的膝盖。

"你看我的腿在发抖，"我说，"我有点儿害怕，我想活。我不是大胆，而是勇敢。你的肉体不害怕。你不怕，你不仅不畏惧危险，反而高兴。拉森先生，你不害怕，可你应该承认我也是勇敢的。"

"你说得对，""海狼"立即表示认可，"如果说你比我勇敢，我是不是就比你胆小呢？"

"海狼"笑了起来，我和莫德·布鲁斯特也哈哈大笑。

他跳到甲板上，开了三枪。一枪打在舢板对面五十英尺的地方，第二枪打在舢板旁边，最后一枪打中了那个舵手。"海狼"不给那个猎人还手的机会，那个猎人就不能在掌舵的同时射击了。

那个猎人企图乘风把舢板开走，但我们紧追不放，船速是他的两倍。我看见在一百码以外，划手把来复枪递给猎人。"海狼"走到船的中部，从钉子上取下升降索圈，在船栏上瞄准。那个猎人两次放下舵，伸手去接枪，这时我们已经赶到。

"你到这儿来！""海狼"突然冲着划手高喊，"拐弯！"

他边说边抛出绳圈，恰好打中那个家伙，几乎把他打倒，可他拒不听从。他望着猎人，等他的指令。猎人也不知如何是好。来复枪夹在他的两腿之间，如果他放下舵来射击，舢板就会打转，撞上帆船。他又看见"海狼"的枪口正瞄准了自己，立刻明白自己在还未还击之前，就会被打死的。

"转弯。"他轻轻地说。

划手听从命令，向前转了个弯，放松拉紧的帆索。舢板立即掉头，猎人稳住舢板，与"魔鬼"号相距大约二十英尺，齐头并进。

"落帆，靠过来！""海狼"命令他们。

他们只好投降。两个俘虏把舢板吊上来后，按"海狼"的吩咐，把受伤的舵手抬到统舱里。

"要是那五只舢板上的人干得和我一样漂亮，我们就有不少人手了。""海狼"对我说。

"你打中的那个人……希望他……"布鲁斯特小姐说。【📖语言描写：布鲁斯特小姐断断续续的语言真实地反映了她对受伤者的担心，表现了她的善良品质。】

"放心，肩膀上中枪，"他回答说，"不碍事，凡·卫登先生能在三四个星期里治好他。"

"不过，恐怕不能掌舵了。"他手指着"马其顿"号的第三只舢板。我掌舵，朝着它行船过去，眼看就要接近了。"那是荷纳和'烟雾'的任务。我嘱咐过他们，要抓活的。凡·卫登先生，你开过枪吗？"

我摇摇头，场面太血腥了，"海狼"掉转方向，与其他三只舢板一起攻击敌人余下的两只舢板。

"不要看，布鲁斯特小姐。"在我的恳求下，她转过头去，我很高兴。

"凡·卫登先生，对准了那些船开过去。""海狼"吩咐我。

　　我们把船开到那里，战斗已经结束。剩下的两只舢板被我们的五只俘获，七只舢板挤作一团，等我们来接。

　　这时，"马其顿"号驶来了。"海狼"十分镇静，他计算着到雾堤的距离，又站着不动，估计着吹在脸上的风力。"我的弟弟已经看到了我的小把戏，发现自己上当了，正在发脾气呢！"他冷笑一声，"老弟，我还是可以打败你的，我要把你打得落花流水。"

　　我们要尽快把舢板弄上来。俘虏们被猎人押入前舱，水手们很利索地吊上舢板，就把它们随便丢在甲板上，也没用绳子把它们绑起来。当最后一只舢板被绞辘吊上来的时候，我们已经挂起并张开所有的帆，帆脚索已经放松，万事俱备，只欠正面吹来的风了。

　　"马其顿"号喷着黑烟从东北角向我们扑过来，【**动词**："扑过来"一词体现了"马其顿"号的航行速度非常快的样子。】它丢下其余的舢板，改变航线，企图抢在我们的前面。它不是朝着我们开来，而是驶向我们的前方。两只船的航线形成了一个三角，角尖就是雾堤的边缘。"马其顿"号想赶在到那里之前追上我们。"魔鬼"号则希望要赶在"马其顿"号之前，逃过那个尖角。"海狼"拉森和"阎王"拉森兄弟俩又一场海上大搏斗开始了。

　　"海狼"亲自掌舵，全神贯注地凝视每一个细节，仔细观测"马其顿"号的行踪和海上的风力。【**成语**："全神贯注"，贴切生动的成语写出了"海狼"在战斗开始前注意力高度集中的样子。】一会儿吩咐放松这边的帆脚索，一会儿吩咐拉紧那边的帆脚索，把"魔鬼"号的速度发挥到极限。这时，船上所有的人都把对"海狼"的仇恨抛在脑后，都动作敏捷地执行他的命令。

　　"伙计们，快拿枪。""海狼"对着我们的猎人说。五个人排列在下风处的船舷边，握枪等待命令。

　　"马其顿"号离我们只有一海里远了，烟囱喷出的黑烟成了一个直角，以时速十七海里的速度狂奔，我们的时速最快不过九海里，但雾堤已近在眼前了。

　　"马其顿"号甲板上冲出一道烟雾，一声炮响，我们的主帆上被打了个窟窿。听说他们的船上有几门小钢炮。

　　又是一阵烟，伴随着一声巨响，这次的炮弹打在船艄后面二十英尺的地方，炮弹顶着风，在海面上跳了两下才沉下去。船上的人大都聚集在船的中部，手里挥着帽子，喝起了倒彩，他们对这样的场面习以为常。

"马其顿"号的船上没有枪声，他们的水手有的下海了，有的已经做了我们的俘虏。两只船相距半海里的时候，第三颗炮弹又把我们的主帆打了个洞。接着，我们的船就驶入浓雾里。浓雾把我们隐藏在潮湿的雾堤中。

海上的气候瞬息万变。刚才还是晴空万里，一会儿变得暗无天日，雾雨蒙蒙，落在我们身上。<u>衣服上的纤维、头发、汗毛，都缀着如珍珠一般晶莹的水滴，潮气浸透了桅杆的左右支索，水珠从我们的头顶上滴下来。</u>【🔍比喻：把雾雨造成的小水滴比做珍珠，生动形象地写出了水滴落在头发和衣服等上面显现的晶莹剔透的样子。】帆底的档木上，小水珠已连成一片，船一晃动，像小雨一样落下来。

我和莫德·布鲁斯特都很惊奇，而"海狼"全神贯注地看着海面，一边掌舵，一边计算时间，计算"魔鬼"号每一次进退的时间。"到前边下风口去，别出声，"他悄悄地对我说，"收起中桅帆，叫他们拉起帆脚索。别让绞辘发出声音，不要说话。记住，别出声！""魔鬼"号悄无声息地以左舷抢风行驶。收帆索相撞的一点儿响声，或者一两个滑车的滑轮碾轧的轻微声音，都淹没在风声、雨声和海鸟的叫声中，这些声音显得异常诡异。

"海狼"立即整理帆桁，顺着雾堤的边缘走。他的用意很明显，要把"马其顿"号引到大雾里，然后突然钻出来溜之大吉。这一招很成功，他的弟弟果真上当了。

"马其顿"号汽船驶进雾区，漫无目标地追赶他，他就逃出雾区，现在，他又在下风口驶进雾区。这一招很灵验，他的老弟要想找到他，真是比大海捞针还难呢。

"海狼"诡计多端，"阎王"神出鬼没，与其说是兄弟俩的"窝里斗"，倒不如说是两只狐狸、两只黑熊、两只豹子、两只老虎在斗智斗勇。

"海狼"没走远，又移动前帆和主帆，扯起中桅帆，又重新开进雾堤里。就在我们开进去的一瞬间，在上风口我看见了"马其顿"号的影子，"海狼"也看见了，"马其顿"号已经识破了"海狼"的计谋，却迟了半步，因此一无所获。我们成功地从它的眼皮底下逃脱了。

"他追不上来了，他也不会总追着我们，""海狼"说，"他还得回去寻

找剩下的舢板。凡·卫登先生，找个人来掌舵，保持这个航向就行了。"

"海狼"又笑着说："不过，我愿意花五百块钱，到'马其顿'号上做客五分钟，听听我老弟对我破口大骂呢。"

"现在，凡·卫登先生，""海狼"放下舵轮对我说，"我要为新来的人开个招待会。多拿些威士忌招待猎人，你负责上酒。我敢打赌，明天，他们就会投到我们这边来，同他们以前为'阎王'拉森打猎一样，他们会心甘情愿地为'海狼'拉森打海豹。"

"可是，他们会和万莱德一样逃跑吗？"我提醒他。

他狡黠地一笑："只要我们的老猎人有利可图，不提这件事，他们就不会逃跑。新来的猎人打的海豹皮，每张给我们的猎人分一块钱。他们今天这么起劲，多半是出于这个原因。好了，你赶紧去前面看看你的病人吧。"

深夜逃离"魔鬼"号

我到前舱医治新来的一批伤员，"海狼"接过我手中的威士忌分发下去，水手舱这时十分热闹，水手们像在俱乐部一样狂饮威士忌加苏打，这些人用小锅、咖啡杯，甚至对着瓶子喝，酒杯总是斟得满满的，每一口都是"咕咚"一下囫囵吞下。有些人喝了一两瓶还不够，没完没了地喝，只要有酒端上来，他们就狼吞虎咽地一直喝下去。所有的人都喝了酒。伤员也喝了，我的助手奥夫特也在喝。只有路易斯不肯喝，而是小心翼翼地用嘴唇尝了尝。

大家纵情狂欢，肆无忌惮地打闹，他们高声地谈论着白天的战斗，有时还为某个细节而争论一番，还有人谈得很投机，与对手交上了朋友。胜利者和俘虏欢聚一堂，肩并肩地谈着话，信誓旦旦地相互表示尊重和敬意。大家异口同声地诅咒"海狼"，讲述他野蛮和恐怖的故事。他们一想起过去和将来在"海狼"拉森管制下受的苦难，就痛哭流涕，悲痛欲绝。

前舱的场面让人震撼，奇怪又吓人，上下铺一排床架中间的狭小空间，地板和壁板在颠簸摇晃；昏暗的灯光里人影攒动，像鬼一样地忽长忽短、忽大忽小、忽断忽续；空气污浊、烟雾缭绕、酒气熏天，混合了人的汗臭味和防腐剂的酸辛味，呛人肺腑，再加上一张张诡异野蛮的面孔，让人头晕目眩。【▦场面描写：通过对地板、灯光里的人影、空气、烟雾、气味等的描写，刻画出了前舱可怕又有些混乱的景象，形象地再现了战斗结束后水手们的放纵场面。】

水手们都是"海狼"的奴隶，只有在他的背后或者喝醉了才能发泄反抗的情绪。难道我和莫德·布鲁斯特也是他的奴隶？不，不是！我抓起一个酒杯，斟满了酒，要发泄一下胸中的闷气，这让旁边的人大吃一惊。

我很快想起来，"海狼"吩咐我到前舱是给伤员治病，而不是喝酒，我咬紧牙，暗自痛下决心，弄得我手下的病人疼得缩了回去，奥夫特不解地看着我。一想到莫德·布鲁斯特，我就忽然感到全身充满了力量，我就变成个巨人，无所畏惧。

我鼓起了勇气，离开了这个嘈杂的世界，走上甲板。甲板上的雾气在夜色中像鬼影一样飘过，空气渐渐清新、甜美、纯净，大海显得安静而神秘。【🔍比喻：把雾气比做鬼影，形象地写出了夜色中的雾气飘忽不定和大海上的神秘状态，渲染了一种恐怖的气氛。】

我又到统舱里给两个猎人治伤，统舱和前舱一样喧闹，但没有人咒骂"海狼"。我返回到甲板上，向后舱走去，浑身轻松。晚饭已经准备好，"海狼"和莫德·布鲁斯特在等我吃饭。

"海狼"没有喝酒，他不敢喝酒，他要保持清醒。他只能依靠我和路易斯，路易斯正在掌舵。我们航行在雾色中，既无人瞭望，也没有点灯。"海狼"之所以放纵船员喝酒，他觉得这样最能培养感情，看出手下的心理，发展友谊，让人人都能为他卖力。

他今晚的心情很好，战胜了弟弟"阎王"拉森，这在他身上产生了不同寻常的影响，还俘获了许多猎手和舢板。他已经几个星期没有头痛了，眼睛清澈明亮，更有精神了，全身充满了活力。他正在和莫德·布鲁斯特谈论"诱惑"这一话题。

我听到几句话，"海狼"认为，当一个人受到诱惑，行动听从了欲望的指挥并堕落的时候，才能真正被当成诱惑。

"你看对不对，"他说，"我认为，人有很多欲望，可能是想逃避痛苦，也可能是想贪图享乐。但是，诱惑无论如何都会指使欲望的。"

"但是，假设他想做的两件事恰好相反，也就是说，当他的两种欲望发生冲突时，他不可能同时做两件事，那该怎么办呢？"莫德·布鲁斯特打断了他的话。

"我正要讲到这一点。""海狼"说。

"一个人的灵魂就体现在这两种欲望之间。"莫德·布鲁斯特接着说，"如果是善良的灵魂，就会想到善良并且行善，如果是邪恶的灵魂，就正好相反。人的灵魂决定一个人是否受到诱惑。"

"胡说八道！""海狼"嚷了起来，"是由欲望决定的。比如说，有个人想喝醉，他又不想喝醉。他该怎么办呢？这就要看他是喝酒的欲望大，还是保持清醒的欲望大了。这与灵魂无关。如果保持清醒的欲望占上风，那是因为这是最强烈的欲望。诱惑也不能起作用，除非……"

他停了一会儿，在捕捉刚刚进入他脑子里的新想法："除非诱惑他要保持清醒。"

"哈哈！"他笑了起来，"凡·卫登先生，你看呢？"

"依我看，你们俩都在钻牛角尖。"我说，"人的灵魂就是欲望。或者，如果你愿意接受的话，欲望的总和就是灵魂。在这一点上，你们俩都错了。你强调欲望，脱离了灵魂；布鲁斯特小姐强调灵魂，脱离了欲望，其实，欲望和灵魂是一回事。"

"不过，"我接着说，"我认为布鲁斯特小姐看法是正确的。不管你是否相信，诱惑到处都会有。火被风刮起来，就会越烧越旺。<u>欲望就是一团火，风就是诱惑。</u>【🔍比喻：把欲望比做一团火，把风比做诱惑，生动形象地写出了欲望和诱惑之间的关系。】当看到想要的东西，或者听到想要的东西被描述得天花乱坠，欲望就被煽动起来，这就是诱惑。被煽动起来的欲望不断膨胀，直到控制了整个人，这就是受到了诱惑。它可能无法将欲望煽动到操纵一切的地步，但只要在煽动，就是在诱惑，而且如你所说的，它可能诱惑邪恶，也可能诱惑善良，也就是说诱惑可以是向善的，也可以是向恶的。"

我能为他们这次的谈话作个总结，还起了决定性的作用，感到很得意。然而今天，"海狼"容光焕发，兴致很高，有说不完的话；莫德·布鲁斯特也谈笑风生，她那向来苍白的面容，今晚却泛着红晕，生气勃勃。这场辩论让莫德·布鲁斯特和"海狼"都很开心。

"海狼"引用了《伊索尔在廷塔泽》里的诗句：

> 不理会这里的女孩儿，
> 是我的福气；
> 不理会所有的女孩儿，
> 就是我的罪过，
> 不可饶恕的罪过。

他用一种胜利和欢欣朗诵这首诗，念得很好。他刚念完，路易斯从舱口探进头，向下小声地说："小心！雾散了，有只汽船的左舷灯刚刚扫射过我们的

船头。"

　　"海狼"动作神速，跳到甲板上，我也急忙跟了上去，他关上统舱滑板盖，遮住了醉汉们的喧闹声，又走上前，关上前舱的小舱口。【动作描写："跳"、"关上"、"走上前"、"关上"等动词朴实无华，但它准确真实地再现了当时遇到汽船后"海狼"的谨慎小心的样子。】雾气散了不少，但还没有全部消失，看不见天上的星星，夜色一片漆黑。就在我们的前方，有两盏明灯，一盏红灯，一盏白灯，还听见汽船机器的转动声。毫无疑问，这就是"马其顿"号汽船。

　　"海狼"回到船尾楼甲板上，我们都静静地站着，灯光又一次扫过我们的船头。

　　"幸亏他没带探照灯，我真走运！""海狼"说。

　　"如果我大叫一声，会怎么样呢？"我低声问他。

　　"那就全完蛋了，"他说，"可是，你想过紧接着会发生什么事吗？"

　　我还没来得及回答，他就一把扼住我的咽喉，似乎是在暗示我，只要我喊一声，他就会扭断我的脖子。他很快就放开我，我们一起注视着"马其顿"号的灯光。

　　"如果我大喊一声呢？"莫德·布鲁斯特问。

　　"我可舍不得伤害你，"他语气温和地说，"不过，还是不要喊得好，你要是喊，那我还是要扭断凡·卫登先生的脖子。"

　　"海狼"又嘲笑说："莫德·布鲁斯特，恐怕你不肯牺牲美国文坛排名第二的权威人物吧？"

　　我们沉默了，我们早已习惯了这种难堪的场面。待灯光消失后，我们回到房舱，继续吃刚才没有吃完的晚饭。

　　"海狼"和莫德·布鲁斯特又谈论起古诗。莫德·布鲁斯特提起道森一的《坚持到底》。她用美妙的声音吟诵起诗句，可我的注意力不在她身上，而是在观察"海狼"的表情。他已经沉浸在诗意中，嘴唇嚅动着，跟着她默诵诗歌。当她吟诵道：

　　　　太阳下山了，

　　　　她的眼睛就是我的明灯，

她那像银铃一样悦耳的声音，

在我的耳畔久久回旋。

　　"海狼"对莫德·布鲁斯特说：<u>"你的声音就像银铃一样悦耳。"</u>【✑比喻：把莫德·布鲁斯特的声音比做银铃，生动地写出了莫德·布鲁斯特声音的美妙动听，同时含蓄地反映了"海狼"对莫德·布鲁斯特的好感。】她克制住了自己情绪，反应出奇地冷静，并巧妙地转移了话题。

　　今夜，"海狼"达到了他生命的巅峰。好几次，我被他的思想所折服，甚至动摇了自己原来的看法，尤其是他在宣扬反叛的热情时，他的热情极具魔力，智慧非凡，他很自然地引出弥尔顿笔下的反叛代表撒旦，对这个人物的分析和描述入木三分。他的分析让我想起了泰纳，一个智慧过人但极其危险的思想家。

　　"撒旦不怕上帝，""海狼"说，"就是下地狱，成为魔鬼，也不肯屈服。他带走了三分之一的天使，义无反顾地煽动人类背叛上帝，最终使得自己连同大部分的人，世世代代都被打入地狱。他为什么被天庭放逐？因为他不如上帝勇敢吗？不如上帝尊贵吗？不如上帝激昂人心吗？不！决不是！按他说的，上帝更有力量，不过是因为雷霆。但是魔王撒旦是个自由的精灵，只是没有上帝强大。他不愿受人约束。他宁可在自由中受苦，也不愿在奴役中享乐。他不想侍奉上帝，不想受制于任何一个人。他不是傀儡，他顶天立地，他独立自主！"

　　"一个无政府主义者。"莫德·布鲁斯特笑着说，她站起来，准备回自己的房舱里去。

　　"做个无政府主义者真快乐！""海狼"大声说，也站起来，看着她，朗诵着：

至少在这里

我们是自由自在的；

造物主不会嫉妒我们，

也不会驱赶我们；

我们可以安稳地统治；

虽然这里是地狱，

但我仍然雄心勃勃；

我宁肯做地狱之王，

也不愿做天堂的奴隶。

"海狼"的声音在房舱里回荡，这是勇敢精神发出的无畏叫喊。他站在那儿，身体摇晃着，古铜色的脸容光焕发。【🏛神态描写："海狼"的脸色生动地再现了他朗诵诗歌时身心投入的样子，体现出他对所朗诵诗歌的理解和喜爱。】

莫德·布鲁斯特轻声说："你就是魔王撒旦。"她关上门，走了。他在那儿站了一会儿，好半天才回过神来。他转向我，要我去睡觉，他先去替路易斯掌舵，后半夜再来接他的班。

这天夜里，"海狼"的头痛病犯了。他的头垂在桌子上，双手抱着，痛得不时地来回摇晃。有一次，他的头稍微抬起一些，我看见他额头上的发根都积满了汗滴。我把他扶上床，他又把头埋在手中，遮住了双眼。我转身离开了，上了甲板，接过路易斯的舵轮，让他回前舱休息去了。

我一个人待在"魔鬼"号的甲板上。我升起上帆，放下三角帆和支帆索，转过三角帆，又放下主帆，我尽可能地不发出声响。然后下去找莫德·布鲁斯特。我把手指放在嘴唇上，示意她不要出声，接着，我进了"海狼"的房间。他还保持着我刚才离开时的姿势，头不停地摇动，表情很痛苦。

"头痛好些了么，要我帮忙吗？"我轻声地问。

"不，不要，我很好。"他说："让我一个人躺着，到了明天早上你再进来。"

莫德·布鲁斯特耐心地等着我。我看见她像皇后一样仪态大方，眼睛闪闪发光，神态平静如水。【🏛神态描写：通过对莫德·布鲁斯特的眼睛、仪态的描写，生动形象地刻画出当时她优雅的样子，以及极力克制的即将出逃的激动心情。】

"你能放心和我一起航行大约六百海里吗？"

"你是说……"她问，她猜到了。

"是的，我们要逃走。"我回答。

"你是为了我，"她说，"你在这里可以和以前一样安全。"

"不，是为了我们。"我坚定地说，"马上就走，你多穿些衣服，把你想带的东西打包带好。"

"快！动作要快。"当她转身回房舱的时候，我又补充了一句。

这次逃亡，可不是一次轻松的旅行，把两个人的生命维系在一只舢板上，飘摇在波涛汹涌、风雨大作的海上，我们还得防御寒冷和潮湿的入侵，必须带上足够的食品、衣服、毛毯和相关用具。

储藏室就在船舱的下面，我打开地板上的活动门板，拿了一支蜡烛，跳了下去，挑了一些罐头食品。从衣箱里拿了毛毯、连指手套、油布衣裤、帽子等。

我又走进"海狼"的房间，去拿他的来复枪和猎枪。我和他说话，可他并没有回答，他的头还在左右摆动，没有睡着。我还到统舱的舱口去拿了两箱子弹。

我准备把舢板往海里放。解开扎紧的绳子，用绞辘先拉前面，再拉后面，把舢板送出船舷，把它放下去，先放一个绞辘，接下来，再放一个，放了两英尺，把舢板靠住帆船，悬在海面上。【🏠动作描写："解开"、"拉"、"送出"、"放"等一系列动词，形象又真实地写出了当时"我"为出逃做的准备工作，动作有条不紊。】舢板里面有船桨、摇橹和帆，一应俱全。淡水很重要，我偷走了九只舢板上的全部小水桶。我们拿的东西太多了，舢板可能有超载的危险。

几分钟后，我们已把这些东西全部搬到了舢板上。我和莫德·布鲁斯特爬上舢板。我从没有划过船，但我使足了力气，划动船桨，舢板离开了"魔鬼"号。然后，我试用船帆。我曾经多次看见划手和猎人升斜杠帆，可我还是第一次尝试。他们只要两分钟就能升起来，而我却用了二十分钟，真是看花容易绣花难啊！但我最终还是成功了。接着我还调整了帆向，以桨代舵，朝着日本迎风进发了。

"那儿就是日本，"我说，"就在正前方。"

"亨甫莱·凡·卫登，"她说，"你真勇敢！"

"不，"我说，"你才是巾帼英雄！"

我们回头一望，"魔鬼"号摇摇晃晃地朝着上风方向驶去。夜色中，投下一片帆影，海浪打得舵轮咯吱作响，这影子和声音越来越远。

"再见了，魔王撒旦！"

在希望的大海上航行

曙光微露，晨风拂面，海面上灰蒙蒙的，寒气袭人。一夜掌舵，我的双手又酸又痛，两只脚都冻得麻木了。

指南针表明我们正在向日本行进。莫德·布鲁斯特躺在舢板底上，她全身裹着厚厚的毛毯，她现在应该是暖和的。我怕她冻着，把毛毯一直拉到她的脸上，只露出浅棕色的头发。

我目不转睛地看着她，她在毛毯下动了一下，推开身上的毛毯，她醒了，对我嫣然一笑，可眼睛里仍是睡意蒙胧。【🎒神态描写：通过对莫德·布鲁斯特的笑容和眼睛的描写，生动地刻画出她的美丽和睡觉时的舒适，也反衬出"我"对她的细心呵护。】

"早上好，凡·卫登先生，"她说，"我们快要到陆地了吗？"

"还没有，"我说，"不过，我们正以每小时六海里的速度向陆地驶去。"

她撅了撅嘴。

"每天就是一百四十海里呢！"我安慰她说。

她面露喜色地问："我们还要走多远呢？"

"西伯利亚就在那边，"我指着西边说，"往西南方大约六百海里就是日本。假如风力不变的话，大约五天我们就能到了。"

"要是起大风暴呢？舢板经不住吧？"她有些担忧。

"除非遇到很大的风暴。"我含糊地回答。

"如果真的遇到很大的风暴呢？"她很认真地说。

我点点头："我们随时都可能被海豹船救起的。这一带到处都是海豹船。"

"哎呀！你浑身冰凉！"她叫道，感到既吃惊而又内疚，"瞧！你在发

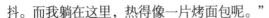

抖。而我躺在这里，热得像一片烤面包呢。"

"你起来也没用，反而会挨冻呢。"我笑着说。

"要是你教会我掌舵就有用了。"莫德·布鲁斯特也笑着说。

她坐起来，简单地收拾了一下，准备梳理一下头发。她那浅棕色的秀发，像瀑布一样披散下来，美丽飘逸，【比喻：把莫德·布鲁斯特的头发比做瀑布，生动地写出了她头发又浓又密充满光泽的样子。】她突然把头发往后一甩，用发夹卡住，露出灿烂的笑颜。

我从衣箱里拿出一件厚衣服，它是用毛毯做的，这种衣服织得很紧密，质地厚实，能够防雨。她把这件衣服套上以后，我又用一顶成人帽换下了她戴的孩童帽。这帽子大得可以遮住她的头发，拉下帽檐，又能完全遮住她的脖子和耳朵。她的这副打扮很动人，她的脸蛋儿不论是化妆，还是不化妆，都十分漂亮，脸上的线条优美典雅，长着精巧的娥眉、清澈明亮的棕色大眼睛。【外貌描写：通过对莫德·布鲁斯特脸部线条、娥眉和眼睛的描写，生动地刻画出她的天生丽质，美丽动人。】

我正在准备早餐，这时，突然刮起一阵大风，舢板倾斜着跃过浪头，突然一个侧翻，船舷贴着水面，泼进来差不多有一桶的水。那时我正在开一罐牛舌，连忙跳过去，及时地抛开帆脚索。帆在风中飘扬、拍打，船头转向下风口。我花了几分钟的工夫就调整好了，使舢板回到原来的航线上，然后继续准备早餐。

莫德·布鲁斯特看着我十分快捷地应对突如其来的风浪，点头对我的掌舵技术表示赞赏："虽然我不懂航海，但看得出你驾驶得不错。"

"只有顺风的时候才管用，"我向她解释，"风吹到舢板尾部，舢板头部吃风的时候，船就可以自行行驶，如果方向变了，船身吃风，就非由我掌舵不可了。"

"我听不懂你的技术，"她说，"不过，你不能白天黑夜地总是掌舵，那样会累得受不了。我想在吃完早饭后就学习驾驶。这样你可以躺下来睡一觉，我们可以像他们在大船上一样轮班。"

"我的技术还不成熟，不知道该怎么教你，"我不赞成，"我自己也在学，没有驾驶舢板的经验。我是第一次驾驶舢板。"

"那么，我们就一起学习吧，"她说，"你把已经会的技术教给我就行。好了，先吃早饭。啊，空气真新鲜，让我胃口大开了。"

"没有咖啡，"我边把抹上黄油的饼干和牛舌罐头递给她，边抱歉地说，"我们在上岸前，没有茶，没有汤，恐怕也吃不上热饭菜了。"

吃完早餐，我开始教莫德·布鲁斯特学习掌舵，我在驾驶"魔鬼"号时积累了一些经验，也多次观察过舢板舵手如何驾驶舢板，真是教学相长！我在教她的过程中又学会了许多新的东西。她很聪明，很快就学会了定航路、贴风行驶、在紧急情况下抛出帆脚索等。

她学累了，就把桨交还给我。我已经把毛毯卷起来，但她又把毛毯铺在舱底。把一切安排妥当后，她一本正经地说："好了，先生，请睡觉吧，可以睡到吃午饭的时候。"

我只好乖乖地听从她的安排，爬进她亲手铺的被窝里，暖融融的，舒服极了，幸福得飘飘欲仙。毛毯上依然留着她的气息，我的脑海里浮现出她的身影，渐渐地，我睡着了。

当我醒来时，我一看表，下午一点钟了。我睡了七个小时，她掌了七个小时的舵！莫德·布鲁斯特的双手累得不能动弹了，我拿桨的时候，用力才掰开她痉挛的手指。她已筋疲力尽，几乎连挪动的力气也没有了。我只得抛开帆脚索，扶她坐到毛毯上，为她按摩手和胳膊。

"好累呀！"她长吁了一口气，有气无力地垂下头。

可她立即抬起头，"你可别责怪我，你敢责怪我？"她假装挑衅的口气和我说。

"我没有生气呀，"我郑重地回答，"我真的一点儿都没有生气。"

"不——不，"她想了想，"你一脸责备人的样子。"

"真的没有，"我说，"我只有自责，我的心里很难受，没有照顾好你。你希望我多睡一会儿，我却没有考虑到你能否承受得了。"

她露出懊悔的表情，像个顽皮的孩子："我会听话的，保证像水手那样服从船长。"【▥语言描写：用小孩子的语气说话，表现了莫德·布鲁斯特可爱活泼的性格特征。】

"保证服从命令听指挥。"我笑着说。

她也虚弱地笑了笑，我给她盖好毛毯，心里更加难受了。她这样娇弱的身体，怎么受得了啊！我向大海的西南方望去，想到面前六百海里的艰难历程，

随时都有暴风雨。但是，我一点儿也不害怕。我在心里反复地念叨，会好的，会好的。

午后，风越刮越大，浪越掀越高，我们和舢板都面临着极大的困难。可是，船上载有储藏的食物和九小桶淡水帮了我们的大忙，一定的重量起到了稳定船身的作用，让舢板禁得住风浪。我大胆地坚持下去，移去斜杠，把帆顶往下扯紧一些，用水手们所说的"羊脚帆"航行。

傍晚时分，下风处的海平线上，出现了一缕黑烟。我想这不是俄国的巡洋舰，就是"马其顿"号，更有可能是后者。太阳一整天都没露面了，天气极冷。天越来越暗，云越来越黑，风越刮越猛，莫德·布鲁斯特和我吃晚饭的时候，都戴上了手套。我只能一边掌舵，一边站在风里吃东西。

天黑的时候，风浪太猛了，舢板受不住了，我只好收起了帆，开始制造了一个浮锚，也可以叫海锚。我把帆卷起来，牢牢地捆住桅杆、下桁、斜杠和两副船桨，然后把它们抛到海里，用绳子的另一端牵住舢板头，因为浮锚沉在水里，风刮不住，就比舢板流得慢，所以，在波涛汹涌的时候，浮锚牵住舢板头，就不会进水了。

我做完这些活儿，准备戴上手套。

"现在情况怎么样？"莫德高兴地问我。

"我们已经偏离日本，"我回答说，"向东南方向漂流，也可能是东南偏南，航速至少是每小时两海里。"

"要是刮一夜的大风，那是不是就要偏离二十四海里了？"她急切地说。

"对，就是刮三天三夜，也只有一百四十海里。"我说。

"不会刮那么久的，"她自信地说，"风向会变的，会变成顺风。"

"大海变幻莫测，"我说，"也是言而无信的。"

"可我听你说，"她反驳我，"贸易信风就很守信呀。"

"我要是把'海狼'的经线仪和六分仪带来就好了，"我郁闷地说，"一会儿向这个方向航行，一会儿向那个方向漂流，还不知道潮水会把我们带到哪个方向呢。我是怎么也算不出我们的航向了。要不了多久，我们就不知道往哪儿漂了五百海里了！"

晚上九点的时候，她坚持要驾驶舢板，让我休息，我就答应让她值班到半夜十二点。我在睡觉前，给她裹上几条毛毯，披上一件油衣。我只是打了个盹儿就醒了，舢板在大海巨浪上颠簸起伏，海水哗哗地冲击着舢板，浪花不时地溅入舱内。我在"魔鬼"号上经历了太多的磨炼，"海狼"和汤玛斯·马格立治都曾经让我感受过死亡的恐惧，我对死亡毫不畏惧，还怕什么呢？生命是可贵的，为了她的生命和我的生命，我要与大海抗争，勇敢地去挑战各种各样的艰难险阻！这时，莫德·布鲁斯特正警惕地注视着海面翻腾的波涛，准备一有动静就叫醒我。【✗动词："翻腾"一词真实生动地写出了海面波涛跳跃的样子，准确而贴切地形容出了波涛的动态。】

第二十八章

生命在磨难中更珍贵

我们漂流了这么多天，在小舢板里所遭受的苦难一言难尽，海风把我们带到东又吹到西。强劲的西北风连续刮了二十四小时，风势刚平息下来，晚上又刮起了西南风。这与我们航行的方向正好相反，我拉起浮锚，升起帆，让它往东南偏南方向行驶。这时的风既可以把我们吹到东南，也可以吹到西北偏西方向。可是南方的暖风唤起了我到温暖的海洋去的希望，我决定向那里行驶。

又是一个风大天黑的夜晚，我们连划了三个小时，到了半夜时分，海面上一片漆黑，西南风变猛了，我只得再次抛下浮锚。天快亮时，我睁着惺忪的睡眼，看见海面上浪花翻滚，舢板颠簸得很厉害，浮锚几乎被拉得竖起来。【形容词："惺忪"一词真切地表现出"我"严重睡眠不足、劳累不堪而眼睛模糊不清的样子。】我们随时都有被浪头打翻的危险。浪花和飞沫汹涌而入，我不停地舀水。小舢板上所有的东西都被打湿了。莫德·布鲁斯特披着油布衣，脚穿橡胶靴，头上戴着雨帽，所以没被打湿，只是脸、手和露在外面的头发湿了。毛毯也浸湿了。她不时地在舀水，往外倒水，替换我掌舵，面对风暴毫不害怕。我们经过了一整天的奋战，到了晚上，我们俩都没睡觉。

第二天白天，海风依旧猛烈，海浪依旧怒吼。又到了晚上，莫德·布鲁斯特累得实在撑不住了，就躺下睡着了。

我连续两天两夜没有睡觉了。全身早已湿透，四肢冻得僵硬麻木，肌肉也累得疼痛难忍，可我咬牙坚持着，不能倒下。我们偏离了日本，一直向东北漂流，向荒凉的白令海峡去。我们都还坚强地活着，舢板也没有沉没，风力没有一点儿减弱，我们依然斗志昂扬。

第三天傍晚，风力不但没有减弱，反而增强了。舢板头被压在浪花底下，舢板里面有四分之一都是水。我拼命地往外舀水，这样就会减少舢板的载重量，增加舢板的浮力，尽可能避免侧翻的危险。我把舢板里的水舀光后，还解下莫德·布鲁斯特身上的油布，把它绑在舢板顶上，遮住了舢板的三分之一。它很管用，在以后的几个小时里，共有三次，当舢板头冲进海面的时候，油布挡住了大量的海水。

莫德·布鲁斯特从来没有经历过这样的磨难，她蜷缩在舱底，嘴唇冻得发青，脸色苍白，可是她一直用坚定的眼光看着我，还说着勇敢顽强的话鼓励我。【📖神态描写：通过对莫德·布鲁斯特的神态描写，生动形象地传达出了她在严寒之中依然坚强勇敢的形象。】

我们经历了一个最恶劣的风暴之夜，第四天上午，天气好转了，海面平静下来，太阳也出来了，哦，多么明媚的太阳！我们虚弱的身体沐浴在温暖的阳光中，渐渐恢复了体力，像是两只快冻僵的虫儿在风暴后复苏了。【✗动词："沐浴"一词生动地写出了经过最恶劣的夜晚之后我们在阳光包围下温暖而惬意的感受。】笑容又回到我们脸上，我们谈笑风生，乐观地面对这时的处境。可是，我为我们的前途越来越担心，我们这时距离日本比从"魔鬼"号逃出的那晚还要远。我无法确定我们所处的经纬度，不过，以两海里的漂流时速来计算的话，经过七十小时的风暴，我们至少已向东北漂流了一百五十海里了。可是这样的估算有较大的误差，我们漂流的时速也可能是四海里。要是这样的话，那就还要远于一百五十海里。我们很可能就在"魔鬼"号附近，因为我看到周围有很多海豹，那时刚好又刮起了西北风，这就意味捕海豹的船可能就在附近。

海上漂流的生活十分艰苦，人的生命在浩瀚的大海上显得十分渺小，可是，我们的意志和智慧可以超过大海，我们热爱生命，珍惜生命，为保持生命的旺盛会作不屈不挠的抗争。我们还活着，就要顽强地活下去。

莫德·布鲁斯特多才多艺，足智多谋，面对恐怖的大海，身处脆弱的小舢板，狂暴的风雨，百般的磨难，陌生的海洋，与世隔绝的处境，她毫不畏缩，比男人还要坚强，她能义无反顾地面对十分险恶的生存环境，历尽了千辛万苦，没有一句怨言。

接连几天没日没夜的暴风雨，小舢板随时都可能被淹没。我们向东北方向越漂越远。这是我们迄今所遇到的最大的风暴，我百无聊赖地向下风处看了一眼，默默地祈求上天，让我和莫德·布鲁斯特活下去。几天几夜没有睡觉，我头昏脑涨。突然，我发现前方有一块陆地，是不是阿拉斯加？我不敢确认，怀疑自己是不是眼花了，还有，是不是海市蜃楼。我回头让莫德·布鲁斯特帮我确认一下，她很快否认了是阿拉斯加，确认那是一片海岬。它黑黑的，高高的，巍然屹立，起伏的海浪拍击着它，溅起巨大的浪花，险恶的黑色海岸线向东南方向延伸出去，就像围着一条巨大的白色浪花围巾。【比喻：把白色的浪花比做围在海岸线上的围巾，形象而贴切地写出了浪花翻卷着同海岸线一起延伸的样子。】

我们离海岬越来越近，海岸线隐约可见，那是一个小海湾，我们准备登上那座岛屿，在天黑之前找个舒舒服服的藏身之地。

岩石间翻腾的海浪迅速逼近，可我一点儿也不害怕。不过，我也要充分估计危险的因素，我们无法挂起帆拐过海岸，风可以一下子掀翻舢板；舢板一旦落水，海水就会灌进来，而且，绑在空桨上的帆也会把海水带进舢板。这样，海浪就会把我们吞噬。【动词："吞噬"一词形象生动地写出了海浪对我们的严重威胁，交代了我们所处的恶劣环境。】

我尽可能多想好的方面，但也不能不作最坏的打算，我并不怕死，可是千万不能让莫德·布鲁斯特和我一起死，我无数次想象我们能够平安登陆，我也的确这样对她说了。

我紧紧握住她伸给我的戴着手套的手。我们一言不发地等着。我们来到了离海岬西线不远的地方，我观察着，希望潮流或者波浪能赶在拍岸的浪花之前，把我们冲过去。

"我们可以闯过去，避开岩石上岸。"我自信地说。

"相信你，我们一定会上岸的。"她微笑着说。

我已经看见了远处的岬角，在海岬的边缘，中间的海岸线一目了然。这时，不间断的吼声传入我们的耳中，如晴天霹雳，从下风处直接传过来。我们越过拍岸的浪花，冲破暴风雨，驶过那个地方，整个海湾展现在我们眼前，巨浪拍打着半月形的白色海滩，上面有成千上万的海豹。那一片吼声就是由这些海豹发出的。

"海豹窝！"我大喊起来，"我们有救啦！这里一定有人和巡洋舰来保护海豹，不让猎人猎杀海豹，岸上也许还有居所呢！"

我察看了周围的环境，接着说："如果老天大发慈悲，让我们漂过第一个和第二个海岬角，到那边的海滩，我们就能上岸了，连鞋子都不用打湿。"

老天真的开眼了。西南风把我们吹过了第一个和第二个岬角，拐过第二个岬角时差点儿撞上岩石，一直吹到第三个岬角。这里的海湾一直深入到陆地，潮水把我们送到了海湾。这里没有风暴，只有平稳高涨的浪头，我收起浮锚，开始划桨。海岸从尖端处渐渐地向西南呈弧形展开，最后，大海湾里还有一个小海湾，是个陆地围住的海港，水面平静如镜，只有当风暴从距离海滩一百英尺远的岩壁上冲下来时，它所发出的浮游不定的气息才激起细小的涟漪。【☆形容词："细小"一词朴实无华，但却真实地反映了我们所处的小海湾不容易受海浪的影响。】

这里连一只海豹都没有，我们的舢板头冲上了沙滩。我跳出舢板，伸出手扶住莫德·布鲁斯特。她站在了我身边，我刚放开她的手，她急忙又抓住我的手。【动作描写："刚放开"、"又抓住"这两个动作精妙准确地写出了莫德·布鲁斯特刚下舢板时的紧张和不适应的状态。】这时，我摇晃了起来，一点儿也站不稳，好像要摔倒在沙滩上。我们在海上漂移摇晃得太久了，突然来到静止的大地上，反而不适应。我们"晕陆"了。

第二十九章

小岛上的丰盛早餐

我把舢板里的东西搬到海滩的高处，准备动手搭建一座帐篷。我从海滩上拾来一些木头，准备煮咖啡，这才想起没有带火柴。

"十足的笨蛋！"我自责地说，"一根火柴都没带，我们喝不到热咖啡、热茶、热汤，什么热的东西都喝不到！"

莫德·布鲁斯特在一旁安慰我，"木柴不是能擦出火花吗？——呃——当鲁滨逊！"她拖长声音慢悠悠地说。

"没用，根本行不通。"我回答说，"我读过几十个遭遇海难的人的自述，他们都没有尝试成功。一个名叫温特斯的记者，讲过怎样用两根木柴取火的趣事，最终也失败了。"

"哦，不要紧，这么长时间没有火，我们都挺了过来。"她欢快地说，"现在更没有一点儿理由挺不下去了。"

我还在不停地抱怨着。这里有上好的木材，从"海狼"的私人储藏室里拿来的那么多的上等咖啡，就是点不着火呀，吃了这么长时间的冷食，身体内外都已经麻木了，要是能吃点儿热东西该有多好。

抱怨是没有一点儿作用的，我停止了抱怨，着手用船帆为莫德·布鲁斯特搭一座帐篷。我以为这件事很简单，可没想到做起来却很难，我忙乎了一天也没有搭好。晚上又下雨了，帐篷里灌满了水，我们不得不重回舢板里过夜。

第二天上午，我在帐篷四周挖了一道浅沟。一个小时后，一阵风突然从我们后面的岩壁顶上刮了过来，把帐篷连根拔起，落在了三十英尺以外的沙滩上。【🏹动词："连根拔起"这个动词形象地写出了大风非常猛烈的样子。】

莫德·布鲁斯特看到我沮丧的样子，忍不住哈哈大笑，她真是个自己开心又能让别人快乐的人。

于是我说："等风小了，我考察一下这座岛屿，或许在什么地方会有居所，也会有人，有船到这里来，无论哪个国家都会保护海豹的。我在动身之前，得先把你安顿好。"

"可我想跟你一块去。"她说。

"你留在这里最好。你已经受了不少罪了。你需要休息，我要你留在这儿休息。"我说。

她那美丽的眼睛湿润了。她低下头，又转了过来。

"我情愿和你一起去。"她轻声地说，带着恳求的语气，"我或许可以帮你呢，万一你遇到什么闪失，我一个人留在这儿怎么办？"

"哦，你放心，我会多加小心的，"我说，"我不会走得太远，天黑以前，我就赶回来。不过，无论如何，我认为你还是留在这里的好，睡睡觉，休息休息，什么都别干。"

"求你了，求你了！"她说，说得那么温柔，"求你带我一块去。"

我只好同意了。下午，风平息了，我们为明天的行动作准备。

第二天早上，天色阴沉，风平浪静。我突然想到了一个生火的办法。我从岩石缝里找到一些干木块，削成薄片或折断，当引火物。我又从笔记本里撕下一页纸，再从弹药箱里取出一粒猎枪子弹，用小刀把子弹的填塞抠下来，把火药倒在一块平整的岩石上。然后，把雷管，也就是弹帽撬开，把它放在岩石上散布的火药的正中间。一切准备就绪。莫德·布鲁斯特还在帐篷里望着我。我左手拿一张纸，右手捡起一块石头朝弹帽砸了过去。只见，一阵白烟腾起，火苗蹿了出来，纸燃烧起来。【✘动词："蹿"生动形象地写出了火苗燃起的样子，也表现我们看见火苗时高兴的心情。】

"普罗米修斯！"莫德·布鲁斯特高兴得拍手叫着。

我小心翼翼地一片一片、一段一段地点燃木片，烧着的木片发出噼啪的爆裂声。我没想到我们会流落到荒岛上来，所以没准备任何煮饭的炊具。我决定用罐头盒当水壶，后来，吃空的罐头竟积了一长排的炊具。

我烧水，莫德·布鲁斯特煮咖啡。我们忙得不亦乐乎。热腾腾的咖啡，味道好极了！我把罐头牛肉和碎饼干放在水里煮，香味马上弥散开，扑鼻而来。我们坐在火堆旁，喝着滚烫的咖啡，谈着我们的处境和计划，火还在燃烧，我们的心都热乎起来了，那些胆识过人的探险家们做得也不一定有我们好。这顿早饭很丰盛，吃得特别香。

　　我坚信这里一定有海豹保护站，我知道白令海的海豹窝都是受到保护的，但是莫德·布鲁斯特却认为我们发现的是一个不为人知的海豹栖息地。

　　"如果这是无人知道的小岛，那么，我们就要准备在这里过冬了。"我说，"我们的食物不够吃，但是有海豹。到了秋天，它们就走了，所以我得马上储存些海豹肉。还要建一间小屋，积累些浮木。我们还要弄些海豹油来点火。要是这个荒岛上一个人也没有的话，那一切就得靠我们自己了。"

　　还是莫德·布鲁斯特说得对，这是一个荒无人烟的小岛，也是鲜为人知的海豹栖息地。我们给它起名叫"努力岛"。我们乘风沿着海岸行驶，用望远镜眺望海湾，有时还上岸去看，却没有找到有人住过的迹象。我们知道自己不是第一个登上"努力岛"的人。在我们隔壁的第二个海湾的海滩高坡上，我们发现了一艘破烂的舢板，这是一只猎捕海豹的舢板，它的桨架是用绳辫绑着的，在舢板头的右舷上还有一个枪架，依稀可见"加塞尔二号"这几个白色的字。它在那里已经很久了，里面有一半的泥沙，木料显得破烂不堪。【★成语："破烂不堪"这个成语用简洁的语言写出了木料破破烂烂的样子。】在舢板尾艄，我发现了一支生锈的、十毫米口径的猎枪和一把水手用的腰刀。刀从中间折断了，锈得几乎认不出来了。

　　"那只舢板上的人一定都走了。"我高兴地说，可心里忽然一沉，好像觉得他们的白骨就在这海滩的某一个地方呢。

　　我们绕着小岛做了一次旅行。这个岛的周长大约是二十五海里，宽三至五海里；我大概地推算了一下，这个海滩上至少有二十万只海豹。岛的西南角地势最高，岬角和脊地逐渐地往东北方向低斜，到东北角高出海面仅有几英尺。除了我们这个海滩，其他的海滩往后约半英里的地方，都是岩石密布，杂草丛生，到处长着一丛丛的苔藓和苔原草。【🏠景物描写：这段景物描写细致地写出了海滩的后面一片荒凉的景象。】海豹就散布在这些地方，年长的雄海豹守护着雌海豹，而小海豹则忙着四处玩耍。

　　"努力岛"岩地崎岖，潮湿多雨，饱受狂风肆虐和海水的冲刷，再加上二十万只海豹不时地朝天号叫，空气不时地在颤抖，使这个地方显得格外阴森恐怖。一直告诫我要做好思想准备的莫德·布鲁斯特回到小海湾后，再也撑不住了。就在我重新生火做饭的时候，她躲在帆布帐篷里，蒙着毛毯抽泣起来。

【🏠动作描写："躲"、"抽泣"准确地描写了莫德·布鲁斯特的害怕无望，

但还不敢把这些传递给"我"的心理状态。】

这时，该是我安慰她了，我绞尽了脑汁，慢慢地，她情绪好转了，动人的眼睛里又有了笑意，动人的嘴巴又唱出欢快的歌，她睡得比往常要早一些，睡觉前，她唱了一首歌给我。这是我第一次听她唱歌，我躺在火堆旁，快乐得像神仙一样。她无论做什么，都像一个艺术家，她的歌声并不洪亮，但悦耳动听，饱含深情。

那天晚上，我还睡在舢板里，很久都没睡着，我遥望着久违的星星，思量着我们的处境。我第一次承担起照顾别人的责任。过去，我是靠父亲的腿站起来的，律师和经纪人管理我的财产，我没承担过任何责任。在"魔鬼"号上，我学会了要对自己负责，时时刻刻要保护好自己。现在，我生平第一次觉得，我不仅要保护好自己，还要保护好莫德·布鲁斯特。

我们学会了野外生存

我们苦干了两周才建好一间小屋的墙。莫德·布鲁斯特不听我的劝说，坚持要帮忙，她细嫩的双手磨得血迹斑斑，布满老茧。她是个大家闺秀，却能吃苦耐劳。【📌成语："吃苦耐劳"这个成语言简意赅地写出了莫德·布鲁斯特能经受困苦的生活、也禁得起劳累的顽强性格。】她捡了许多石头，供我造屋砌墙；她还做饭烧水，拾柴火和苔藓供过冬用。

小屋的墙砌好了，还没有建造屋顶。我们为建造屋顶的材料犯了愁，船桨也只能做椽子，可拿什么盖在上面呢？苔藓不行，苔原草也不行。船帆在划舢板的时候还用得着，油布衣已经漏水了。我突然想起温特斯用海象皮做屋顶，我们这儿也有海豹呀。

第二天，我开始学习射击，捕猎海豹，我开了三十枪才打到三只海豹。我马上意识到，恐怕我还没学会射击，子弹就会打光。我又想起猎人用木棒打海豹，可是莫德·布鲁斯特认为这太残忍了，坚决反对。"海豹长得那么好看，"她说，"我不忍心看见它们被木棒打死。这太残忍了。""屋顶不能缺，"我硬起心肠说，"冬天就要到了，我们要活命，就得牺牲它们。"

莫德·布鲁斯特耐不住我的劝说，还是勉强答应了。

第三天，我把舢板划到隔壁海湾的海滩边，海滩上成千上万的海豹号叫着。它们对我们的到来一点儿也不在乎，好像没有看见一样，它们根本不怕人，或许是依仗海豹多力量大吧。我看着一只大雄海豹离我不到三十英尺，它竖起了前足，目不转睛地盯着我，露出寒光闪闪的牙齿，好像是严阵以待，这让我不敢下手，我不了解海豹的习性，会不会攻击人，假如成千上万的海豹围攻上来，我们就难以逃生。

"我听说，有一次，有个人入侵野鹅巢，"莫德·布鲁斯特说，"结果被野鹅啄死了。""可是我知道猎人们有时用木棒打海豹。"我仍在坚持着。"用苔原草也一样可以做屋顶。"她说。

她的话激怒了我，我非往前走不可。我不能在她面前表现得软弱无能。

"就从这儿开始。"我说，向后划了一桨，让舢板靠了岸。我跨出舢板，勇敢地朝着雌海豹群中一只长鬃毛的雄海豹走过去。

我拿根一英尺长的木棒，我竟然蠢得没想到在岸上袭击海豹，木棒要有四五英尺长。我接近了那只雄海豹，它怒气冲冲地举起前鳍，我们相距只有十二英尺了，还有六英尺远，这时，我突然惊慌起来。它哼了一声，又发出一声吼叫，向我扑过来。它眼露凶光，张着大嘴，牙齿闪着寒光。【🏠神态描写：这句话对雄海豹的神态进行了描写，生动形象地写出了它的愤怒和让人害怕的样子。】

我转身就逃，快速逃进舢板，它只落后两步，我撑开舢板，海豹的牙齿一下子就咬住桨叶。坚硬的桨叶像蛋壳般被咬碎了。转眼间，它又汹到舢板底下，一口咬住舢板底猛烈地晃动。莫德·布鲁斯特和我都吓得倒吸一口凉气，出了一身冷汗。

"天哪！"莫德·布鲁斯特说，"我们赶紧回去吧。"我摇摇头说："别人能做到，我也能做到，我知道别人用木棒打海豹。下一次，我打雌海豹。"我惊魂未定，沿着海滩划了二百英尺，让自己镇静下来，然后再次上岸。"千万要小心。"她在我身后喊道。

我点点头，开始向最近的雌海豹进攻。我向一只离群的雌海豹的脑袋打过去，却落了个空。它嗷的一声就逃开，我快步追上，一棒打在它的肩膀上，又没打到脑袋。我太兴奋了，没留意到别的。当我抬头看时，只见一只雄海豹向我猛扑过来。【🏹动词："猛扑"这个动词形象准确地表现了那只雄海豹动作迅猛突然的样子。】

"你还是撇下雌海豹，专门打那些不合群的、长相不凶的海豹，那样要好一些，"她说，"我想起我曾读过几本乔丹博士写的有关海豹的书。有些小海豹还没有配偶，叫做幼海豹，它们的攻击性不强。我觉得，如果能在什么地方找到它们的话……还有，如果你离海豹远一点儿。"

"想起来了，"我叫了起来，"我用长一点儿的木棒就可以打到海豹。""我刚才想到，"她说，"'海狼'拉森曾经给我讲了一个袭击海豹窝的故事，他们把海豹一小群一小群地赶过去，然后再动手。""我可不想赶这一群雌海豹。"我不赞成。

"可是，还有幼海豹，"她说，"幼海豹自由活动，乔丹博士说过，在雌海豹之间留有一条通道，只要幼海豹不越过这条通道，就不会惹怒雄海豹。"

"那儿有一只，"我指着水里的一只幼海豹说，"我们盯住它，一旦它上岸，我们就跟它走。"幼海豹径直往海滩方向游去，从两只雌海豹之间的小缺口爬上岸，雄海豹发出警告声，没有发动进攻。我们看着它慢慢地沿着雌海豹之间的通道往里爬。

"动手吧。"我一边说，一边跨出了舢板，当我想要穿过这海豹群时，心里非常害怕。"还是把舢板绑住了的好。"莫德·布鲁斯特说，"我要和你一起去，你绑舢板，把木棒给我。""我们还是回去吧，"我泄气地说，"我想苔原草盖房顶也能凑合用。"

"我知道，那是不行的，"她说，"我来带头，好吗？"

我给她一支破桨做武器，自己也拿了一支。我们刚走了几步路，心里就又惊又怕。有一次，一只雌海豹好奇地把鼻子伸向莫德·布鲁斯特的脚，吓得她尖叫起来。不过，我们两侧除了警告的叫声外，没有别的敌意。还没有人来过这个海豹窝打猎，海豹的性情还比较温和，也不怕生人。

我们往里走了四分之一英里的路，遇到了幼海豹，它们是些健壮的幼小雄海豹，独自生活，等待时机，加入已婚海豹中去。

我大喊着，举起木棒作出威胁的姿势，还敲打了懒得动弹的海豹，从大部队中赶出二十只幼小的雄海豹。我拦住了那些想回到海里的海豹，她挥舞着那柄破桨大声吆喝着。一旦遇到夺路而逃的海豹，她就两眼放出明亮的光芒，举起木棒狠狠地打过去。【⚑形容词："夺路而逃"准确地表现了吃了败仗，只管逃命的慌张心理。】

"天哪，太开心了！"她大喊道，"我累坏了，得坐一会儿。"

我们的收获还是挺大的，除了她放过老弱病残的海豹外，还有一批健壮的海豹，我就把这一队海豹赶了一百码；等到她过来看我的时候，我已经都把它们杀死了，正在动手剥皮。一个小时后，我们沿着雌海豹群中的夹道，得意扬扬地往回走。我们在这条夹道上往返了两次，都满载而归，我们已经有了足够的做小屋顶的海豹皮。

第三十一章

荒岛盖起了新房子

我们打量着已经完工的海豹皮屋顶。

"会有些海豹的腥气味，"我说，"不过可以保暖，还能遮挡雨雪。"

莫德·布鲁斯特高兴地拍着手，对这个新家非常满意。

这间小屋又昏暗又难看，没有窗户，比猪圈狗窝好不了多少，可是对于我们这些饱受敞篷舢板之苦的人来说，却是个舒适的小窝。完工的那天晚上，我们用海豹油加上塞船缝的棉絮做灯芯，办了个简易晚会，庆祝了乔迁之喜，我和莫德·布鲁斯特愉快地跳着舞，我们一致认为这是"努力岛"上前所未有的晚会。

我们继续出去打猎，储藏过冬的肉类。上午出发，中午装满一舢板海豹回来，捕猎海豹已经是轻而易举的事了。莫德·布鲁斯特尽力从脂肪里榨出油，在肉架下面点上小火烘烤。我在陆地上的时候，曾经听说过烘牛肉的方法，我们把海豹肉切成薄片，挂在烟火里熏，效果好极了。

我们又开始建造第二间小屋，这比盖第一间小屋要容易些，因为紧挨着第一间，只要三面墙就可以了。这都是苦力活，莫德·布鲁斯特和我起早贪黑地干，毫不吝啬我们的力气，一到晚上，我们四肢僵硬地爬上床，倒头就睡。

【动词："爬上"一词真实形象地写出了"我们"上床的动作非常艰难，表现了"我们"白天的劳作非常辛苦。】我担心她会吃不消，可她很坚强，不仅没有叫苦叫累，而且却说自己的身体比从前强壮多了。她有时累得筋疲力尽，只是稍微休息一下，又开始干活。我真不知道她哪里来的力气。

猛烈的暴风雨已经刮了三天了。第三天夜晚，风暴从东南迁回到西北，向我们扑过来。

海浪拍打着岸边的礁石，冲击着海湾外围的沙滩，海湾的内侧也掀起了大浪，发出雷鸣般的响声，岛上没有高地和树林为小屋挡风，小屋被大风吹得鸣鸣作响，我真担心墙壁支撑不住了。海豹皮屋顶被风涨得紧紧的，莫德·布鲁斯特曾用苔藓填得严严实实的墙壁，都被吹跑了，现在墙上到处都是缝隙，大风从四面钻进来。还好，小屋很结实，没有被大风吹走。

这真是一个快乐的夜晚，暴风雨已经拿我们没办法了，海豹油灯发出明亮的光，让我们觉得既温暖又惬意。我们的心情轻松愉快，已经不怕严冬的到来，也储存了足够的海豹肉，不在乎海豹哪天会离开这里，风暴也吓不倒我们，我们不仅有了又干燥又暖和的避风小屋，而且还有用苔藓做成的柔软舒适的褥子。这是莫德·布鲁斯特的主意，她搜集了所有的苔藓做成的。今夜肯定睡得格外香甜。

莫德·布鲁斯特要回到自己房间去，当她起身要走的时候，脸上表现出微妙的不安神情，她看着我说："好像有什么事情要发生，我预感到了。有什么东西正朝着我们这儿来，正在路上呢。我不知道那是什么，可它来了。"

"你觉得是好事还是坏事呢？"我问。

她摇了摇头，"我不知道，可它就在那儿。"她指着大海，海风吹来的地方。

"这是下风的海岸，"我笑了，认为她太累了，产生了幻觉，"放心吧，没人愿意在这时候登陆。"

"你不害怕了吧？"我走过去为她开门的时候说，"你感觉还好吗？"

"不害怕，非常好。"她说。

"晚安，莫德。"

"晚安，亨甫莱。"

"努力岛"只有两个居民，在这个只有我们两个人的世界里，我们互相关心，互相爱护，互相帮助，天天开心。

第三十二章

"海狼"又来了

这是几个月来，我第一次在室内睡觉，毛毯不再被雾气和浪花打湿，我惬意地躺在毛毯里，盖着莫德·布鲁斯特亲手做的褥子，这一夜睡得香甜极了。醒来后，我穿好衣服，打开房门，天气很好，太阳已经升起来了，海浪轻轻地拍打着海岸。昨晚睡得太舒服了，今天早上起床迟了些，我赶忙打起精神出门，想要抢回损失的时间，这样才配做个"努力岛"的居民。

我刚出门，眼前的情形把我吓得目瞪口呆。【☆成语："目瞪口呆"，精简的成语生动地形容出"我"因看到眼前景象吃惊或害怕而发愣的样子，用词形象贴切。】天啊！不到五十英尺的海滩上，停了一艘黑船，没有桅杆，船头冲着前方。桅杆、横桅索、帆脚索和破碎的帆布缠绕在一起，轻轻地摩擦着船边。我揉了揉眼睛，定睛再看，那不是我们自己建造的厨房吗？还有熟悉的船尾楼和高过船舷的矮快艇舱，是"魔鬼"号！

莫德·布鲁斯特昨天晚上就感觉到将要发生什么事情，我还不太相信呢。嗨，命运究竟在搞什么恶作剧啊！

"魔鬼"号为什么突然来了？我看着身后荒凉险峻的岩壁，看来我们肯定是无处可逃了，我绝望了，眼前一片漆黑，莫德·布鲁斯特还在睡觉。我该怎么办？我突然发觉船上一点儿动静也没有，以为水手们还在睡觉。于是，我想到我和莫德·布鲁斯特还有逃走的机会。只要在他们睡醒之前，我们划舢板绕过那座岬角，就能逃脱。我得叫醒她，立刻动身。我正要叩响她的门，可又想到，岛太小了，我们无法藏身，除了汹涌苍茫的大海，什么都没有；我还想到舒适的小屋，储藏的肉、油、苔藓和木柴，可以过好一个冬天。要是马上逃走，我们也逃不过严冬的海水和海上的大风暴。看来逃走也是行不通的。

我灵机一动，起了一个大胆的念头，水手们都睡着了，偷偷地溜上船，把"海狼"干掉。这样，我和莫德·布鲁斯特就没有危险了，就会改变现在的不利处境，变被动为主动，就有时间和地方安排别的事情了。

我腰间别了一把匕首，拿了把猎枪，把子弹装上膛，然后走到"魔鬼"号边。我费了点儿劲儿才爬上船，海水一直浸到我的腰，前舱的舱口没关上。我停下脚步，想听一听水手们的呼吸声，可什么都没听到。我小心翼翼地走下梯子。这里有一种空旷、发霉的感觉，没有人影，到处都是破衣烂衫、旧高筒靴、漏水的雨衣和一些长途航行中不中用的行李。我断定他们是在匆忙中弃船而逃。船上一只舢板也没有。统舱里的情况和前舱一样。

"魔鬼"号上空无一人。现在属于莫德·布鲁斯特和我了。我想起船上的储藏物和房舱下面的储藏室，我想去拿些好吃的东西做早餐，给莫德·布鲁斯特一个惊喜。

我像个孩子一样迫不及待，两步并做一步，快速跨上了统舱的舱口，我走过厨房，想到里面是精致的炊具，心头又涌上一股高兴劲儿。我刚跳上船尾楼，就看见了"海狼"拉森，我吓得倒退了三四步。

"海狼"拉森正站在舱口里，只露出了头和肩膀，直直地瞪着我。我吓得发抖，老毛病胃痛又开始发作。<u>我用一只手撑住房舱，不让自己倒下，舔了舔嘴唇，感到口干舌燥，没有说话，我也盯着他，我们俩相互对视着。</u>【🏛动作描写："撑住"、"舔了舔"、"盯着"、"对视"等动词真实生动地刻画出了"我"看到"海狼"后的具体状态，同时也细腻地表现出"我"当时的恐惧心理。】

我要先下手为强，我是来杀"海狼"的，怎么能被他吓住呢？我用枪瞄准他，只要他一动，想从舱口逃走，我就打死他。

<u>我发觉他面色苍白，两颊凹陷，形容枯槁，眉目间流露出疲惫、恐慌的神色，两眼有些扭曲，眼珠也倾斜着。</u>【🏛外貌描写：通过对"海狼"的脸色、两颊、眉目等的描写，形象具体地刻画出他经受叛乱和病痛折磨后的衰弱样子，描写生动，字里行间充满了"我"对他的同情。】看来，"海狼"刚经受了一场大难的折磨。

"海狼"站着不动，依然看着我，没有进攻我的架势。这时，我只要一扣扳机，他就完蛋了。我忧虑起来，不知道该不该开枪。

"好了吗？"他问。

我想说话，但说不出来。

"开枪呀！""海狼"说。

我清了清喉咙，可是我仍然说不出话。

"亨甫，你真没用。"他慢吞吞地说，"你的道德观念束缚了你，使你无法杀死一个手无寸铁的人，是吧？"

"是的。"我的声音有些沙哑。

"我和你可不一样。我会杀死一个手无寸铁的人，就像抽一支雪茄一样。"【☝比喻：把杀死一个人比做"抽一支雪茄"，很形象地反映了"海狼"的凶残野蛮和冷酷无情的性格特征。】他接着说下去，"你曾经把我称做毒蛇、恶虎、鲨鱼、怪物和妖魔。可是，你却不能像杀死一条毒蛇，或者一条鲨鱼一样杀死我，因为我是一个人，和你一样的人。呸！我还指望你能干出些大事呢，亨甫？"

他走到我的面前，顶住我的枪口。

"你把枪放下，我问你，这是哪儿？'魔鬼'号是怎样搁浅在海滩上？你身上怎么是湿的了？莫德在哪儿？对不起，是布鲁斯特小姐，或者我该说'凡·卫登太太'。"

我后退几步，急得要哭出来，我真希望"海狼"来掐我的喉咙，这样我就能开枪了。

"这里是'努力岛'。"我说。

"我怎么没有听说过。""海狼"说。

"这是我们起的名字。"我补充说。

"'我们'指谁？""海狼"问。

"我和莫德·布鲁斯特小姐。"我答。

"这里有海豹，号叫声很大，""海狼"说，"吵得我睡不着，要不然，我还能再睡一会儿。我昨天晚上进海湾的时候就听到了，这里就是我好久都没有找到的海豹窝。这得谢谢我的弟弟'阎王'拉森，他让我交了好运。这是座金山。它处在什么方位？"

"我不知道。"我说，"你测量的确切度数是多少？"

他没有回答，只是奇怪地一笑。

"你船上的人都到哪儿去了？"我问，"怎么就你一个人？"

我以为他不愿意回答，没想到他很快跟我说了。

　　"你们走后，我的老弟在四十八小时内就赶上了我。他在夜里登上我的船，甲板上只有一个人在值班，猎人都背叛了我。他出的钱多。当着我的面给他们开价，当然水手们也跟他走了。所有的人都离开了我，只留下我一个人在船上。"

　　"可是，桅杆怎么掉了？"我问。

　　"你过去看看那些短索。"他指着尾帆索说。

　　"它们是被刀砍断的！"我惊呼。

　　"还没有完全砍断，"他笑了，"干得很巧妙，你看看。"【形容词："巧妙"一词贴切地形容出汤玛斯·马格立治的狡猾奸诈，把自己的行为隐藏得很好，同时也体现出他对"海狼"的仇恨，欲置之死地而后快。】

　　我看了看。短索快要断了，虽然还留了一些勉强支撑着桅的左右支索，但是一遇到风暴就会拉断。

　　"是厨师干的，""海狼"又笑了，"尽管我没亲眼看见，但我知道是他，他在报复。"

　　"汤玛斯·马格立治干得好！"我叫了起来。

　　"你为什么没有阻止厨师，"我又说，"当这件事发生的时候，你在做什么？"

　　"我尽力了，可在那种情况下，没办法。""海狼"表现出无可奈何的神态。

　　"海狼"接着说："坐下来，晒晒太阳吧。"

　　他的声音有些奇怪，手神经质地在脸上摸来摸去的，像在扫除蜘蛛网一样，这一切都不像从前的"海狼"。

　　"你头痛？"我问。

　　"对，"他说，"恐怕现在就要发作了。"

　　他躺在甲板上，滚动着身子，双手抱着头，胳膊遮住眼睛，挡着阳光。【动作描写："躺"、"滚动"、"抱着"、"遮住"等动词具体而形象地写出了"海狼"头痛发作时痛苦不堪的样子。】

　　"我听不懂你的话。"其实我知道，他是说我可以趁他发头痛病时把他干掉。

　　"没什么，"他又温和地说，"我知道你这里需要我。"

"不，我不需要，"我反驳他，"我希望你滚得越远越好。"

他嘿嘿一笑，不再说话了。我从他的身边走过，他也没有丝毫反应。我拉起地板上的活动板门，对着下面黑暗的储藏室，忧虑了几分钟。我不敢下去。万一他躺倒只是个花招，那可怎么办呢？那他可就把我逮个正着呢。

我又悄悄地爬上舱口，偷偷看了他一眼，他还躺着不动。我快速转身，但在下储藏室之前，事先把储藏室门卸下来，以防"海狼"乘机把我关在下面，可事实证明这是多此一举。我拿了许多果酱、饼干、肉制罐头等，回到房舱。我又想起他还有随身携带的一把快艇划手的刀，便走到他身边，和他说话，开始声音很低，后来喊得很响。可他还是不动。我就弯下身，拿走了他口袋里的刀。"海狼"没有武器了，还能把我怎么样。

我马上轻松起来，很高兴地给莫德·布鲁斯特做早餐。我把搜刮来的一部分东西装进咖啡罐和煎锅里，又从房舱的橱柜里拿了几件瓷器，然后上岸去，剩下"海狼"一人躺在阳光下。

莫德·布鲁斯特还没起来，我抓紧时间做早餐。快要烧好的时候，我听见她从小屋里走了出来。

"好啊，你太不公平了，"她没打招呼就说，"你让我负责做饭，可又侵犯我做饭的权利！"

"就这一次。"我求饶，知道她是爱护我，怕我累了。

"你要保证下不为例哦，"她微笑着说，"除非你嫌我做得不好吃。"

莫德·布鲁斯特用瓷杯喝咖啡，吃着煎土豆泥，把果酱抹在饼干上。突然，她看了看瓷碟子，又看了看早餐，然后看着我，脸慢慢地转向海滩。

"亨甫莱！"她惊叫起来，露出恐惧的眼神。

"是他……"她的声音颤抖着。【动词："颤抖"一词贴切又真实地写出了莫德·布鲁斯特看到"海狼"后惊恐的样子，细腻传神。】

我点了点头。

强者陷入了困境

这一天，我们时刻都在关注"海狼"拉森，怕他突然上岸攻击我们。每隔一会儿，我们就去看"魔鬼"号一眼，可他没有上岸，甚至连甲板也没上。

"可能是头痛得很厉害，"我对莫德·布鲁斯特说，"我走的时候他还躺在甲板上，要不我去看看吧。"

莫德·布鲁斯特怕我有危险，不让我去。

"没事的，"我安慰她，"我带着手枪，而他什么武器都没有。"

"可他有胳膊，有手，他那可怕的手。"她还是担心，大声地说，"亨甫莱，我怕他，你别去！"

"我不会冒险的，"我说，"我只是到船头看一眼。"

她热切地握了握我的手，接着松开了，眼里满是不放心的神情，让我很感动。

我看到"海狼"已经不在甲板上了，看来他去船舱里了。

那晚，我和莫德·布鲁斯特轮流睡觉，我们担心"海狼"会有什么行动。

第二天和第三天我们都是这样，可他仍然没有动静。

到了第四天下午，还不见"海狼"的影子。

"他的头痛来势<u>凶猛</u>，也许病得很重。"莫德·布鲁斯特说，"他可能快死了。"【⚑形容词："凶猛"一词生动地形容出"海狼"头痛的剧烈程度，也反映出莫德·布鲁斯特内心的善良。】

"最好是这样。"我说。

"可是，你想想，亨甫莱，"莫德·布鲁斯特同情地说，"他要是快死了，孤零零的一个人，多可怜啊，我们得做些什么。"

我心里暗笑她的女人见识，竟然还同情"海狼"那样的人。

她很敏感，好像知道我在想什么。

"亨甫莱，你一定要到船上看个究竟，"她说，"如果你再笑话我，我不怪你。"

我乖乖地走向海滩，朝"魔鬼"号走去。

"千万要小心！"她在我身后大喊。

我朝她挥了挥手，就跳到甲板上。我往后走到房舱的舱口，向下面喊，"海狼"应了一声，然后走上来。我打开手枪的保险，我们交谈时，把手枪放在显眼的地方，可他一点儿也不在意。

"海狼"的身体看来和上次差不多，他说他的头痛已经好了，我们俩没说几句话，我就离开了。

莫德·布鲁斯特放心了。后来看见厨房里冒出炊烟，看来是"海狼"在做饭了。接下来几天都是这样，我们既能看见厨房里炊烟袅袅，也能不时地看见"海狼"站在船尾楼的甲板上。

看样子"海狼"没打算上岸。可我们还是轮流守夜值班。

这样过了一个星期，船上的厨房就不再冒烟了，也没看见他在甲板上走动。我看出莫德·布鲁斯特又在惦记他了，可她也不好意思再要我去看"海狼"。【✘动词："惦记"一词真实地反映出莫德·布鲁斯特对"海狼"健康状况的担忧，体现了她善良的天性。】我决定再去看看"海狼"，于是就找个借口，说要到船上去拿些炼乳和果酱回来，但我看得出她很犹豫，她低声说："这些东西都不是必需品，不值得特地跑一趟。"当然，她也领会了我的言外之意，她知道我上船不是为了拿炼乳和果酱，而是去看"海狼"。

我上了船，脱下鞋子，只穿着袜子，无声无息地往船尾走去，这样"海狼"就不会发现我来了。我没有在舱口喊，小心翼翼地走下去，房舱里没有人，通往他睡舱的门是关着的。我拉开地板上的活动板门，发现衣箱和粮食都放在储藏室里，便顺手拿了一些衣物。

我从储藏室上来时，听到"海狼"的睡舱里有动静。我赶紧掏出手枪。门猛地被打开，"海狼"出现在我面前，"海狼"满脸绝望，紧握着拳头，痛苦地呻吟着。【🏠神态描写：从"海狼"的表情、拳头等方面刻画了"海狼"遭受头痛袭击时的痛苦而绝望的样子。】

"天哪！天哪！"他哀号着，嘴里发出绝望的声音。

太可怕了，我的脊梁骨里感到一阵寒气，头上冒出冷汗。以前那个强者无影无踪，当一个彪形大汉虚弱衰败到极点的时候，竟是世界上最可怕的景象。

他再次举起握紧的拳头呻吟着，喘了两口气抽泣着，然后他成功了，似乎又恢复了从前"海狼"拉森的雄风，从前的"海狼"又回来了。

这时，我为自己的处境担心起来。他正好踏进了储藏室。但一只脚踩到打开的洞口边，另一只一脚踩空，尽管他还是摔倒了，但他立即缩回脚，利落地打了个滚，他滚到了我的果酱和内衣裤堆里，碰到了活动门板，他马上知道这是怎么回事了。

他的眼睛瞎了，和蝙蝠一样什么都看不见。他快步走向睡舱，我看见他的手离门把手有一英寸远，就急切地摸着，终于摸到了。原来他是想用大箱子把盖板压住，把我困在里面。我赶紧乘机蹑手蹑脚地逃出房舱，爬上梯子。【✦成语："蹑手蹑脚"，形象生动的成语真实又贴切地写出了"我"对"海狼"的畏惧心理。】他很快返回来了，拖了一只沉重的承重箱，压在活动门板上。他还不放心，又搬来了另一只箱子，叠放在上面。接着他把果酱和内衣裤又收拾到桌子上。他往舱口爬来，我赶紧往后退，悄悄地从舱房顶上爬了过去。

"海狼"站在扶梯上，他推开滑板，胳膊搁在外面，身体仍在舱口里，眼睛呆呆地看着前方。我就在他的五英尺开外，他却看不见。我向他挥挥手，他似乎感应到了我的手影，马上表现出一种紧张而又期盼的神情。看来了能感受到外部的事物，却无法辨认。他好像还在寻找刚才的感觉，我停止了挥手，他就察觉不到了。

他跨上甲板往前冲，我吃惊地发现他的脚步迅捷刚劲，可是仍然能看得出他失明的衰弱，他的眼睛真的瞎了。

让我又好气又好笑的是，他在前舱船头发现了我的鞋子，把它拿到厨房里去了。我只好光着脚，拿起果酱和衣物，回到岸上。

我们的自救计划

太糟了，'魔鬼'号的桅杆没了。"莫德·布鲁斯特说，"要是有桅杆的话，我们就能驾船回去了。亨甫莱，你说是吗？"

我一听，高兴地跳了起来："好主意。让我想想，让我想想！"

莫德·布鲁斯特看到我高兴的劲儿，眼中闪着希望的光芒。【🐘神态描写：这句话传神地表达了莫德·布鲁斯特对"我"的信任和对生存的渴望。】我看她这样信任我，浑身马上充满了干劲。

"可行，我能做到！"我大声说，"凡是别人能做到的事，我都能做到；别人不能做到的，我也能做到。"

"什么？"莫德·布鲁斯特惊叫起来，"天哪，你能做什么？"

"没什么，我们能做到，"我说，"就是给'魔鬼'号装上桅杆，开出海去。"

"亨甫莱！"她兴奋地欢呼起来。

"可是，你怎么做呢？"她问我。

"我还没有考虑，"我说，"只要下决心，没有做不成的事。"

"不过，还有"海狼"拉森呢。"她提醒说。

"又瞎又不中用。"我说，"把他当做一根稻草一样放在一旁。【📌比喻：把"海狼"比喻成"稻草"，生动形象地写出了此时的"海狼"对他们已经没有任何威胁了。】

"可是他还有一双可怕的手，难道你忘了他是怎样跃过储藏室的洞口的？"

"你也知道我是怎样避开他先溜了回来的。"我很高兴这样和她争辩。

"还把鞋给弄丢了。"她笑着说，

"我的鞋子还在他手上，还不能说逃脱了'海狼'的魔爪。"我也笑着说。

海 狼

我们俩都笑了起来，然后认真地策划如何竖起"魔鬼"号的桅杆，回到陆地上。

我们来到"魔鬼"号船上，作了实地考察。我想利用学过的杠杆原理，把那些浸在水中的大桅杆吊起来，可是我到哪儿去找支点呢？那根主桅的根部直径约十五英寸，有六十五英尺长，我估计至少有三千磅重。前桅的直径更大，所以肯定有三千五百磅重。从哪儿下手呢？

我在心里盘算着设计一个被水手们称为"起重架"的东西。这是我在"努力岛"上发明的，就是把两根圆木交叉起来，绑住上端，然后把它高高地举起来，像一个倒"V"字，在甲板的上方找一个点，绑住升降绞辘。我还可以在这个绞辘上再装一个绞辘。船上还有绞锚车呢！

莫德·布鲁斯特知道我有了办法，笑了起来，她很支持，对我充满着期待。

这天下午，我们就高高兴兴地干了起来。她负责维持舢板的平衡，我来清理那堆杂物。升降索、帆脚索、护桅索和桅支索被海水冲得乱成一团，它们在海水里漂来漂去，有的绞成股，有的打成结。我割下我需要的东西，用长绳把桅杆和下桁绑住，放松升降索和帆脚索，在船上绕了起来。接着，又解开双折绳的结头。很快，我就汗流浃背了。船帆需要费些工夫来割，帆布浸透了水，格外沉重，我用了九牛二虎之力，在天黑之前，总算把它们都晾晒在了海滩上。我们干得很漂亮。

我们都累坏了。当我们完工回去吃晚饭的时候，连拿饭碗的力气都没有了。

第二天上午，我到"魔鬼"号的底层舱里收拾桅脚索，莫德·布鲁斯特做我的助手。我们刚开始干，敲打声就惊动了"海狼"。

"喂，""海狼"从打开的舱盖口冲着下面喊，"你们在下面干什么？想凿穿我的船吗？"

莫德·布鲁斯特吓了一跳，立即靠近我，用手拉住我的胳膊。【📖动作描写："靠近"、"拉住"准确地表现了莫德·布鲁斯特对"海狼"的恐惧心理。】

"喂，上面的人，早上好，"我回答道，"我在帮你修船呢。"

165

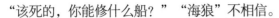

"该死的，你能修什么船？""海狼"不相信。

"哦，我要重新竖起桅杆。"我轻描淡写地说。

"亨甫，你似乎终于可以自立了。""海狼"朝着下面喊，"不过，你修不了。"

"哦，不，我能行，"我反驳他，"我正在修呢。"

"这是我的船，我的财产。如果我反对，你就不能做。""海狼"严厉地说，表示抗议。

"你忘了，你不再是最大的一块酵母了。"我说，"用你的话来说，你以前能够吞噬我。【✗动词："吞噬"这个动词生动形象地说明了"海狼"以前是多么可怕。】可你现在变小了，我能够吞噬你了。你这个酵母已经衰败了。"

"海狼"怪笑一声："我看你是在把我的哲学都施加到我的身上来。可是，你错了，你小看了我。为了你好，我先给你一个警告。"

"你什么时候变成好人了？"我责问他，"警告我还是为了我好，自相矛盾吧。"

"要是我现在盖上舱口，把你关在下面，会怎么样？""海狼"说，"你没有办法再像上次在储藏室里那样捉弄我了。"

"'海狼'拉森，你不要逼我，"我郑重地说，这是我第一次直呼他的名字，"如果你敢那样做，我就对你不客气。"

"不管怎样，我不允许，坚决不允许你碰我的船。""海狼"坚定地说。

"你的船？听起来好像有些道理，"我说，"可是，你跟谁讲过道理呀？你应该不会幻想让我和你讲道理吧！"

我走到了敞开的舱口下，看见他面无表情，眼珠直愣愣的，一动也不动，显得愈加呆板。那张脸已经扭曲得非常难看。【🏛神态描写：通过对"海狼"的神态描写，准确地表达了他现在痛苦复杂的心情。】

"连亨甫都小看我了。""海狼"说。

"你好，布鲁斯特小姐。""海狼"停了一会儿，突然说。

我吃了一惊，心想：她没发出一点儿声响，甚至连动也没动。难道"海狼"还能看到一点儿东西？还是他的视力恢复了？【🏛心理描写：这段"我"的心理独白写出了"我"对"海狼"又疑问又恐惧的心理状态。】

　　"你好，拉森船长，"莫德·布鲁斯特回答，"你怎么会知道我在这儿呢？"

　　"我听见你的呼吸了。""海狼"说，"我看亨甫大有进步了，你说呢？"

　　"我不知道，"她笑眯眯地看着我回答，"我没有看过他以前的样子。"

　　"那么，你应该早点儿遇到他，就可以看到他以前的表现了。""海狼"说。

　　"'海狼'拉森，你言过其实了，"我喃喃地说道，"我现在和过去都是一样。"

　　"我再告诉你一遍，亨甫，"他用威胁的口气说，"你最好别碰我的船。"

　　"难道你不想和我们一起逃生吗？"我不相信他的话。

　　"不，"他说，"我想死在这里。"

　　"可我们不想。"我气愤地又乒乒乓乓地敲打了起来。

第三十五章

困兽的最后挣扎

第二天，我把桅座已经修好了，开始将两根中桅拖到船上。主上桅有三十多英尺长，前上桅也差不多，我就用它们来做"人"字形起重机。我把沉甸甸的绞辘的一头固定在绞锚车上，另一头固定在前上桅的桅根上，接着便开始起吊。莫德拉住绞锚车的转柄，把收上来的绳索盘好。

我们轻而易举地吊起了圆柱。这个绞锚车经过改良，起重力很大。我放出一圈绳子，把桅杆降到水里，又把绞辘绑在离桅根三分之一的地方。我们花了一个小时，用尽了办法，桅杆只上升了一定的高度，就再也吊不上来了。桅根已经高出船舷有八英尺，但我仍然无法将桅杆吊上船。我索性坐下来思考这个问题。没过多久，我就高兴地跳了起来。

"有办法了！"我喊道，"我应该把绞辘绑在平衡点上。用这个办法，所有的东西都可以吊上船了。"

可是我算错了平衡点，只吊上桅顶，而没有吊上桅根。莫德好像有些失望，我却笑着说这办法肯定能行。

我指导她拉住转柄，我的双手拉住桅杆，试图把它横过栏杆，放到甲板上。当我觉得可以了时，就叫她放松绳子，但桅杆又恢复了原状。尽管我做了种种努力，可它还是掉到了海水中。我又想了一个办法，再次把它吊到老地方。

这时，我突然想起了轻便绞辘，那是一个很小巧的单双轴轳，我立即把它拿过来。当我把它绑在桅顶和对面的船舷之间时，"海狼"走了过来。我们只互相道了声早安，虽然他什么都看不见了，却坐在旁边的船舷上，向我弄出声音的地方看去。

我把轻便绞辘固定好，就去拉绞锚车，桅杆一英寸一英寸地吊进来，桅顶头冲下，倾斜着落到甲板上，终于整个桅杆落到了甲板上。

　　我看了看表，十二点钟。我腰酸背痛，又累又饿。吃了一顿丰盛的午餐，休息了一会儿，便恢复了元气。下午一点钟就开工了，不到一个小时，我就把主上桅吊到甲板上，于是便做"人"字起重机。把两根长短参差不齐的中桅绑在一起，在交叉点上用升降索挂上双滑车。这样，由一个单滑车和升降索做成了起重绞辘。我钉了个牢固的系索栓，以防桅根在甲板上滑动。我又在人字起重机的顶端绑了一根绳子，直接连到绞锚车。我对绞锚车充满信心，希望它能给我更大的力量。我像是一个得了新玩具的孩子一样，希望早一点儿用起重机吊起更重的东西。

　　"天要是没黑就好了，"我说，"我想看看它行不行。"

　　"别太贪心了，亨甫莱。"莫德·布鲁斯特嗔怪我说，"明天再继续吧，瞧你累的，站都站不稳了。"

　　"你也累了吧？"我关心地问道，"你干得这么卖力，又干得这么漂亮，帮了我的大忙，莫德，我真为你骄傲。"

　　"如果我们的朋友现在能看见我们该多好啊！"她说，"你有没有想想我们的模样？"

　　"有过，我经常想起你的模样，"我说。

　　"我的天哪！"她叫了起来，"我是什么样子，快说。"

　　"一个稻草人，"我回答，"瞧瞧你又脏又湿的裙子，看看这些绽线的皱褶，瞧这件马甲，不用福尔摩斯的推断，也能看出你用木柴烧饭，更别提熬海豹油了。还有那顶帽子，盖过所有的风头！这就是写出《不灭的吻》的女诗人。"【🏛语言描写：表现了"我们"现在心情轻松，对成功逃出去充满信心的样子。】

　　她向我敬个礼，说："先生，你的模样……"

　　我们相互取笑了一会儿，就上岸了。

　　吃过晚饭，我向她诉苦："劳累了一整天，还不能睡个安稳觉。"

　　"应该没什么危险了吧，他都瞎了。"莫德·布鲁斯特说。

　　"我们还要防备他，永远不能相信他，"我说，"他瞎了眼，可能变得更加恶毒，就更要提防。我明天要做的第一件事就是抛个小锚下水，让帆船驶离海滩，停泊在海水里。我们晚上乘舢板上岸，'海狼'拉森先生就会困在船上，这样就不用守夜了。"

第二天，我们起得很早，天刚蒙蒙亮，就吃过早饭了。

"哦，亨甫莱！"我听见莫德·布鲁斯特沮丧地大叫一声。

我顺着她的目光向"魔鬼"号望过去，没有发现什么异常。

"'人'字起重机呢？"她说。

我这才发现"人"字起重机不见了。我很气愤，肯定是"海狼"干的。莫德·布鲁斯特安慰我说，再做一个好了。我笑着对她说："你放心，我不会杀他的。你说得好，再做一个好了。"我越想越生气，不能再怕他，我要到帆船上去住，不管"海狼"是否高兴。

"我可不敢一个人在小岛上过夜，"莫德·布鲁斯特说，"如果他对我们友善些，帮助我们就好了。我们都可以舒舒服服地住在船上了。"

我们上了船，看到"人"字起重机不见了，升降索都被剪断了，绞锚车也被弄坏无法运转了，桅杆，帆的下桁、斜桁都已不知去向。"海狼"把它们都抛进大海，漂走了。

莫德·布鲁斯特的眼睛湿润了，我欲哭无泪。我们为"魔鬼"号重装桅杆付出的汗水白流了。我坐在舱口盖上，心灰意冷地双手托住下巴。【📖神态描写：充分显示了"我"灰心失望、意志消沉的精神状态。】

"他真该死，"我嚷着，"我为什么没有勇气杀死他？"

莫德·布鲁斯特来到我身边，手抚摸着我的头发，把我当做一个孩子，说："好了，好了，会好起来的。我们没做错什么，事情肯定会有好转的。"【📖语言描写：莫德·布鲁斯特的这段话充分表现了关键时刻她的冷静和自信。】

莫德·布鲁斯特的安慰让我消了不少气，又给了我很大的鼓励。

"'海狼'来了。"她小声地说。

我抬眼看去。他正懒洋洋地沿着船尾左舷散步。

"别理他，他是来试探我们的反应的。"我小声说，"不能让他知道我们已经发现了。把鞋子脱了，提在手里。"

我们和这个瞎子玩起了捉迷藏，他从左舷过来，我们就从右舷溜过去；我们在船尾楼甲板上看着他拐弯，跟着我们向船尾走来。

"海狼"知道我们在船上，他还自信地说了声"早上好"，然后，等着我们回应他的问候，可是我们没有搭理他，他向船尾走来，我们就悄悄地溜到前面去。于是"海狼"喊了起来，"哦，我知道你们在船上。"说完后就专注地倾听着。这让我想起了大猫头鹰，呜呜地叫了一阵之后，就倾听被它吓慌了神儿的猎物的动静。可我们没有乱动，他动，我们才动。

　　我们手牵着手，在甲板上躲来躲去，像是两个被恶魔追逐的孩子。时间长了，"海狼"显然觉得很没意思，就离开甲板，回房舱去了。我们穿上鞋，爬到船外的舷板里，眼中闪着快乐的光芒，捂着嘴咻咻地笑，忘记了"海狼"的恶行。我们有信心也会有力量寻找人生之路。

第三十六章

一个险恶的瞬间

我和莫德·布鲁斯特在海上搜寻了两天，走遍了大小海滩，寻找失踪的桅杆。第三天，我们才在最危险的西南海岬的冰冷浪涛中找到了它们，所有的东西都在，包括"人"字起重机。傍晚时，我们筋疲力尽地回到海湾，只拖回了一根主桅。

第二天，我们又费力地拖回两根中桅。第三天，我把前桅，主桅和主下桁，以及前桅和主桅的斜桁一齐扎成个木筏。那天顺风，我本以为升个帆就能把它们全拖回来，但老天却和我们开了个大大的玩笑，没多长时间风就停了。这次东西太重，我们划桨的速度慢得像蜗牛在爬行。【🔍比喻：这里把船比喻成了"蜗牛"，生动形象地写出了船行进缓慢的样子。】

天色暗了下来，忽然转为逆风。大风迎面吹来，我们不仅无法前进，反而后退了，我拼命地划桨，直到耗尽最后一丝力气。莫德·布鲁斯特也使尽全身力气，气喘吁吁地躺在艇尾的座位上，我再也划不动了，两只手都划了口子，还肿了起来，手腕和手臂都疼痛难忍。我们又累又饿，我几乎要晕倒。

我收起桨，弯腰准备砍断拖木筏的绳子。莫德·布鲁斯特急忙拉住我。

"你要干什么？"她紧张又严肃地说。"砍断它。"我说，"放松一圈绳子。"但她的手紧紧抓住我不放。"求你了，不要丢掉它们。"她求我。

"没别的办法，"我说，"天晚了，风会把我们吹离陆地的。""但是，你想想，亨甫莱。我们要是不能驾驶'魔鬼'号离开的话，就可能要在这个岛上住几年，甚至一辈子。既然这个岛这么多年都没被人发现过，那么它有可能永远都不会被人发现。""你忘了，"我提醒她说，"我们不是在海滩上发现过一只打海豹的舢板？""可舢板的主人并没有逃出去，"她说，"你很清楚，如果他们逃生成功了，一定会回到这个海豹窝，狠狠地发一笔财。"

我考虑了一会儿，为了今晚的安全，我不得不拒绝她的请求。我说："我们就是在岛上住几年，即使住一辈子，也要比今晚、明天或者后天死在这没有遮拦的舢板里强。我们没有做好和大海搏斗的准备，没有吃的，没有喝的，没有盖的，什么都没有。你的身体那么虚弱，你没有毛毯，就连今晚都熬不过去。我了解你的体质。你现在就在打寒战。"【 语言描写：这段看似啰嗦的话，体现了"我"对目前处境的担忧和对莫德·布鲁斯特的关心。】"那只不过是紧张而已，"她说，"我是怕你不听我的话，把桅杆扔掉。"

她知道这句话对我会起作用的。我们整晚都冻得瑟瑟发抖。有时候，我实在困得想睡觉，但刺骨的寒气让我无法入睡。我不知道莫德·布鲁斯特是怎么挺过来的。我疲倦得连活动一下胳膊取暖的力气都没有了，她还在恳求我不要放弃桅杆。大约凌晨三点钟，她冻得抽起筋儿来，接着人几乎冻僵了。我害怕极了，不管她虚弱到了极点，拿出桨逼着她划。每划一桨，我都担心她会晕过去。

天刚亮，我们焦急地寻找着我们的小岛。找了许久，终于看到它了，在十五海里外的天边，出现一座又小又黑的岛屿。我用望远镜仔细查看海面。只见在西南方向远处的海面上，有一条平坦的黑线。

"顺风了！"我的声音嘶哑，"有希望了。"

莫德·布鲁斯特想要说话，但发不出声音。她的嘴唇发青，眼眶凹了下去。【 神态描写：莫德·布鲁斯特的神情表明了她的极度虚弱和寒冷。】可那双美丽的眼睛却无畏地看着我。

我为她搓手，摆动她的胳膊，直到她自己能动了。我叫她站起来，她站不稳，可我还是逼她在划手座板和艇尾座位之间走了几个来回，又跳了几下，让身体多活动一会儿。

她的脸上又渐渐恢复了生气，我很高兴地对她说："哦，你真勇敢，是个勇敢的女人，你知道自己很勇敢吗？"

"以前不勇敢，"她说，"在认识你以前，我一点儿也不勇敢。是你把我变勇敢了。"她又看了我一眼，美丽的眼睛充满灵动和智慧的光芒。她甜甜地笑了。

清新的海风吹过来，推波助澜，舢板向着小岛快速驶去。下午三点三十分，舢板驶过了西南海岬，我们又渴又饿，口干舌燥，无法用舌头润湿嘴唇。这时，风力减弱了。到了晚上，风平浪静，我只得再次划桨，可是软弱无力，真的软弱无力。凌晨两点钟，舢板触到了我们海湾的沙滩，我蹒跚地爬出来，系好船索。莫德·布鲁斯特站不起来了，我也一点儿力气都没有。我们俩一起摔倒在沙滩上，我恢复知觉以后，心满意足地托着她的肩膀，把她从沙滩扶进小屋里。

第二天，我们一直睡到下午三点。莫德·布鲁斯特比我起得早一些，我起床时，她已经在做午饭了，她的体力恢复得比我快，我们边吃边聊，一直谈到午饭后。

"你知道我这次旅行是到日本疗养。我的身体不好，医生建议我航海旅行，我就选择了最长的一段旅程。"她说。

"你没有想到会是这样吧。"我笑了。

"不过，这次旅行改变了我，我的身体变得强壮了。"她说，"还有，我对生活的意义体会更深了。"

我们又聊起了"海狼"，他想死在这个小岛上。真想不到一个那样强健的人，一个那样热爱生命的人，能坦然地面对死亡，很明显，他的脑袋里长了什么东西，危害了视觉神经，所以他失明了。他在发头痛的时候，忍受着我们意想不到的痛苦。莫德·布鲁斯特很同情现在的"海狼"。

第三天吃过早饭，我们在阳光下干活。我在前舱甲板下找到一只小锚，费了不少力气才把它搬到甲板上，再搬到舢板里。我从船尾放下一根长长的绳索，划到我们的小海湾里，将锚抛进大海中。海浪很大，帆船在漂到海岸线之外，拖在后面的小锚几乎漂了起来，只要有一点风，小锚就吃不住劲儿了。于是，我放了足够长的绳子，抛下右舷的大锚，那天下午，我就开始修理绞锚车。

我连修了三天的绞锚车，完成了一个普通机械师三小时的活。我修好了一台绞锚车，凑合着能用，能助我一臂之力。

我又干了半天，把两根中桅吊上船。像上次一样，配了"人"字起重机，配了绳索。"海狼"曾坐在附近，听我修理绞锚车，我们闲聊几句无关紧要的话。没人提起"人"字起重机被毁的事，他也没再说不要我碰他的船之类的话。我总是与他那强壮的胳膊保持一臂以上的距离。

晚上，我就睡在船的甲板上。莫德·布鲁斯特不肯独自留在岸上，就睡在前舱。半夜时分，甲板上的脚步声把我惊醒了，在星光下，我看见"海狼"朦胧的身影往这边移动。<u>我翻身滚出毛毯，穿着袜子悄悄地跟在他后面。</u>【动作描写："翻身"、"滚"等动词写出了"我"的动作的矫健快速。】只见他从工具箱里拿出一把刮刀，企图割断我重新装配在"人"字起重机上的升降索。他用手摸着绳索，发现我并没有把绳子系牢。这样，刮刀就无能为力了，他便抓住松散的绳子，扯得紧紧的，然后，准备用刮刀割。我再也忍不住了。

"我要是你，我就不会这么做。"我心平气和地说。

他听见我手中的手枪发出喀哒一声响，就笑了起来。

"喂，亨甫，"他说，"我早就知道你一直都在这儿。你可骗不了我的耳朵。"

"你撒谎，'海狼'拉森，"我冷冷地说，"不过，我一直在找机会杀死你，那么，动手割吧。""你一直都有机会。"他在嘲笑我。"动手割吧。"我恶狠狠地威胁他。"我情愿让你失望。"他大笑着向船尾走去。

第二天上午，我把夜里发生的事告诉了莫德·布鲁斯特，于是她说："我们得采取措施，亨甫莱，他可能什么事都干得出来。他会沉船，还会放火。谁也不知道他会干什么。我们得把他关起来。"

"可是，怎么做呢？"我说，"我不敢接近他的手，我也不忍心开枪打死他。"

我正在苦苦思考时，"海狼"走上甲板，看上去比以前还要虚弱，走路歪歪倒倒，【✦形容词："歪歪倒倒"形象地写出了此时的"海狼"走路极其不稳的样子。】最后瘫倒在甲板上。

我们走上前去，他似乎失去了知觉，呼吸时有时无。我给他把了一下脉，脉动坚实、有力，完全正常。这让我顿时起了疑心。

"不会是假装的吧？"我问莫德·布鲁斯特，她用责备的眼神看着我，摇了摇了头。

突然，他把手腕抽了回去，那只手像钢爪一样抓住我的手腕，另一只手抓住我，把我拽向他，我被吓得狂呼乱叫。他又松开我的手腕，可是另一只手从我的背后伸过来，捉住我的两只胳膊，使我动弹不得，接着空出的一只手就向我的咽喉伸来，卡住了我的咽喉，我不能出声了。那一刻我才明白了一个道理：轻易上当是由自己的愚蠢造成的。

莫德·布鲁斯特拼命地想要拉开扼住我咽喉的手，但她的力气太小，丝毫没有用。我的呼吸越来越困难，我听见莫德·布鲁斯特匆忙转身，在甲板上奔跑，一会儿，我又听见她快步跑回来的脚步声。就在这一刹那，"海狼"的喉咙里发出一声沉重的呻吟，卡住我咽喉的手松开了。

我滚到甲板上，大口地喘着气，只见莫德·布鲁斯特面色苍白，她正看着我，一脸恐惧和惊喜，她手里拿着一根海豹棒，一股感激之情从我的心底涌出。

这次我作了一个果断的决定，从今天起，我们住在房舱里。让"海狼"住在统舱里。我拽着他的肩膀，把他拖到舱口，又拿来一根绳子，把绳子垫在他的肩膀下面，将他平拖过门槛，从楼梯上放到地板上，又在床沿将身体放平，把他滚到下铺上。

我又想起他睡舱里的镣铐，他用那东西对付水手，我们给他的手脚都上了镣铐，这才长舒了一口气，放心地离去。我和莫德·布鲁斯特上了甲板，都有一种奇妙的轻松感，我们向着"人"字起重机吊着前桅的地方走去。

我们竖起了桅杆

我们住进了"海狼"的房舱，在厨房里做饭。天气越来越冷了，接下来是凄风苦雨的日子。看着凑合着能用的"人"字起重机和悬在上面的前桅，我们就有了开航的希望。

"海狼"的身体一天不如一天，又出现了严重的残疾，他的眼睛瞎了，右耳又聋了。已经没有必要约束他，我们解除了他手脚上的镣铐。

"你知道自己的右耳聋了吗？"我问他。

"是的，"他的声音低沉而有力，"比这还要糟糕，我的整个右半身都快要瘫痪了。"

"你又在假装？"我气冲冲地责问他。

他摇摇头，嘴角上浮现出怪异而扭曲的笑容，左边脸在笑，右边脸毫无表情。【⚡形容词："怪异而扭曲"准确地写出了"海狼"那狰狞可怕的面容。】

"这是'海狼'最后一次的表演了，"他说，"我瘫痪了，不能行动了。不过只瘫了一边。"

他知道我看到他的左腿在动。

"太遗憾了，亨甫，"他说，"我应该早点儿干掉你。"

"为什么？"我问他，一半出于恐惧，一半出于好奇。

他又是一阵怪笑，接着说："只要我活着，就要做最大的酵母，就要吃掉你，可是现在……"

"海狼"发出一阵狂笑，然后把左耳挨着枕头，表示他不想说话了。

我和莫德·布鲁斯特离开了，各干各的活儿。

晚上，我又和"海狼"聊天，他又怪笑起来，把莫德·布鲁斯特吓了一跳。

"你知道你笑得让人害怕吗？"我问他。

"那我就不笑了，"他平静地说，"我的笑是歪的，半边脸在笑，半边脸在哭。你们就当做我的灵魂在笑吧。"

他的性格没有变，还是从前那个高傲、强悍、厉害的"海狼"拉森，我虽然卸下了他的手铐脚镣，但我们心里还是七上八下的。他什么事都能干出来。可就是不知道他下一步会做什么，前事不忘后事之师，我们不敢有丝毫的松懈，干活的时候还是<u>提心吊胆</u>。【★成语："提心吊胆"精练地表现了"我们"此时十分担心和害怕的心理。】

"人"字起重机太短的问题已被我解决了，我又新做了一个轻便绞辘，用它将前桅的桅根吊进船舷，然后又降落在甲板上。接着我又用"人"字起重机把主桁吊上船。桁木长达四十英尺。足够挂起船帆。我用"人"字起重机上装着的小绞辘，吊直桁木，然后把桁木根放在甲板上，还在周围钉上大颗的绑绳栓，以防滑动。我早已把原来"人"字起重机绞辘上的单滑车绑在了桁木的前端。这样，把绞辘拉到绞锚车上，就能随意地举起或者放下桁木的前端了，桁木根不会动，我就用绳索转动桁木。在桁木的下方，我同样绑上一个升降绞辘；全部工程完成之后，它的运力和运能都让我大吃一惊。

我升高"人"字起重机，爬上去绑支撑索，我在刚刚吊上甲板的前桅顶上绑了帆缆、支索、升降索和斜桁索。我在辛苦地绑前桅的时候，莫德·布鲁斯特在缝船帆，如果我需要帮忙，她就随时放下手中的活儿，过来帮我。船帆又厚又硬，她用普通水手的掌盘和三角航海针来缝。她的小手起满了水疱，可她还是坚强地继续缝，除做这些活儿外，她还要做饭、照顾"海狼"这个病人。

冬天来了，海豹们南迁了，海豹窝里完全荒芜。我冒着风雪拼命地干活，从早到晚都在甲板上忙碌，工程有了明显的进展。

星期五，我们准备竖立桅杆。我把桁木绞辘接上绞锚车，桅杆差不多已经从甲板上吊起来了。我把绞辘绑好之后，又把与桁木末端连接的人字起重机绞辘和绞锚车连上，只要转几下，桅杆就被垂直地吊离甲板了。

莫德·布鲁斯特一放下绞锚车转柄，就拍手叫好："能行！能行！我们要把生命寄托给它！"一会儿，她又显得很沮丧。

"桅杆没对准桅座洞，"她说，"还要再来一次吗？"

我胸有成竹地一笑，放松一条桁木支索，同时把另一条扯紧，桅杆就吊在甲板的正中央。又放松桁木绞辘，在"人"字起重机绞辘上吊起同等的重量，把桅根正对着甲板上的桅座洞。我仔细地教莫德·布鲁斯特该怎样放下去，然后，走到甲板下帆船船底，去看桅座。

我向莫德·布鲁斯特喊了一声，她操纵着方形的桅根正对着桅座上的方洞落下去；可是在下降的过程中，桅根慢慢地旋转，所以方形的桅杆总对不上方形的桅座洞。我果断地做出决定，叫莫德·布鲁斯特停下来。我上了甲板，用一条打结的绳子把轻便绞辘绑在桅杆上，指示莫德·布鲁斯特继续拉住后，又走下甲板。借助灯笼的光，我看见桅根在慢慢地转动，最终与桅座的四边相吻合。莫德·布鲁斯特拉紧绳索后，回去转动绞锚车。桅根缓缓地落下，插进了几英寸，但还稍有错位。莫德·布鲁斯特又用轻便绞辘矫正转动，再用绞锚车放下去。这次方形桅根对准了方形的桅座洞。桅杆竖起来了。

我欢呼起来，她也跑下来看。【✗动词："欢呼"一词准确地表现了"我们"成功后的高兴心情。】在昏黄的灯光下，我们看到了成功。我们对视了一眼，情不自禁地握紧了手。

"这事一点不难，"我说，"关键是要有决心做好准备工作。"

"我们竟然都做成了，"莫德·布鲁斯特说，"我简直不敢相信，这么巨大的桅杆真的竖起来了，你把它吊出海水，悬在空中，再放回到原来的位置。这是超人才能完成的事。你真是超人啊！"

"我们都是超人，超人还有许多发明呢。"我高兴地说，接着就嗅到了空气中的焦糊的味道。

"有什么东西烧起来了。"莫德·布鲁斯特突然肯定地说。

我们同时登上梯子，我抢先跑到甲板上，看到一阵浓烟正从统舱舱口里喷出来。我让莫德·布鲁斯特在甲板上等候，自己钻进了统舱。

"'海狼'还没死呢，肯定又是他干的。"我一边自言自语，一边跳入烟海中。舱内浓烟四起，我只能摸索着走，心想"海狼"的魔力居然是这样大。我走到"海狼"的床边，呛得透不过气来，我伸手摸摸他的手。他一动不动地躺着，碰到我的手时，微微动了一下。我判断烟是从"海狼"身边冒出来的，我在他的床边和毛毯中搜索，有什么东西烫着了我的手背，我赶紧把手缩回来。我恍然大悟，他透过床板的裂缝，点燃了上铺的褥子。他的左手还能放火，潮湿的褥草从下面烧着了，由于空气不足，火势不旺，就冒出浓烟来。

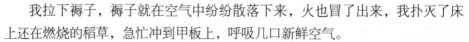

　　我拉下褥子，褥子就在空气中纷纷散落下来，火也冒了出来，我扑灭了床上还在燃烧的稻草，急忙冲到甲板上，呼吸几口新鲜空气。

　　我赶紧泼了几桶水，浇灭了统舱地板上燃烧的褥子。十分钟后，烟差不多散去了，我这才允许莫德·布鲁斯特下来，"海狼"已经昏迷了，但新鲜空气灌进来之后，没几分钟，"海狼"就苏醒了，我们在他身边灭火的时候，他做要纸和铅笔的手势。

　　"请别打扰我！""海狼"写道，"我在笑。"

　　"我还是个酵母菌，你看。"过了一会儿，"海狼"又写道。

　　"你这个酵母菌变得这么小，我很兴奋。"我说。

　　"谢谢！""海狼"写道，"想想看，我在死之前还会变小很多啊！"

　　"可是，我还在这儿，亨甫，""海狼"写道，"现在我的头脑比以往任何时候都要清楚，我排除了一切干扰。我还在这里，然而又超越了这里，到处都有我！"

　　"海狼"的话好像是从深夜墓地里传出的信息，他的灵魂依然闪烁着，他还能活多久？还能闪烁多久？

"海狼"最后的话

在"海狼"放火的第二天上午，他写道："我的右边麻木在蔓延，手也不能动了，你们说话的声音得大一点儿，我与外界最后的联络快消失了。"

"你疼吗？"我大声喊道。"有时候疼。"他左手在纸面上缓慢地、痛苦地写着，字迹潦草，简直就是"鬼画符"。"可我还活在这里。"那只涂鸦的手越来越慢，越来越痛苦。"不疼的时候，我觉得平和、安宁，我从来没有像现在这样彻底醒悟。我的思维清晰，能像印度圣人一样思考生死问题。""你还在思考永生，是不是？"莫德·布鲁斯特在他耳边大声说。

他的铅笔掉了，我们把它放回他的手里。他的手试了三次想要写，可是不听使唤，铅笔又掉了，我们已无法放回到他手里，他的手指已经捏不住铅笔了。于是，莫德·布鲁斯特帮助他用手指握紧铅笔写字。他写出大大的两个字："胡——说。"

这是"海狼"最后的话。写完这两个字，他的胳膊和手都松懈了，身体微微一动，就不再动弹了，铅笔滚落了下来。

"还听得见吗？"我大声喊道，握住他的手指，等他捏一下表示"是的"。可是没有反应，那只手死了。

"看，他的嘴唇还在动。"莫德·布鲁斯特说。

"饿不饿？"她大声说。嘴唇在她的指尖嚅动，他回答说："是的。""想吃牛肉吗？"她接着问。"不要。"他说。"牛肉汁呢？"她又问。"是的。"他说。

"他想喝些牛肉汁，快煮些拿来！"她的眼睛里泪光闪闪，抬头看着我说，"在他丧失听觉之前，我们还能交谈；现在他听不到我们说话了，以后怎么交流？""哦，亨甫莱，"莫德·布鲁斯特哭泣着，"这一切什么时候才能结束？我好累，太累了。"

她的头靠在我的肩上，突然号啕大哭起来，<u>瘦弱单薄</u>的身体颤抖着。【✗ 形容词："瘦弱单薄"准确形象地写出了莫德·布鲁斯特那经受了无数苦难的身体羸弱的样子。】

"她终于受不了了。"我想，"要是没有她的帮助，我能做成什么？"

我耐心劝导她，安慰她，鼓励她，她终于又勇敢地振作起来了。

"真是不好意思，"她微笑着对我说，"不过，我只是个小女人。""什么？小女人。"我大吃一惊。这是我的称呼，是我对她秘密的爱称。"你从哪儿听来的这种说法？"我冒失地追问她，把她吓了一跳。"什么说法？"她问。"小女人。"我说。"这是你说的呀！"她回答。"是的，"我有些不好意思，"是我说的，我想出来的。""那一定是你在做梦的时候说的。"她笑了。

她的眼中闪动着快乐的光芒。

"我从小就知道了，爸爸就是这样叫妈妈的。"她说。"那也是我说的呀。"我说。"你爸爸也是这样叫你妈妈吗？""不。"我回答。她没有追问下去。

我们的自救计划还在继续，工作还没有完成。前桅安装好了之后，进度就快了许多。我已经轻而易举地把主桅装进了桅座。我用一根大吊杆撑住前桅，便装好了主桅。几天后，所有的支撑索、护桅索都装配完毕，一切准备就绪。上桅帆有些麻烦，两名水手同时做都会有危险，于是，我把上桅吊上甲板，再把帆紧紧地固定好。我又用了几天的工夫来修补帆面，再挂上去。只有三面帆：船首三角帆、前桅帆和主帆，经过补缀和截断，已经看不出原样了。这些桅杆和船帆对于精致的"魔鬼"号来说，它们显得滑稽可笑，极不相称，似乎是改头换面了。

"可是它们很管用！"莫德·布鲁斯特兴高采烈地说，"我们让它们发挥作用，把我们的生命寄托给它们！"

我在"魔鬼"号上学到了许多新手艺，只有制帆没有学好。可是毫无疑问，我驾驭船帆的技艺要比制帆高超许多，我有能力把这艘帆船驶到日本北部的某个港口去。事实就是这样，而不是在吹牛。我在船上接受了航海的强化训练，还有"海狼"的星位仪帮忙，这是一种"傻瓜"航海仪，连小孩子都会操作。它的发明者"海狼"的耳朵越来越聋，嘴唇的嚅动也逐渐微弱了，其他方面，这个星期没有太大变化。

　　我们挂帆的那一天，是"海狼"拉森最后一次听见我们说话的声音，嘴唇的嚅动也停止了。但是在这次说话前，我问过他："你还活着吗？"他的回答是"是的"。

　　"海狼"拉森与这个世界最后的联系也中断了。我们所熟知的凶猛的"海狼"的精神还在继续燃烧，他的灵魂可能还在思考。

我们终于救了自己

我们出发的日子到了。"魔鬼"号的桅杆又粗又短，几根短了半截的桅杆挺立着，船帆缀满补丁，虽然没有从前美观，但是都很实用，还挺精神的。我们看到它们快要运转起来，浑身充满了力量。

我真想放声大喊："这些都是我做的！"莫德·布鲁斯特和我想的一样。当我们准备拉起主帆的时候，她说："亨甫莱，这些都是你亲手做的啊！"

"还有你那双美丽的巧手在帮我啊！"我兴高采烈地说。【☆成语："兴高采烈"，短小精悍的成语非常形象地刻画出"我"当时兴致高昂、精神饱满的精神状态。】

"再也洗不干净了，"她笑了笑，举起手，抱怨说，"再也抹不去风吹雨打的痕迹了。"

"这些痕迹赢得了我的敬意呀。"我握住那双手说道，她脸颊绯红，匆忙抽了回去。

我用甲板上的绞辘把升降索接到绞锚车上，主桅帆都升起来了。接着，前帆没费什么工夫也升了起来，在风中猎猎飘扬了。【☆动词："猎猎飘扬"生动形象地写出了前帆在海风中高高扬起并发出被风吹得呼啸之声的样子，动感十足。】

"我们不能在这样狭窄的地方起锚，"我说，"否则的话，船会触礁的。"

"那该怎么做？"莫德·布鲁斯特问。

"先拖出去，"我答道，"我拖时，你得首先负责好绞锚车。我还要马上赶去掌舵，同时，你还要把三角帆升起来。"

这种开船的方法我已经研究过几十次了，掌舵也不下十次了。我把三角帆升降索连上绞锚车，我相信莫德·布鲁斯特一定可以升起那张最重要的帆。

这时，一股清新的海风吹向小海湾，虽然海水十分平静，但我不能再拖延时间了，否则无法平安地驶离海湾。我们还须加快速度。

我放松了卸口栓，铁链哗啦啦响着从锚链孔中滚落到海里。我又急忙跑到船尾，把住舵轮。"魔鬼"号好像注入了生机，船帆一吃满风，船就开动了。三角帆升了起来，很快涨满了风。这时，"魔鬼"号的船头有点儿摆动，我马上向下转动舵轮柄把，稳住了船身。

我精心设计了一条横穿三角帆的自动三角帆索，这样，莫德·布鲁斯特就不用照看它了，可是在我转低舵轮时，她还在吊着三角帆。这时情况很危急，因为"魔鬼"号正径直地朝着只有一箭之遥的海滩冲去，但最后它还是很听话地跟着风转动。船帆和收帆索在风中猛烈地激荡着，拍打着，像动听的乐曲。【比喻：把船帆和收帆索在风中发出的声音比做动听的乐曲，真实地反映出"我"看到它们听话地发挥作用时的愉快心情。】然后，船乘风转了方向，我们都高兴得跳了起来。

莫德·布鲁斯特完成了任务，来到了船艄，站在我身边，一顶小帽压住了她随风飞扬的头发，脸颊由于刚刚用了力而泛着红晕，大大的眼睛透着兴奋的光芒，鼻翼在清新的海风拂动下微微翕动。那双褐色的眼睛如同受了惊的小鹿眼，非常灵敏和野性。【外貌描写：通过对莫德·布鲁斯特的头发、脸颊、眼睛、鼻翼等脸部的描写，具体生动地再现了她完成任务后兴奋而轻松的神态，以及劳动给她带来的变化。】"魔鬼"号在内海湾的进口处眼看就要冲向岩壁，又突然转入风里，驶向安全的海面。她当时急得张开了嘴，屏住呼吸。

我在"魔鬼"号海豹帆船上当过大副，有能力驾驭这艘船，我穿过了内海湾，沿着外海湾航行了一段路程。"魔鬼"号转了个弯，向着大海驶去。现在船帆吃着海上的微风，随着海洋的韵律，飘然而去，破浪前进。

鲜红的太阳钻出了云层，阳光洒在蜿蜒的海滩上，真是个好兆头啊！我们俩曾经在这里建造房子，快乐生活，学习捕猎海豹，共同度过一段美好的时光。"努力岛"上的万物在阳光的照射下生气勃勃，就连阴暗的西南海岬也是阳光明媚，处处浪花飞溅，在阳光的照射下，闪烁着耀眼夺目的光芒。【景物描写：通过对"努力岛"在阳光照耀下的景色描写，刻画出了这个岛的美丽，从侧面反映了"我们"即将离开时愉快的心情。】

"每当我想起它，就会充满了骄傲。"我对莫德·布鲁斯特说，"我将永

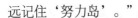

远记住'努力岛'。"

她像女皇一样昂起头，说："亲爱的'努力岛'，我永远爱你。"

"我也是。"我跟着说。

我们的目光交汇在一起，过了一会儿，我先打破了沉默。

"你看上风处天上的那些乌云。还记得吗？我昨天晚上告诉过你，气压表指示的气压在下降。"

"太阳也不见了。"莫德·布鲁斯特还在望着小岛。

"现在就放松帆脚索，我们直奔日本去！"我兴奋地说，"船正在顺风顺水地前进呢！"

我固定好舵轮，跑到前面，放松帆索和主帆索，并绑在桁木绞轳上，经过这一番安排，船帆吃上了从船尾吹来的风。海风吹起来了，船在全速航行。

不过，在顺风航行的时候，舵轮绑不住，我得整夜守着它。莫德·布鲁斯特坚持要求换班，虽然经过短期的训练，她已经初步掌握了掌舵的要领，但她还没有足够的力气在汹涌的大海上行船。发现这一点之后，她很伤心。但她放下绞轳、升降索以及所有散落的绳索后，情绪就好多了。然后，她去做饭、铺床、照顾"海狼"，还在晚上打扫了房舱和统舱。

我整夜都在掌舵，一刻也没有休息。虽然很累，但是心情很好。风力逐渐增强，浪头越打越高，帆船的速度越来越快。早上五点钟，莫德·布鲁斯特送来了热咖啡和热烘烘的饼干，七点钟，又送来了热气腾腾的早餐，吃完，我的精神倍增，一夜的疲惫也跑到九霄云外去了。

白天，风力越来越强劲，一直刮下去。"魔鬼"号破浪前进，航速不断加快，我估计最高时速不低于十一海里。可惜到了傍晚时分，我就筋疲力尽了。尽管我很结实，精力旺盛，但连续三十六个小时掌舵，我实在是没有力气了。莫德·布鲁斯特劝我顶风停驶，我知道如果风浪在夜里以同样的速率增强的话，船是无法停下来的。所以，当夜色越来越浓，我既高兴又不太情愿地让"魔鬼"号顶风停驶。

这时，我才知道，一个人要收起三面帆是项艰巨的任务。随风行驶的时候，我感受不到风到底有多大，当我们停下来时，我才有所领教，这让我忧心忡忡，甚至有些绝望，风实在刮得太猛了。我所有的努力都被风化为乌有，我拼命挣扎，花了十分钟才收下来的帆，眨眼间就从我手中吹走了。到了晚上八

点钟，我才把第二根收帆索装上前桅帆。到了晚上十一点钟，进展仍不大。我的手指开始出血，指甲裂到肉里去了。我又疼又累，暗地里偷偷地落泪，还好，没让莫德·布鲁斯特发觉。

我在几乎绝望中放弃了收主桅帆，决定做个实验，就是看看能否在前桅帆卷起的情况下，迎风停驶。我花了三个小时，卷起了主桅帆和船首的三角帆，到了次日凌晨两点钟，我累得几乎虚脱，在蒙胧中依稀意识到实验成功了。卷起的前桅帆起作用了。"魔鬼"号迎风停驶，估计也没有侧翻的危险。

我疲惫不堪，肚子饿得发慌。【✦成语："疲惫不堪"，形象的成语真实地写出了"我"极度疲乏的样子。】莫德·布鲁斯特想方设法让我吃上热乎乎的饭菜。我一边吃饭，一边就睡着了，饭菜还在嘴里没下咽。看到我这个样子，她只好把我按到椅子上，以免船晃动得太厉害把我摔到地上。最后，她只好扶着我到房舱里睡觉。

我一点儿也不记得从厨房到房舱这一路是怎么走过去的，莫德·布鲁斯特好像在搀扶着一个梦游者。在我睡醒之前，所有的事我都记不得了。也不知道我脱了长靴后在床上睡了多长时间。四周一片黑暗。我的四肢又僵又痛，指尖一碰到被子，我就痛得忍不住哇哇直叫。【✦形容词："又僵又硬"真切而形象地写出了"我"独自迎战狂风巨浪之后的身体感受，体现了"我"的顽强和坚定。】

天还没亮，我又合上眼睛，继续睡觉。不知不觉中，一觉竟然睡了十二个小时，又到了晚上。

我醒了，划亮一根火柴，看了看表。指针指向午夜十二点。我是凌晨三点钟才离开甲板的。如果那时我没想出解决问题的办法，我就要一直被困扰了。怪不得我睡得不安稳。这一觉睡了二十一个小时。我听了一会儿"魔鬼"号的动静，海浪冲击着，甲板上的风在低吼，我翻个身又睡着了，一觉到天亮。

【✦动词："低吼"写出了海面上狂风呼啸时发出声音的样子，用词生动贴切，又富有动感。】

七点钟，我起床了，不见莫德·布鲁斯特的身影，我以为她在厨房里做早餐。我上到甲板上，看见"魔鬼"号船帆都已收起，状况良好。厨房里，炉火在烧，沸水在翻滚，可就是不见莫德·布鲁斯特的踪影。

我在统舱里找到了她，她在"海狼"的床边。我看着"海狼"拉森，他的脸变得平静而又坦然，就像得到解脱一样。

莫德·布鲁斯特看了我一眼，我明白她的意思，"海狼"拉森已经死了。

"他的生命之火在风暴中熄灭了。"我说。

"可他还活在海天之间。"莫德·布鲁斯特坚定地说。

"他有着顽强的意志和无穷的力量。"我说。

"是的，他将不再受到意志束缚。他是一个自由的灵魂。"她回答。

"他确实是自由了。"我说。我牵着她的手，走上甲板。

第二天早饭后，我们把"海狼"的尸体抬到甲板上，准备海葬。这时的风仍强劲有力，浪卷得很高。浪潮冲进船舷，越过了排水口，海水漫过甲板。一阵风突然向帆船袭来，船身就势一歪，下风口的船舷浸在水里，绳索的吼声变成了刺耳的哀鸣。我脱下帽子时，我们的膝盖都浸没在海水里。

"我只记得海葬里祈祷仪式的一句话，"我说，"'躯体应该抛入大海。'那就抛吧。"

莫德十分惊讶地看着我。这也是我从"海狼"那里学来的。我抬起舱口盖板的一端，被帆布包裹的"海狼"尸体落到了大海里。

"再见吧，魔王，高傲的灵魂。"莫德·布鲁斯特低声说，声音很轻，淹没在呼啸的海风中。

我们向船尾走去，突然，我清楚地看见二三海里开外，有一艘小汽轮正乘风破浪地向我们快速驶来。那是一艘黑色的船，从猎人们偷猎的故事中，我认出那是美国的缉私快艇。我指给莫德·布鲁斯特看，我们赶紧回到船尾楼甲板上的安全地方。

我奔到下面的旗柜里拿海难求救旗帜，这才想起来我没给"魔鬼"号装升旗索。

"我们用不着打海难的旗帜，"莫德·布鲁斯特说，"他们会过来看看的。"

"我们得救了。"我郑重庄严地说，接着又高兴得叫道，"我真不知道是悲还是喜。"

"我们在自救中得救了。"她接着说，脸上绽开最动人的笑容，我平生第一次看到这么美的笑容。